O MUNDO CODIFICADO

OS HORIZONTES DISTANTES
BOOK 3

A.R. KNIGHT

UM

TEMPORADA DE CAÇA

O rato metálico corria apressado, com seu corpo arredondado brilhando em neon violeta. Ele traçava o pequeno patamar de azulejos pretos, espalhando grãos de areia conforme suas pequenas pernas se moviam. Várias hastes finas se projetavam de sua testa, cada uma terminando em uma ponta felpuda. Nos primeiros dias do Jardim, um polinizador não estaria aqui em um lugar sem plantas, procurando por...

Mim?

— Pegue — sussurrei para o cão de sucata metálica ao meu lado.

Alvie se manteve quieto, saltando com o menor arranhão do degrau estriado e aterrissando sobre o polinizador. As mandíbulas de aço serrilhadas do cão partiram o alvo, seus fios e circuitos soltando faíscas enquanto Alvie sacudia o mecanismo morto de um lado para o outro.

— Bom garoto — disse eu, juntando-me a Alvie no patamar, sua parede traseira vazia indicando que havíamos chegado ao fim.

À minha esquerda havia uma porta duplamente selada que levava para fora. Rebites e aço brilhante bloqueavam uma saída para uma escada que descia, se afastava e eventualmente levava ao lar improvisado dos últimos humanos vivos na Starship.

Bem, lar para alguns.

Agora Val, Leo e os cerca de cinquenta sobreviventes lutadores estavam se entrincheirando bem acima, onde o Jardim oferecia mais do que areia e cactos para comer. Eles haviam transformado o celeiro de nossa enorme nave em sua fortaleza, onde planejavam esperar até o fim da jornada.

Uma jogada covarde, um movimento às cegas.

E confuso. Os humanos continuavam me surpreendendo. Um estaria cheio de ira, pronto para enfrentar todos os perigos para vencer. Outros se envolveriam em seus lugares, o medo da perda os amarrando ao fracasso.

Kaydee diria que eu estava sendo dramático. Delta me diria para seguir em frente.

Alvie apenas olhou para mim com seus pequenos olhos amarelos.

O deserto que nos aguardava não era grande. Paredes pretas e roxas dividiam pequenas dunas em seções, cada uma entrelaçada com plantas que antes eram bem cuidadas e agora cresciam ao sabor da natureza. Pequenos cactos e flores quebradiças pontilhavam a vista, interrompidos de vez em quando por outro polinizador.

Meu objetivo estava no centro do nível. Alvie e eu seguimos lentamente, o cão abocanhando qualquer polinizador que ousasse cruzar nosso caminho. Em minhas mãos, eu segurava uma arma com topo arredondado, um cano que se estendia meio metro a partir do gatilho e uma linha laranja brilhante na coronha. Mantive meu dedo pronto, tenso: a energia seria escassa, o rifle difícil de recarregar aqui embaixo.

Cactos ocupavam o centro do nível, um reservatório biológico. Seus caules espinhosos formavam uma floresta espinhosa para vários mechs vagantes. Maiores que os polinizadores, maiores que eu, cada passo ondulado deles levantava areia enquanto pisavam. Observei de trás de uma parede, julgando suas intenções e achando-as aleatórias: os mechs se moviam, sem prestar atenção uns nos outros e frequentemente refazendo seus próprios passos. Seus braços, com garras desajeitadas ou apertos soldados a facas de estilhaços ou blocos rombudos, pendiam ao lado do corpo.

Em patrulha, provavelmente. Deixados à deriva por seu líder.

Suas rotas circulavam o centro do nível, um buraco sombreado bloqueado pelas dunas. A água me deu uma pista de sua localização, um gotejamento constante, embora pequeno, vindo dos níveis acima. A ligeira redução de nível por nível garantia que algumas gotas seriam capturadas pelo deserto, distribuídas entre sua vida. As gotas de água se misturavam com o ronco da Starship e a areia movida pelos mechs para criar uma suave paisagem sonora.

— Dois contra três — sussurrei para Alvie. — Você vai pela direita, eu pela esquerda. Mire nas pernas.

Quando abaixei um dedo, sinalizando para ir, Alvie disparou. O cão contornou a parede que eu observava, suas patas metálicas usando a areia para manter o sigilo. Agachei-me e segui pela esquerda, usando um aglomerado de cactos como cobertura para me aproximar de um mech por trás. Com minha arma de volta em sua alça improvisada - emprestada de um Forjador que nunca mais precisaria dela

- eu tinha ambas as mãos livres. Como um felino da selva, me aproximei sorrateiramente do mech.

Este tinha um cilindro atarracado como corpo, que levava a uma base com esteiras. Uma mangueira e dois braços que agarravam, cada um com suas garras afiadas em pontas, saíam do cilindro, dando pistas de sua vida anterior. Eu o devolveria àquela vida se pudesse, um desejo abandonado enquanto eu executava minha emboscada.

Vindo por trás, corri, abaixei minhas mãos e agarrei a parte inferior do mech. O cilindro da máquina girou, trazendo uma câmera miúda e várias luzes piscantes para o meu rosto. Eu ergui, areia voando por toda parte enquanto o mech de várias centenas de quilos ia para cima e para baixo. Suas esteiras giravam no ar, os braços do mech agitando-se em minha direção. Com sua barriga exposta, alcancei o núcleo quente, agarrei os fios que canalizavam a energia do mech para suas rodas, seus braços, e puxei.

Um guincho, o gemido de um motor perdendo seu impulso, e o mech morreu.

— Desculpe — sussurrei, antes que a luta de Alvie chamasse minha atenção.

O cão não tinha minha força, mas Alvie superava minha agilidade. O cão-robô corria em volta do mech mais lento e desajeitado. A coisa quadrada se debatia, até acertando um golpe de sorte e de raspão nas costas de Alvie, mas a cada mordida Alvie arrancava outro pedaço da casca do robô. À medida que mais e mais partes internas ficavam expostas, Alvie voltava às suas feridas anteriores, cavando mais fundo e saindo com líquido refrigerante, circuitos e cabos.

Minha sombria observação terminou quando minha própria vítima rolou para o lado. A causa veio cambaleando, uma máquina de massagem mais alta e magra. Extremidades nodosas cobriam suas articulações, embora algo tivesse soldado espinhos em cada uma delas. Ela balançava, sacudia e investia em minha direção enquanto eu recuava, meus pés escorregando na areia.

Sem uma arma para uso próximo, eu precisava ser esperto, e deslizar sobre meus calcanhares enquanto o robô me perseguia não seria suficiente. Opções surgiram em minha visão, minha programação destacando possíveis armas, rotas de fuga e aberturas na rotina de ataque do robô. Tudo ótimo, e tudo coisas que eu não poderia usar quando dei um passo em falso e caí de costas em uma duna.

O robô com espinhos avançou sobre mim, um adversário mudo e sem som levantando seus braços para um final esmagador.

Depois de tudo que eu havia sobrevivido, de jeito nenhum essa coisa idiota iria me derrotar.

Chutei com meu pé esquerdo, deslocando a areia sob a perna do meu inimigo. Construído para se equilibrar em terreno plano, o robô cambaleou. Seu ataque desviou para a areia ao lado da minha cabeça, me cobrindo de grãos. Enquanto o robô voltava à posição, usei meu pé direito, afastando a esquerda do robô antes que a máquina encontrasse seu equilíbrio.

A coisa lançou seu braço esquerdo para fora, arranhando minha testa no processo, para se segurar enquanto caía para frente. Um movimento bem pensado, exceto que colocou o robô em posição de flexão, com seu núcleo vulnerável a meio metro acima de mim.

Desta vez, não pedi desculpas ao socar para cima, quebrando o peito do robô. Faíscas azul-esbranquiçadas chiaram enquanto eu esmagava os circuitos internos. Minha pele sintética suportou os arranhões, se regenerando quase tão rápido quanto os ferimentos surgiam. Com um empurrão, enviei o robô para a esquerda para se juntar ao seu irmão na areia.

Senti um leve cutucão na minha cabeça, olhei e vi Alvie esperando ali, pedaços de fio pendurados em sua mandíbula de metal irregular. Um troféu de vitória.

— Bom garoto.

DOIS

MERGHULHO PROFUNDO

As profundezas azul-escuras do Purity estendiam-se abaixo de nós. A luz dourada às minhas costas não se projetava muito longe pelo buraco, deixando que a escuridão engolisse a passagem até que o neon cerúleo delineasse as estruturas esqueléticas de aço. Quaisquer indícios da água eram escassos, uma sombra no crepúsculo. Ao meu lado, Alvie comentou a vista com um ganido preocupado.

— Você fica aqui em cima — eu disse. — Se eu me meter em encrenca, você corre de volta e busca ajuda, certo?

Alvie inclinou a cabeça, lançando-me um olhar de soslaio.

— Não seja como a Kaydee — retruquei. — Eu posso me virar.

O cão bufou duas vezes.

— Sabe de uma coisa? — Levantei-me, pousando a arma no chão. Eu estava planejando nadar e Leo me disse que a arma não funcionaria depois de um banho. — Eu podia usar um pouco mais de apoio aqui.

Devo ter conseguido despertar pena suficiente, porque Alvie me deu uma leve cabeçada na canela, o mais próximo que o cão conseguia chegar de um afeto direto. Aquelas garras de metal e bordas irregulares faziam do cão-robô um companheiro de abraços decididamente ruim.

Com a despedida declarada e as ordens estabelecidas, verifiquei novamente meu salto para confirmar que não cairia de cabeça numa passarela, e então parti. Uma gloriosa corrida de três passos e um salto para o ar livre. Os humanos em seus filmes costumavam gritar em momentos como este, brados de guerra ou gritos de alegria.

Kaydee teria querido um, mas mantive minha boca fechada: alguém poderia estar ouvindo.

Alguém, definitivamente, estava observando.

Os braços dispararam enquanto eu mergulhava na fenda negra entre os níveis. Captei um borrão prateado, o revestimento metálico misturando-se com a luz do Purity. Eles agarraram meus pés com força, minha queda mudando subitamente de um mergulho vertical para um mergulho de cara, só que eu não estava mais caindo, mas sim pendurado sobre o triturador de lixo aquático da Starship.

Ossos biológicos poderiam ter quebrado, mas meu resistente exoesqueleto suportou a força, dando-me a chance de me enrolar e ver o que havia decidido interromper meu resgate. Através da treliça negra de uma passarela, vi a estrutura ágil das criações mais recentes de Alpha: os flexi-mechs, como eu os chamava.

Esta versão correspondia aos humanos membro por membro, trocando braços extras por uma construção mais rígida, esses flexi-mechs levavam o arranjo bípede a extremos sinistros. Dez dedos pontiagudos pontilhavam cada mão, formando quase um círculo, enquanto seus braços e pernas se estendiam mais do que sua inspiração viva, o que explica como este me segurava sobre a água, mantendo-me fora do alcance para agarrá-lo: meus próprios braços balançavam inúteis no espaço.

— Me solta — eu disse ao flexi-mech, cuja cabeça cúbica, empoleirada sem pescoço numa espinha fina, brilhava sua luz vermelha para mim.

— Não — o flexi-mech respondeu, com uma voz feminina refinada. — Acho que não.

Fiquei paralisado. Nunca antes um flexi-mech tinha respondido a nós, e já havíamos lutado contra algumas dezenas dessas coisas. Eles também não tinham nenhuma personalidade, apenas comandos diretos de luta até a morte. Este falava. Este poderia oferecer uma chance de negociação.

— Você tem uma personalidade? — perguntei.

— Eu tenho ordens — o flexi-mech respondeu. — Devemos destruir você.

Ah. Tanto faz a diplomacia.

— Nós? — perguntei, tentando ganhar tempo e bolar um plano.

Novas luzes atingiram meu rosto, embora sua distância impedisse que fossem ofuscantes. Todas vermelhas e espalhadas pelo porão do Purity. Contei pelo menos oito em um giro rápido, todos flexi-mechs e todos me observando. Eles estavam de pé nas outras passarelas e ao longo da plataforma rígida na borda do Purity, como se eu tivesse interrompido um musical no meio de um número.

— Bem, então — eu disse, e o flexi-mech me puxou para cima, segurando meu rosto diante do seu.

— Adeus. — O flexi-mech puxou seu braço direito para trás, aparentemente pronto para executar alguma manobra de arrancar o coração.

Juntei minhas mãos enquanto o flexi-mech socava, pegando o pulso da máquina a poucos centímetros do meu peito. A mão do flexi-mech girou, aqueles dez dedos zumbindo como uma broca, dando uma ideia muito clara do que teria acontecido se fizesse contato.

— Olha só para nós — eu disse. — Todos amarrados.

— Irregular — o flexi-mech respondeu.

Quando a máquina puxou sua mão de volta, eu fui junto, puxando para baixo com minha perna presa. Formamos uma alavanca desajeitada, o flexi-mech e eu, com o primeiro batendo no corrimão da passarela enquanto minha força e peso revertiam sua retirada. O estrondo ressoante ecoou bem pela área quando o braço perfurador do mech prendeu sua articulação no corrimão e quebrou com a pressão. A liberação repentina desequilibrou toda a nossa situação, e agora eu realmente soltei um dos gritos de Kaydee enquanto caía direto com o mech nas águas do Purity.

O frio glacial infiltrou-se através da minha pele sintética, ativando meus controles térmicos e fazendo aparecer um pequeno medidor sobre meus olhos. O alto consumo de energia significava que eu me tornaria um casco inútil quando esse medidor chegasse a zero, e embora eu tivesse bastante tempo antes que isso acontecesse, qualquer cronômetro significava estresse quando se estava lidando com flexi-mechs.

Aquele que caíra comigo ainda segurava meu pé, mesmo enquanto ambos afundávamos. Mais mergulharam no mar, bolhas e respingos anunciando sua entrada na arena. E que arena era aquela: a iluminação safira do Purity lançava raios através da água, destacando os mechs metálicos nadando em minha direção. Espalhando-se para cima e ao nosso redor como uma floresta submersa estavam os longos braços do Chancellor. Já corroídas pelo voraz sistema de reciclagem do Purity, as hastes altas se erguiam ao nosso redor, cinzentas e imóveis.

Beta havia sido perfurada por um antes da queda, e Delta derrubada depois dela, mas não vi nenhuma das minhas amigas de embarcação, minha razão para vir até aqui, de imediato. Compreensível, já que eu estava mais preocupado em me libertar do incômodo flexi-mech.

A água me deu a fluidez necessária para encolher a perna que estava presa, o suficiente para que eu pudesse alcançar e agarrar a mão restante do flexi-mech. Eu não tinha tanta força debaixo d'água, mas os pulsos do flexi-mech não foram feitos para resistir à minha força. Empurrei para baixo e, junto com a água, a mão do flexi-mech escorregou do meu tornozelo.

Não que o mech se importasse: assim que me libertei, o flexi-mech avançou, sua mão restante girando novamente como uma broca e vindo direto para o meu rosto.

Então eu mergulhei. Chutei e nadei mais fundo na escuridão, as luzes vermelhas me seguindo. O fundo da Purity apareceu rapidamente, um lugar cheio de alvéolos, quase como o olho de um inseto. Redes de filtragem fina se estendiam sobre vários canos para lidar com o lixo e filtrar a água para enviá-la de volta ao ecossistema fechado da Starship. Suas bordas cintilavam, o revestimento reflexivo me dando uma linha guia, permitindo que eu encontrasse o caminho certo.

Deitadas entre essas redes brilhantes estavam três formas humanoides. Duas eu queria, a terceira eu detestava. Delta flutuava à direita, seu cabelo mais curto se eriçando atrás da cabeça, uma linha escura perto dela marcando sua lâmina. À esquerda e mais próximas uma da outra estavam Beta e a Chanceler. Minha amiga e companheira vessel ainda tinha um braço da Chanceler atravessando seu peito, uma visão que causava arrepios. A Chanceler, pelo menos, parecia tão morta quanto minhas amigas e, com sorte, permaneceria assim.

Um olhar rápido para trás mediu minha distância: meu amigo flexi-mech estava mais próximo, mas com apenas um braço, o mech não tinha me acompanhado. Seus amigos estavam mais atrás, seus movimentos de natação aleatórios e desajeitados: não era muito surpreendente que não tivessem lógica para se mover na água.

Felizmente, Leo pensou em ensinar seus vessels a nadar.

Eu me impulsionei em direção a Delta primeiro, tanto pela lâmina quanto pela vessel. Minhas mãos encontraram o cabo irregular ali na base cinza sombria, o volume da arma fácil, embora lento, de mover nas profundezas. Enquanto eu apontava a lâmina para a rede mais próxima, senti a primeira picada reveladora ao longo da minha pele sintética: os recicladores destruidores de sólidos da Purity.

Os pequenos monstros já tinham causado danos à lâmina de Delta, deixando-a toda picada. A própria Delta parecia roída nas bordas, a pele sintética se regenerando o suficiente para manter seu núcleo protegido, enquanto suas roupas, seu cabelo e seus sapatos já não passavam de trapos. Eventualmente, esses micróbios encontrariam um caminho além da pele da vessel e entrariam em fios, chips e memórias mais vulneráveis.

Esperançosamente, eu seria rápida o suficiente.

Chutando em direção à rede mais próxima, usei a lâmina como guia. A borda penetrou nas fibras finas, desti-nadas a impedir que detritos entrassem nos canos, e as cortou com um deslize suave. Como rasgar uma teia de aranha, feita para resistir ao impacto, mas não a um corte transversal. Com um segundo corte, a rede se desfez completamente, desaparecendo pelo cano de um metro de largura.

Girei, tão rápido quanto se pode girar na água, procurando pegar Delta. Em vez disso, encontrei meu inimigo flexi-mech borbulhando sobre mim, a mão perfuradora girando e criando espuma. Antes, no meu momento de pendurada, eu não tinha uma arma.

As circunstâncias haviam mudado.

Balancei a lâmina pelo meu corpo, um movimento viscoso na água, mas rápido o suficiente para interceptar o mech. A mão giratória atingiu a lâmina e começou a trabalhar em si mesma, a força do motor suficiente para cortar os dedos do mech em um instante, e logo depois a palma giratória. Imaginei que o mech continuaria vindo, esperando me golpear com seu toco em uma raiva cega, mas a Purity impediu isso: com seus circuitos expostos à água, o mech se contorceu enquanto seu corpo entrava em curto-circuito.

Morto, o impulso do mech carregou a coisa passando por mim até bater no fundo da bacia.

Com mais mechs cambaleando em minha direção, não tive tempo de sentir pena da pobre máquina. Mantendo a lâmina de Delta na mão esquerda, chutei em direção à vessel caída. Como o flexi-mech antes de mim, fui pelo tornozelo de Delta, agarrei-o com minha mão direita e puxei, chutando meus pés com força para obter algum impulso ao meu favor. Delta se moveu, deslizando do fundo e vindo comigo em direção ao cano aberto.

Eu não tinha tempo para colocar Delta cuidadosamente, optando por um puxão oscilante para lançá-la em direção à entrada do cano. Para um humano, o movimento poderia depender da sorte. Para mim, uma vez que disse aos meus sistemas o que fazer, minha mão direita balançou Delta com a força perfeita, soltando no momento perfeito. A vessel

flutuou em direção ao cano e entrou, com um posiciona-
mento impecável.

Toma essa, humanos.

Beta não seria tão simples: quatro flexi-mechs se deba-
tiam entre mim e minha amiga vessel. Dois tinham as facas
de estilhaços tão frequentemente equipadas pelos mechs de
Alpha, armas improvisadas implantadas por um exército
improvisado. Os outros dois tinham aquelas mãos giratórias,
embora toda vez que giravam aqueles dez dedos, os rede-
moinhos agiam como motores, empurrando os mechs em
loops selvagens.

No entanto, com as picadas aumentando à medida que
mais protetores da Purity encontravam minha pele macia,
um único golpe ruim aqui embaixo seria fatal. Mesmo que
Alvie subisse para buscar Leo e Val e eles se dessem ao
trabalho de enviar ajuda, tudo o que provavelmente encontrariam seriam restos meio comidos. Se tanto.

Diante de pouco tempo e probabilidades ruins, decidi
puxar uma Delta.

Chutando forte para a direita em direção a Beta, abracei
o fundo da bacia. Com a lâmina de Delta ainda na mão,
ficar perto do chão permitiu que meus pés me movessem
com velocidade. Os flexi-mechs tentaram interceptar,
descendo desajeitadamente em minha direção, membros
esparramados. Seus olhos vermelhos pairavam no escuro,
refletindo em suas facas, seus corpos metálicos. Como ser
perseguida por fantasmas cintilantes.

Mortais.

O primeiro flexi-mech me atingiu a dois metros de Beta.
O mech investiu com uma estocada, mirando nas minhas
costas. O brilho de seus olhos o denunciou e eu rolei,
virando para cima e trazendo a lâmina de Delta de volta
pelo meu corpo para interceptar. Debaixo d'água, a colisão

não teve impacto, apenas um fraco tilintar. O corpo maior da minha lâmina varreu a faca para longe, a força girando o mech de modo que seu lado ficasse voltado para mim. Puxando a espada de volta, eu a empurrei para frente, mirando uma estocada. Meu próprio impulso, me arrastando em direção a Beta, significou que não consegui o golpe devastador que esperava, mas apenas arranhou a seção média do mech.

Novamente, a água fez com que o pequeno corte fosse suficiente. Um estalo branco saiu do corte, seguido por um espasmo agudo pelos membros esguios do flexi-mech. Como seu irmão, a máquina parou de se debater e afundou, morta, até o chão.

Dois abatidos, três para ir.

O restante não era totalmente estúpido também. Apesar de sua natação péssima, os três se moveram para me cercar, os portadores de brocas chegando a bons apertos com seus motores improvisados para se aproximar de Beta e me vencer, enquanto o outro portador de faca varria em direção aos meus pés.

Cercada e sozinha em meio aos braços ameaçadores da Chanceler, firmei o aperto na espada de Delta e chutei novamente, percorrendo a última distância até Beta. Eu poderia ter fugido, poderia ter levado Delta como meu prêmio e partido.

Uma jogada de covarde, Kaydee teria dito, e eu não era covarde.

Não mais.

TRÊS

PARA DENTRO DO BURACO

Eu nadei em direção às sombras e as sombras me perseguiram. Meu alvo não se moveu: Beta jazia no fundo da bacia, um bloco azul-escuro embaçado com uma linha escura atravessando suas costas e subindo em direção à superfície. A garra que a tinha empalado. A menos de um metro de distância, estava a própria massa da Chanceler, uma aranha morta aninhada em seus próprios braços.

Nadando através daqueles braços, vindo por trás, ao lado e à minha frente, chegaram mais três flexi-mechs, seus olhos vermelhos me rastreando como as próprias câmeras do Diabo. Eu segurava a lâmina de Delta em minha mão direita enquanto nadava. Quando passei sobre o corpo da Chanceler, parei, trouxe minha mão esquerda para um aperto duplo. Os braços da Chanceler se ergueram ao meu redor como uma gaiola. Luz safira se entrelaçava vinda de cima.

Os flexi-mechs atacaram em um intervalo de um segundo entre si, a natação desajeitada do trio, ainda assim, lhes dando um golpe sincronizado. Tentei um movimento amplo, trazendo a lâmina de um lado ao outro para tentar pegá-los todos juntos.

Descobri que estava lidando com mártires.

O flexi-mech que vinha da direção de Beta recebeu o golpe, agarrando a lâmina com ambas as mãos e se enrolando em minha arma. O peso adicional diminuiu meu movimento, arrastando o ângulo para baixo, fazendo com que eu errasse o próximo, o flexi-mech do meio mergulhando de cima. Suas mãos atingiram minha cabeça, me empurrando para o fundo da bacia, e eu larguei a lâmina para lidar com a ameaça imediata.

Embora eu tivesse desligado meus sensores de dor há muito tempo, isso não impediu minha cabeça de me dizer que os dedos do flexi-mech iriam me estourar como um balão se eu não aliviasse a pressão. Pior, o terceiro flexi-mech varreu para pegar minhas pernas, rasgando minha pele sintética com suas garras. A água tornava os golpes menos eficazes, mas eu sentia as pontas arrancando minhas roupas, deixando longos cortes em minha pele que os robôs de reciclagem da Pureza poderiam explorar.

Mas minha cabeça. Essa vinha primeiro.

Minhas mãos encontraram os pulsos do flexi-mech e puxaram enquanto nós caíamos sobre o corpo da Chanceler, minhas costas batendo na carcaça danificada do mech cor de ferrugem. Aumentei a força o suficiente para afastar o aperto do flexi-mech, os alarmes piscantes desaparecendo dos meus olhos à medida que a pressão diminuía. O próprio flexi-mech chutou os pés, mirando uma cabeçada.

Movimento ousado, robô.

Girei meus quadris para a direita - outro golpe com garras arrancou um pedaço das minhas coxas - e puxei os pulsos do flexi-mech, jogando a máquina para além de mim e contra a Chanceler. Com um baque surdo, o mech amassou sua aliada morta e ricocheteou. Nenhum dano grave, mas eu havia ganho um segundo enquanto a máquina se debatia, tentando se endireitar.

Chutando minhas pernas danificadas, flutuei com as costas voltadas para Beta. Sua forma escura brilhava de perto, facas não utilizadas lotando bandoleiras e cintos. Seu longo cabelo rosa se erguia, um farol ondulante.

Espuma voou quando o mech que atormentava minhas pernas foi para uma estocada perfurante em meu estômago. Um ataque total comparado a beliscar meus dedos dos pés. Chutei novamente, esticando meu braço atrás de mim em direção a Beta. A mão perfurante, dez garras-dedos girando, me ajudou um pouco: sua força significava que o mech tinha que chutar mais forte para superar o impulso motorizado para longe, me comprando um segundo.

Encontrar um cabo, segurando o pano enrolado na base da faca, foi como júbilo. Arranquei a arma e, em um único arremesso por cima, lancei a lâmina na mão mortal do flexi-mech. Avançando sobre mim como um super-herói indo para um soco, a cabeça do flexi-mech, sua mão e eu estávamos todos a apenas centímetros de distância quando a faca atingiu o alvo.

Um tiro certeiro, bem no centro da palma giratória.

A faca pregou o motor na mão do flexi-mech, parando engrenagens funcionando quentes demais para desacelerar. A mão se quebrou, a faca se estilhaçou, e estilhaços escaldantes explodiram ao nosso redor. Senti três queimarem meu estômago, um onde os pulmões de um humano estariam. O flexi-mech também recebeu seus próprios tiros: uma faísca brilhou de seu crânio, e seu braço direito sacudiu quando um fragmento de faca cortou algum fio em seu cotovelo.

Ainda alcançando, encontrei uma segunda faca e repeti

o movimento antes que o flexi-mech pudesse se dar conta de sua realidade explodida. Desta vez não soltei a faca, mas me curvei, esfaqueando a lâmina com mais controle no peito do flexi-mech, exatamente onde estaria o processador da coisa. O corte fez o truque, um pequeno calor crepitante soltando bolhas ao nosso redor antes que o flexi-mech se juntasse à Chanceler no fundo da bacia.

Minha visão piscou. Estática por um milissegundo.

Aqueles recicladores. Eles se infiltrariam pelos meus cortes, me devorariam de dentro para fora. Minha pele sintética, reparando-se rapidamente, manteria os monstros a um mínimo, mas mesmo um ou dois deixados sozinhos me transformariam em uma estátua cara em pouco tempo.

Mas eu não podia deixar Beta. Não agora, não aqui.

Um olhar para o braço penetrante da Chanceler mostrou que minha faca roubada não seria capaz de libertar minha amiga. Levantar ela ao longo do braço e passar por cima da garra parecia uma impossibilidade com minha morte iminente. Então voltei ao básico.

Com um chute, me aproximei da lâmina caída de Delta, o mech empalado ainda agarrado a ela. O flexi-mech ainda funcionava, mas os ganchos afiados na lâmina de Delta, uma espada imperfeita de sucata, dificultavam que o robô se libertasse.

Trabalho fácil para minha faca.

Alguns golpes limparam o mech e me permitiram me rearmar novamente, a lâmina negra em minha mão direita enquanto eu retornava a Beta. Enquanto me preparava para um corte para decepar o braço, meu tornozelo direito ficou dormente. Os fios que carregavam informações foram cortados. Devorados, mais precisamente. Não importa. Eu balancei.

A lâmina penetrou fundo no braço da Chanceler, logo acima de Beta. Não chegou a atravessar completamente. Mexi a lâmina, libertando-a do braço, e golpeei novamente. Desta vez, um corte limpo. O grande braço oscilou e então começou a cair lentamente enquanto eu largava a lâmina de Delta para alcançar Beta.

Meu corpo entrou em espasmo, os circuitos ardendo enquanto cada parte de mim gritava que algo estava errado. Tentei me virar, meus sensores me dizendo que minhas costas estavam sob ataque, apenas para descobrir que não conseguia. Algo se cravou na parte superior das minhas costas, afiado e sólido, e seu aperto me mantinha de frente para o fundo da bacia. A fonte respondeu minha pergunta um instante depois, quando sua outra mão arranhou meu ombro esquerdo.

O mech que eu tinha rebatido contra o corpo de Delta, voltando para mais.

Parei de me mover, afundando em direção a Beta e à lâmina caída de Delta. A espada negra tocou o fundo, assentando-se com o gume para cima. Desta vez não me contorci, mas chutei com a perna direita enquanto o mech cravava sua mão perfurante mais fundo. Avisos brilharam diante dos meus olhos, os quais não tive tempo de ler. Com meu chute, meu corpo girou enquanto continuávamos a afundar.

Diretamente acima, através daqueles avisos vermelhos, a luz azul de Purity brilhava suavemente. A superfície da água ondulava enquanto vários outros mechs mergulhavam, aparentemente preocupados com o desempenho do colega. Mesmo assim, a água tinha certa beleza.

Não era a pior coisa para se ver nos últimos momentos.

Chutei com ambos os pés, agitei os braços para me empurrar para baixo. O flexi-mech cravou mais fundo, e senti uma corrente fria quando a água vazou pelos cortes. Nossa rotação continuou, o flexi-mech agora abaixo de mim. Eu quase esperava morrer ali mesmo, mas Leo tinha me construído bem, meus circuitos protegidos contra pequenos vazamentos.

Atingimos a lâmina de Delta em velocidade, a espada penetrando no flexi-mech rápido o suficiente para não dobrar. Senti a vibração, a súbita parada quando as mãos do mech se soltaram. As garras cravadas nas minhas costas caíram enquanto eu bombeava as mãos para cima. Uma olhada rápida confirmou a morte: a espada negra de Delta tinha partido o mech em dois, deixando-me livre para alcançar Beta.

Apoiei os pés na bacia para conseguir impulso suficiente para puxar o recipiente, uma manobra dificultada pelos pequenos monstros de Purity que devoravam minhas extremidades. Os avisos piscaram e se apagaram à medida que meus sensores morriam, que os fios perdiam coesão. Perguntei-me se era assim que se sentia ser devorado.

Se era isso que todos aqueles mechs sentiam quando Delta os retalhava, membro por membro.

A perseguição não tinha acabado. Outro trio de flexi-mechs desceu em direção a Beta e a mim enquanto nos arrastávamos para o tubo aberto. Esses mechs não eram melhores em navegação aquática do que seus pares, e o desajeitado avanço me deu tempo enquanto eu chutava, saltava e puxava Beta pelo fundo.

Com um impulso forte, empurrei Beta pelo último trecho através da água turva até a entrada do tubo. A pressão a alcançou então, sugando minha amiga atrás de Delta. O flexi-mech mais próximo chegou a dois metros, mas caiu vítima de sua própria falha: ativou suas mãos perfurantes e se lançou para trás. Eu teria rido se não tivesse perdido o controle da minha própria boca segundos antes.

Em vez disso, mergulhei atrás de Beta, com as mãos apontadas à frente da cabeça enquanto eu cruzava a borda do tubo e desaparecia em suas profundezas apertadas.

QUATRO

FAÍSCA NO ESGOTO

Nenhuma luz iluminava o caminho, mas escolhas não eram oferecidas neste labirinto em particular. Em vez disso, eu avancei, minhas mãos me puxando ao longo dos espaços apertados. Grades apareciam aqui e ali, me direcionando para um lado e para o outro. Encontrar Delta e Beta seria sorte, mas eu tinha que torcer para que fôssemos rápidos o suficiente uns após os outros para evitar que ciclos aleatórios nos desviassem.

Que estupidez seria passar por tudo isso apenas para que minhas amigas acabassem em um forno, queimadas até virarem cinzas enquanto eu me debatia em um cano?

Kaydee acharia isso sombriamente hilário.

Todo o meu esperneio me despejou, finalmente, em um tanque. Com vários metros de largura e comprimento, o espaço, no entanto, parecia apertado. A água aqui era mais lodo, matéria residual coagulando. Enquanto eu fluía para dentro, ouvi, ou melhor, senti cliques atrás de mim. Portões se fechando, redirecionando o próximo lote para outro lugar.

O que significava que este seria cozido.

Felizmente, eu já tinha sido quase assado antes. Não uma experiência que eu achasse que seria útil, mas aqui, novamente, eu dei um soco para cima, pressionando contra a tampa do forno. A coisa cedeu, abrindo-se para uma caverna que eu reconheci. Pequenas lâmpadas se estendiam pelas laterais, uma exibição colorida iluminando os destroços que antes haviam sido um pequeno e arrumado escritório, ainda que administrado por um monstro.

Olá de novo.

Meus braços, tremendo por causa dos fios quebrados, conseguiram me libertar do forno e, escalando a borda, sentei-me por um segundo no chão encharcado. Minhas botas, casaco, roupas não estavam apenas encharcadas, estavam destruídas. Apenas fitas, retalhos agarrados ao meu eu esfarrapado. A pele sintética corria para me revestir com uma armadura biológica, mas o material não podia fazer nada quanto aos danos piores abaixo da superfície. Isso levaria tempo, habilidade e ferramentas que eu não tinha certeza se poderia encontrar aqui.

Mas!

Levantei-me cambaleante, virei-me e olhei para um pântano em decomposição. A princípio não vi nada, apenas uma pasta desolada. Um brilho, então, um deslize captado pelas luzes às minhas costas: cabelo rosa sangrando através, coberto de lama. Inclinei-me, enfiei uma mão dormente sob a gosma, encontrei algo sólido e puxei.

O corpo sem vida de Beta saiu, pingando e arruinado. Suas facas restantes, como soldados leais, ainda pendiam em seus coldres, e elas tilintaram quando a arrastei para longe do forno e para cima da plataforma circundante onde o mech de Purity havia montado sua coleção aleatória. Livros rasgados, prateleiras maltratadas carregadas de brinquedos, bugigangas quebradas e roupas mofadas se erguiam.

— *Já volto* — sussurrei para minha amiga, falar ainda era impossível. Sempre que eu tentava usar minha voz, parecia que estava falando contra um travesseiro abafador: sufocante e impossível.

De volta ao forno, não vi nenhum sinal revelador de Delta. Ela não tinha o cabelo mais comprido de Beta, para começar. Com uma careta diante das minhas próprias circunstâncias, escalei de volta pela borda e vasculhei. Minhas mãos varreram de um lado para o outro, limpando o lodo e segurando-o por um segundo engolidor enquanto eu procurava. Meus pés dormentes se arrastaram pelo fundo do forno, não sentindo nada até que uma vibração subiu para meus fios que ainda funcionavam.

Delta tinha afundado no canto da frente, profundamente enterrada. Teria sido para sempre, exceto que eu continuei, afastando a sujeira até finalmente erguê-la livre também. Juntos, nosso trio de recipientes logo se sentou na plataforma, apresentando uma visão e um cheiro tão horríveis que me recusei a deixar meus sensores processá-los.

Bem, eu tinha feito o que disse que faria: recuperei os dois recipientes. Delta e Beta. Bem aqui ao meu lado.

E elas não eram nada além de corpos.

Pisquei para afastar os banners, os alertas piscando da minha visão. Meus próprios sistemas não estavam longe de se juntar às minhas amigas, e a degradação não havia parado só porque eu tinha deixado a água. Alguns daqueles recicladores pareciam ainda estar dentro das minhas entranhas, roendo. Expulsá-los levaria tempo, ferramentas, cirurgia de um tipo mecânico.

Em outras palavras, não algo que eu pudesse fazer sozinho.

Beta, à minha direita, tinha um buraco feio no peito. Sem dúvida, como eu, também tinha sido infestada por recicladores. Mesmo se eu pudesse ligá-la, se seus circuitos centrais não tivessem sido torrados pelos danos, quem sabia o que não funcionaria? Quem sabia se ela poderia sentir alguma coisa?

— *O que significa você.* — Dei uma olhada mais atenta em Delta.

Ela tinha sido pega pela Chanceler, nocauteada e espancada até chegar a Purity, mas eu não via nenhum ferimento grave. Certamente nenhum corte grande ou membros quebrados. Olhei para minha mão direita, pressionei o polegar e o indicador juntos. A pressão cumpriu seu propósito, transformando as pontas dos meus dedos em uma porta. Aproximei-me da cabeça de Delta, levantei o lóbulo da orelha direita e me conectei à pequena abertura.

E não fui a lugar algum. Eu já havia reiniciado Delta antes, e aquilo pelo menos me deu um lugar para ir. Aqui, meus dedos se conectaram e nada mudou. A porta não tinha energia. Rapidamente pesquisei meus próprios esquemas, as pilhas que Leo armazenava em meus drives explicando como eu funcionava. Possibilidades se desdobraram diante dos meus olhos: uma fonte de alimentação danificada, uma linha queimada transmitindo essa energia da fonte para o processador de Delta, uma série de outras peças quebradas que poderiam ser as culpadas.

— *Isso é uma droga* — murmurei para Delta, que não reagiu.

Se Kaydee estivesse aqui, ela ofereceria algumas ideias. Algo louco, provavelmente, mas com lógica no centro. Como, digamos, não podemos nos concentrar nas partes quebradas porque não podemos consertar isso, então vamos seguir com as outras ideias.

Eu já tinha lidado com a ressurreição de uma máquina morta antes. Alvie, meu cachorrinho valente, não estava tão morto quanto Delta, mas chegou perto. Tive que dar um choque em seu sistema para fazê-lo voltar a funcionar, forçando efetivamente uma reinicialização. Se eu pudesse atingir Delta com um raio semelhante, isso poderia forçá-la a reiniciar. Uma tentativa bruta, mas com pouco mais em que me basear, qual seria o mal?

Por outro lado, onde eu poderia conseguir uma sobrecarga de energia? Minhas próprias baterias, desgastadas, não serviriam.

Comecei a fazer um inventário do espaço, meus olhos indo primeiro para o óbvio: as luzes penduradas. Elas estariam usando a energia da Starship, mas seu consumo seria baixo demais para o tipo de energia que eu precisava. O que mais?

Mais minutos se passaram enquanto eu riscava opções até que um borbulhar sibilante chamou minha atenção de volta para o forno de lama. A coisa estaria assando seu conteúdo, queimando-o até não sobrar nada. Eu tinha deixado a tampa aberta, então a fumaça subia para o espaço. O fogo seguiria, contido pelas laterais curvas e pálidas do fogão. Uma eliminação completa, um processo que exigiria-

— *Ah!* — Tentei levantar-me rapidamente e caí de bruços, não acostumado com pés sem sensibilidade.

Da próxima vez, fui mais devagar, então arrastei Delta — desculpe, amigo — pelo chão passando pelo forno em chamas. Na parte de trás do grande queimador estava a linha de energia, um cabo revestido desaparecendo em algum lugar atrás de azulejos metálicos. Onde ele se conectava ao forno, porém, havia uma possibilidade. Cambaleando de volta para Beta, arranquei uma faca solta e usei sua ponta para quebrar o selo onde o grosso cabo preto entrava no forno fumegante.

Certo. Era aqui que as coisas ficariam complicadas. Eu

precisava chocar Delta para acordá-la sem dar tanta energia que ela fritasse.

Peguei a faca, coloquei os dedos de Delta em volta da lâmina. Ela cortou a pele sintética o suficiente para fazer contato com os ossos metálicos em sua mão. Segurando o cabo de pano para me manter seguro, mentalmente pedi desculpas a Delta pelo que estava prestes a fazer e enfiei a lâmina diretamente no cabo.

E me vi batendo em outro forno a vários metros de distância, faíscas desaparecendo no ar. A faca tremia acima de mim, cravada no teto. Fumaça subia da forma imóvel de Delta. Nenhum sinal de movimento.

Tá, talvez não tenha sido meu melhor experimento.

Um novo som, de grampos e estalos, ecoou pelo espaço, parecendo vir de todos os lados. No início, pensei se minha jogada de choque e terror tinha danificado algo, mas meus sensores fizeram seu trabalho e isolaram a fonte, filtrando os ecos e localizando a origem como a única porta para nosso esconderijo improvisado.

Algo estava vindo.

Levantei-me cambaleante, instável sobre pés dormentes, e fiz meu caminho lento adiante. A porta estava escancarada, uma barreira que eu provavelmente deveria ter fechado logo de cara. Eu podia ouvir Kaydee agora, castigando minhas más escolhas, mas ei, eu estava distraído. Tinha sido meio devorado, nadado em lodo e carregado os corpos dos meus amigos para um lugar seguro. Não ia me repreender por não ter percebido cada coisinha.

Então peguei uma perna de mesa quebrada, um fino bastão de metal que serviria como taco. Com meu braço direito usando prateleiras, lixo empilhado e a parede como apoio, fiz meu caminho passando por Beta em direção à porta aberta. Como todas as portas fora dos apartamentos da

Starship, o portal redondo oferecia uma fechadura com gemas que seria ótimo usar. Ótimo, exceto que eu não tinha mais tempo.

Os culpados pelo barulho vieram à vista, batendo. Fleximechs, dois liderando o grupo. E mais atrás deles. Pior, sem a água que drenava energia, o par vinha armado. As armas de cano curto estavam em suas mãos, erguidas e prontas enquanto pisavam forte pela porta.

Em desvantagem numérica, sem armas, fiz o que pude e joguei minha perna de mesa como uma lança.

A barra acertou o mech líder quando ele entrava pela porta, atingindo seu peito e empurrando-o de volta para o segundo. A perna da mesa carecia de certa letalidade, deixando o mech com um amassado e pouco mais. Mas ganhei um segundo, e com esse segundo me lancei para frente, arrastando minha mão direita ao longo de uma prateleira para pegar outro míssil. Meus dedos o encontraram, se curvaram em seus contornos macios, e eu nem olhei antes de lançá-lo.

Uma boneca fina, com manchas deterioradas pelo tempo, voou e quicou nos flexi-mechs que se recuperavam. Os malditos robôs nem piscaram.

Em vez disso, eles atiraram e eu mergulhei.

Um raio atravessou o ar onde eu estava. O segundo atingiu onde eu iria estar, um golpe que teria me matado se eu fosse competente. Como estava, meu mergulho foi mais uma queda para frente, lenta o suficiente para evitar o golpe, mas cair no metal quente. Minha pele queimou. Olhei para os dois mechs, fiz o gesto clássico de Kaydee para eles.

Suas faces metálicas não me deram satisfação alguma.

O lixo repentino certamente deu.

Escória, úmida e nojenta, voou das minhas costas e da esquerda, espalhando-se sobre as armas. A porcaria afundou nos canos, impedindo que o gás e a luz das armas interagissem quando os mechs puxaram os gatilhos, tanto em mim quanto em minha salvadora. Eles tentaram mais duas vezes, então largaram as armas enquanto minha heroína passava por cima de mim, facas roubadas em suas mãos.

— Vamos brincar — disse Delta, e embora eu não pudesse ver seu sorriso sombrio, eu sabia que estava lá.

O recipiente saltou para o par de mechs, ambos começando a girar suas mãos perfurantes. Delta encontrou seus golpes com esquivas e danças, acertando seus próprios cortes a cada alcance. Os mechs, mostrando mais engenhosidade que seus antecessores, se adaptaram: um saltou por cima de Delta, encurralando-a entre os dois robôs.

Infelizmente, isso também colocou o mech ao meu alcance.

Quando o flexi-mech pousou, com Delta tecendo uma tempestade de facas contra o que ainda estava na porta, estendi a mão e agarrei o tornozelo da coisa. Varrendo minha mão para a direita, derrubei o mech em uma queda ruidosa. Aquelas mãos giratórias sulcaram o chão, lançando uma chuva de metal quente. As brasas brilhavam contra a luz amarela, nos banhando enquanto eu subia no mech caído, prendendo a máquina com meu peso.

Uma boa estratégia, até que o flexi-mech provou ser fiel ao seu nome e girou em sua coluna para me encarar. Aqueles dois braços perfurantes giraram em suas articulações, mergulhando em direção ao meu crânio. Eu bloqueei o ataque, minhas mãos em seus pulsos, uma solução temporária: eu poderia ser mais forte que o flexi-mech, mas a máquina tinha vantagem, e não tinha acabado de ser sacudida violentamente na última hora.

Eu queria gritar por ajuda, mas minha boca estúpida não funcionava, então me contentei em olhar na direção de

Delta e tentar fazer a expressão mais frenética que pude. Meus ouvidos se encheram com o som de trituração do motor enquanto aquelas mãos giratórias se aproximavam.

Mas Delta não estava olhando para mim. Um terceiro mech havia se juntado à briga, e embora Delta tivesse reduzido seu primeiro inimigo a pedaços, o segundo mantinha distância, disparando rajadas de laser em sua direção. Não havia tempo para mim.

Parece que eu teria que me salvar sozinho desta vez.

CINCO

CONSERTANDO AMIGOS

Às vezes, a melhor maneira de vencer era deixar o inimigo derrotar a si mesmo.

Com as mãos perfurantes pressionando de ambos os lados, soltei os pulsos do flexi-mech e levantei a cabeça. A morte giratória passou por baixo do meu pescoço, rosnando um pouco na gola do meu casaco rasgado, e encontrou a si mesma. Ambas as mãos se enroscaram uma na outra, dedos cortando, quebrando e cuspindo seus estilhaços por toda parte. Pequenos furos cobriam meu crânio e pescoço: nova decoração para minha pele sintética.

Enquanto isso, minhas próprias mãos entraram em ação, golpeando o peito do flexi-mech e derrubando a máquina de cima de mim. O robô cambaleou para trás, seus processos sem dúvida tentando descobrir o que fazer com suas mãos mutiladas, agora apenas fios pendurados cuspindo faíscas no chão.

Eu não podia esperar que ele descobrisse algo.

Rolando para frente, mergulhei em direção ao mech, uma manobra desajeitada com os tijolos dormentes que eu tinha no lugar dos pés. Mesmo assim, meus braços estendidos agarraram a cintura de ossos metálicos do mech, permitindo-me arrastá-lo para o chão. No meu nível, o mech sem mãos se debatia, batendo em mim enquanto eu puxava e arrancava todos os fios, cabos e tubos que conseguia encontrar.

Os flexi-mechs tinham, bem, flexibilidade, mas suas cascas esparsas deixavam pouca defesa. Como se abrisse um presente difícil, desembrulhei a máquina e a desliguei. Morto, o mech desabou sobre mim, nós dois emaranhados no silêncio repentino da Purity. Uma pausa na luta, uma que eu poderia usar.

Minha bochecha pressionada contra o chão duro enquanto eu passava rapidamente por meus sistemas, descobrindo o que poderia funcionar, o que poderia ser reparado. Eu quase tinha completado a lista quando alguém levantou o esqueleto do flexi-mech de cima de mim, lançando o robô para o lado como eu poderia ter jogado uma bola para Alvie.

— Levanta — disse Delta quando olhei para ela — ou seu novo plano é ficar deitado aí e deixar Alpha vencer?

Apontei para minha boca. Delta estreitou os olhos, me examinando mais detalhadamente.

— Você parece lixo — ela disse.

Eu não podia discutir.

O caminho para a recuperação começou com peças usadas. O antigo dono da Purity tinha bugigangas em abundância, mas brinquedos aleatórios e detritos não iriam me devolver — muito menos a Beta — ao status funcional. Precisávamos de peças que funcionassem, ou pelo menos substitutos sólidos se quiséssemos voltar à ação. E voltar àquela ação era um objetivo sempre presente enquanto eu ajudava Delta a mergulhar nas opções que tínhamos.

Kaydee, minha antiga mente e minha melhor — única? — amiga esperava por mim, prisioneira na Ponte da Starship e uma potencial moeda de barganha que eu tinha que tirar da mesa. Delta parecia sentir minha urgência, então ela se apressou em dissecar nosso melhor recurso: Os flexi-mechs.

Aquelas máquinas flexíveis tinham braços, pernas, mãos e corações mecânicos funcionando. Suas placas de circuito estavam, de certa forma, intactas. As baterias de alguns não tinham sido cortadas. Fios e barras podiam ser arrancados, cortados no comprimento certo e enrolados juntos. Com Delta como engenheira e cirurgiã, e eu como gerente, cortamos e trocamos partes minhas.

Usando as facas de Beta, Delta cortava minha pele sintética no ponto certo, fazendo um canal estreito que podia ser descascado para revelar o dano por baixo. Desparafusávamos uma placa ou levantávamos um remendo de vedação para chegar a peças escondidas e danificadas. A precisão assassina de Delta foi útil aqui na cura, já que ela podia retirar pedaços quebrados com a ponta de uma faca e depois reconectar a fiação de cobre apenas com os dedos.

Quando meus pés voltaram a funcionar, não foi tanto como acordar de um sonho entorpecente, mas como ganhar um novo recurso. Em um momento eu não sentia nada, e no outro lá estavam eles: dez dedos, dois pés, prontos para andar e vagar. Com eles no lugar, comecei a ajudar Delta e nossas quatro mãos fizeram um trabalho rápido, me devolvendo ao estado operacional.

Embora, como Volt havia alertado acima, minha integridade geral continuava a se degradar. Partes essenciais de mim, minha espinha, minha placa-mãe, minha memória, estavam ficando arranhadas, confusas. Alguns bolsões já estavam mais lentos para responder, alguns arquivos simplesmente desaparecidos, já que um golpe perdido havia danificado o hardware. Até agora, as baixas tinham se limitado aos arquivos do Bibliotecário, ao espaço extra, como onde eu havia despejado as Vozes durante nossa caminhada espacial não muito tempo atrás. Mesmo assim, eu me sentia apertado ali, como se minha cabeça não tivesse espaço para muito mais.

O que, estritamente falando, não tinha.

— E a Beta? — perguntou Delta enquanto eu me levantava, flexionava meus membros e testava sua amplitude.

— Mesma coisa — respondi. — Não vamos sair sem ela.

Claro, eu poderia ter dito isso, mas transformar palavras em realidade provou ser difícil. Mesmo com os restos do flexi-mech, o dano de Beta parecia sombrio. Sua pele sintética tinha sido explodida, incapaz de cicatrizar sobre o buraco no peito de Beta por causa do ferimento ou dos monstros mordiscantes da Purity. Os fios estavam quebrados, junto com circuitos de processamento críticos. Sua fonte de energia tinha perdido um terço de seu volume, tornando-a inoperante. Após nosso diagnóstico, tanto Delta quanto eu franzimos a testa para nossa ex-aliada.

— Não vai funcionar — dissemos ao mesmo tempo.

— Deixamos ela, então? — disse Delta, olhando para Beta sem um pingo de piedade.

— Deixá-la? Bastante insensível, Delta. Até mesmo para você.

— Ela está morta. O que você quer?

— Só porque você e eu não podemos consertá-la, não significa que não possa ser feito.

Delta pegou sua lâmina, colocou-a no ombro. — Estamos perdendo tempo, Gamma. Você disse que a Starship vai pousar em breve. Alpha tem o controle. Não podemos deixar isso continuar.

— Você estava tão morta quanto ela há alguns minutos atrás. — Eu me inclinei, agarrei os ombros de Beta e a sentei. — Tudo o que precisamos é de um mecânico melhor. —

Levantei Beta o resto do caminho, ajustando seu peso para carregá-la de lado. — E precisamos dela, Delta, se quisermos ter uma chance.

Delta fungou.

— Matamos o brinquedo do Alpha. Ele não é tão perigoso assim.

Era como discutir com uma parede, essa aí.

— Olha. De qualquer forma, temos que subir para sair daqui. Eu a carrego, você me mantém vivo, e depois a gente descobre o que fazer. Tudo bem?

— Toda vez que faço esses acordos com você, acabamos em problemas.

— Você vai se meter em problemas de qualquer jeito.

Nem mesmo Delta podia argumentar contra essa lógica.

Nós subimos. Passo a passo, saímos do porão aconchegante para o Jardim. Passamos pelas passarelas escuras da Pureza, com Delta liberando as almas de vários flexi-mechs no processo. Havia elevadores que poderíamos ter usado, mas eu os evitei mesmo com Beta nos meus braços. Alpha controlava os sistemas da Nave Estelar agora, e mesmo a chance de ele poder paralisar um elevador conosco dentro manteve meus pés se movendo em direção às escadas.

Ver Delta voltar a sua eficiente execução provocou uma pergunta incômoda que eu achei que nunca seria respondida. Embora parecesse há tanto tempo agora, quando escapamos dos mechs do Alpha e viajamos pelo casco externo da Nave Estelar, Delta havia adquirido um hobby de observar as estrelas, frequentemente lançando longos olhares para as nebulosas que cercavam a jornada de nossa nave. Várias vezes, Alvie a tinha tirado desse devaneio, mas eu nunca tive a chance de investigar o porquê.

Então, sem ser provocado, enquanto deixávamos para trás o desembarque arenoso do nível mais profundo do

Jardim, perguntei a ela por que uma máquina de matar se interessaria pelas estrelas.

— Preciso me explicar para você? — Delta perguntou.

— Não precisa.

— Ótimo.

Delta ficou quieta até chegarmos ao próximo patamar, Beta deitada em meus braços como uma princesa de estilo antigo precisando de resgate. Ela teria odiado essa comparação e me mataria se eu a dissesse em voz alta para alguém, mas no meu silêncio solitário, eu ri de qualquer maneira.

— Somos o que nossa programação permite, certo? — Delta disse quando começamos a subir novamente, deixando pegadas na areia.

— Claro, concordo com isso.

Delta bateu sua lâmina contra o ombro.

— Então tudo o que eu faço é por causa de alguma função que Leo escreveu em mim, certo?

— Não exatamente — eu disse, pensando em Kaydee. — Leo, eu acho, nos deu uma base. Uma fundação da qual estamos construindo. Podemos aprender, Delta. Obviamente.

— Uma fundação — Delta murmurou, refletindo sobre isso por mais alguns passos. — Então minha fundação é a perseguição.

— O quê?

— Uma caçada. Um ataque. Chame do que quiser, mas fui feita para a ação.

— Acho que você já provou isso mais do que algumas vezes agora.

Delta não me lançou um olhar fulminante pela minha piada, o que me fez calar a boca. Eu observava a parte de trás da cabeça dela, mas mesmo assim, ela parecia alguém focada. Um ritmo constante, sua mente em outro lugar.

— Depois do Alpha, encontrarei outra coisa para perseguir — disse Delta. — Eu não tinha pensado nisso até ver o lado de fora da Nave Estelar. Há tanto lá fora, um infinito. Nunca vou terminar.

Refleti sobre as palavras.

— Isso te assusta? — perguntei.

— Eu... não sei. Deveria ficar aliviada — disse Delta —, porque nunca ficarei sem propósito. Se a Nave Estelar pousar e os humanos sobreviverem, então haverá tarefas para me levar adiante para sempre.

— O sonho de um mech.

Delta não respondeu. Não disse mais nada sobre isso, mesmo quando a incentivei a continuar. A porta aberta para seus pensamentos se fechou novamente, em parte porque estávamos ouvindo ruídos. Conversas vagas, pisadas e arrastar de pés em movimento.

Os sons me trouxeram seu próprio alívio: Alpha não havia atacado e destruído os humanos enquanto eu estive fora. Leo, Val, Chalo e o resto ainda mantinham seu acampamento. Teríamos uma chance de encontrar ajuda para Beta. A missão à Pureza não teria custado mais do que ganhou.

Fazia muito tempo que eu não tinha uma grande vitória.

Um tempo muito longo.

SEIS

MANTENDO A SIMPLICIDADE

No começo, pensei que fosse o barulho da Starship, mas conforme Delta e eu nos aproximávamos do centro humano - menos areia, mais solo - as batidas constantes e os floreios mais brilhantes se revelaram algo completamente diferente dos rangidos, chiados e estrondos mecânicos. Não, isso aqui era música de verdade, algo criativo, tocado por mãos, soprado por várias flautas pequenas e batucado em um balde virado.

Encontramos a banda quando nos aproximamos do centro da floresta temperada. Agulhas de pinho formavam uma almofada macia para o quarteto musical, sentado de lado e com armas ao alcance. O caos militar do qual eu havia escapado para ir procurar Beta e Delta tinha sido moldado ao longo das horas para se parecer com algo mais sensato: a banda, sim, mas também espaços reservados para comida, planejamento, mensagens e medicamentos.

As pessoas aqui cruzavam um curto espectro: todos eram lutadores em primeiro lugar, mas alguns também faziam parte do grupo de sobreviventes pós-apocalípticos de Leo. Estes não eram difíceis de identificar: suas transformações metálicas os colocavam em duro contraste com as pessoas maltratadas e sujas que compartilhavam seu espaço, pessoas que ou haviam sido criadas por tecnologia a partir de um frasco no Berçário da Starship, ou eram os últimos descendentes da população original da Starship. Agora misturados, os grupos se ocupavam trabalhando em armas recuperadas ou roubadas, revisando alinhamentos defensivos e, surpreendentemente, jogando um pequeno jogo com fichas de aço esculpidas.

Val, a única líder que vi monitorando o empreendimento, se estabeleceu sob um pinheiro frondoso. Ela estava sentada em um tronco crivado de tiros, revisando gravações em uma fina folha de plástico. Conforme nos aproximamos, Beta em meus braços, atraímos a atenção de todos, exceto a dela. Só quando paramos aos seus pés, Val bateu o dedo preguiçosamente em uma pequena mesa dobrável no ritmo da banda - que não havia interrompido sua apresentação com nossa chegada - e olhou para cima.

Uma portadora de fardos, Val carregava seu manto com severidade afiada. Ela nos observou com olhos analíticos, examinando meu estado desarrumado, Beta deitada em meus braços e o perigo rearmado de Delta. Uma revisão lenta, que eu tolerava sem comentários: Val tinha mostrado repetidas vezes que trabalhar com ela era aceitar seu domínio. Qualquer outra coisa significaria expulsão, demissões, recusas.

— E então? — disse Val, seus olhos voltando para a folha riscada.

Não exatamente a resposta que eu queria, mas melhor do que uma proibição ou uma repreensão.

— Onde está Leo? — respondi. — Preciso da ajuda dele para consertar Beta.

— Leo não está aqui.

Antes que eu pudesse lidar com o temperamento curto e as frases mais curtas ainda de Val, Delta bateu com a mão na mesa dela. O som ecoou pela sala, sobrepujando o quarteto e desafinando suas notas por um momento discordante até que sua confusão se organizasse. Ninguém mais ousou interferir ou deixar seus olhos se demorarem por muito tempo.

— Nos ajude e nós salvaremos você — disse Delta.

Val lançou um olhar furioso, mas poucos poderiam igualar minha amiga recipiente em um olhar acalorado. Delta não precisava piscar, não precisava respirar. Ela podia concentrar toda sua vontade em superar os esforços de Val e assim o fez, forçando Val a suspirar e esfregar a testa com mãos secas e cicatrizadas.

— Ele voltou — disse Val. — Ele tomou para si a tarefa de consertar o Berçário com aquele outro robô, aquele com quem você apareceu algumas vezes.

— Volt — eu disse.

O mech preto, uma máquina de muitos braços, mantinha um olho atento no fornecimento de energia da Starship. Prateleiras de baterias e watts incontáveis queimavam através do domínio de Volt em uma dança cuidadosa de acordo com sua melodia. Um único passo em falso, segundo Volt, e nossa grande arca se desintegraria em um espetáculo espetacular, que nossos eus vaporizados não testemunhariam.

— Esse mesmo — Val assentiu. — Então, como eu disse, eles se foram. Há alguns Forjadores aqui, no entanto. Eles podem ser capazes de ajudar. — Pela primeira vez, Val pareceu derreter, a frieza substituída pelo cansaço. — Há sucata de sobra e poderíamos usá-la, se você for capaz.

— Tenho certeza que você poderia — respondi, — mas eu não a salvei para você.

— Não?

Até Delta me lançou um olhar questionador ali. Justo, eu não tinha contado a ela o porquê durante nossa subida, apenas a história que levou a este exato momento.

— Tenho um amigo que precisa de ajuda — eu disse. — Quando isso acabar, se Beta quiser ajudar você, isso depende dela. Então eu sugeriria que você fosse um pouco mais gentil conosco.

— Se você quer gentileza, vá ler um livro — Val retrucou. — Tudo o que temos aqui é guerra.

A declaração deprimente de Val acabou sendo falsa: os humanos tinham muito mais do que guerra em seu enclave. Para começar, eles haviam empilhado e classificado os restos do exército mech heterogêneo de Alpha. A maioria dos pedaços e peças, cortados por lâminas ou queimados por fogo laser, não oferecia muito mais do que lixo, mas aninhadas nas pilhas havia peças que poderiam servir para Beta, ou pelo menos era o que Clara dizia.

A atrevida Forjadora tinha, por habilidade ou força de personalidade, assumido um certo papel na ausência de Leo: mestra da sucata. Ela presidia sobre as peças embaralhadas, direcionando companheiros forjadores e os humanos interessados em como encontrar peças úteis. Quando nos aproximamos, Clara, cujas roupas não cobriam completamente os remendos metálicos brilhantes em sua pele, apontava para cá e para lá, enviando seus subordinados correndo.

Assim como Val, seu humor não melhorou ao me ver e ao que eu carregava.

— Tenho peças, não pessoas — disse Clara. — Se você está doando ela, ótimo. Desmonte-a primeiro.

Impiedosa, essa aí.

— Estou tentando repará-la — respondi, — mas preciso de ajuda.

Clara examinou Beta, parecendo ver os ferimentos pela primeira vez. — O que vocês, recipientes, têm que sempre trazem problemas para a minha vida?

— Desculpe?

— Não se desculpe. O que faz dela valer a pena consertar?

— Ela pode destruir mais mechs do que todos aqui — interrompeu Delta — exceto eu.

Clara, provavelmente lembrando-se de Delta a fazendo refém não muito tempo atrás, aceitou a afirmação, gritou algumas ordens, e em segundos tínhamos uma bancada improvisada — construída juntando partes de mechs — liberada e Beta estendida nela. Abri os esquemas do recipiente e começamos o trabalho.

Fazer uma cirurgia em equipe completa foi, em uma palavra, incrível. Eu pedia isso ou aquilo e Clara fazia, ou mandava alguém fazer, ou Delta fazia os cortes onde necessário. Ferramentas de Forjadores para moldar metais soldavam novos circuitos, fios antigos eram reaproveitados. Entrei em transe, seguindo minhas funções para identificar a melhor ordem de remendar Beta. Uma linha levava à próxima, cada sucesso uma marca na longa lista.

Até que, várias horas depois, tínhamos os olhos de Beta piscando para nós. Embora o cabelo rosa que caía por metade de sua cabeça estivesse cheio de nós, embora sua pele sintética não fosse se curar como antes e um remendo de metal estilo Forjador cobrisse seu peito, Beta estava viva.

— Me trazem de volta e a primeira coisa que vejo é a sua cara feia? — disse Beta para mim.

Eu sorri.

— Isso não ajuda.

Alvie, meu cão de metal, também se reuniu conosco na floresta. Meu filhote ofegante me cobriu de cutucões e lambidas enquanto trabalhávamos em Beta, pelo menos até eu mandar ele sentar. Alvie então simplesmente sentou, me encarando com olhos amarelos, sem parar até que eu lhe desse permissão para se mover. Quando perguntei a Val, depois da cirurgia de Beta, se o cão havia entregado minha mensagem, ela mais uma vez levantou os olhos de seu planejamento estratégico e me disse que sim.

— Não tínhamos nem as pessoas nem o conhecimento para ir atrás de você — disse Val. — Não leve para o lado pessoal.

— Aprendi a não fazer isso com você.

— Ótimo.

Val estendeu a mão, acariciou um galho de pinheiro que pendia sobre sua cabeça. — Estou feliz que Beta esteja acordada.

— Eu também — eu disse, querendo voltar para os recipientes. Mesmo assim, Val não continuava conversas à toa, então esperei. — Ela não vai ser como era antes, mas quase.

— Todo mundo ganha cicatrizes nesta vida.

Ok. Esperei uma longa respiração.

— Gamma — disse Val, olhando de volta para sua folha riscada. — Estou olhando para isso há muito tempo.

— Percebi.

— Assim como todo mundo — respondeu Val. — É uma decisão difícil.

— Você está procurando conselho?

Val riu, com gosto. — Conselho? Não. Você disse que ia levar Delta e Beta e ir atrás de um amigo seu? Um que está com Alpha?

— Sim.

Kaydee já havia ficado esperando por tempo demais.

— Não sei se deveria te contar isso, mas como você nos ajudou, sinto que você deveria saber — começou Val. — A

Starship está perto de pousar, ou pelo menos é o que Volt está dizendo. — Uma pausa, um coçar na bochecha traçando uma velha cicatriz de borda branca. — Leo não está no Berçário para defendê-lo. Ele está preparando-o para o transporte. Os embriões.

— Por quê?

— Depois que a Starship pousar, vamos partir — disse Val. — Nós humanos, pelo menos. — Ela levantou uma mão como se para me impedir de falar, não que eu fosse. — Alpha simplesmente tem poder demais. Seus mechs são muitos e nós somos poucos. Não vou deixar que nossos primeiros momentos em nosso novo lar sejam manchados com morte.

Segui o que tinha visto tantos humanos fazerem e inclinei a cabeça. — Alpha não vai deixar vocês partirem. Ele vai perseguir. Ele vê os humanos como uma ameaça.

— Ele não terá a chance — disse Val. — É sobre isso que estou te avisando, Gamma. Quando a Starship pousar, vamos deixar a nave rapidamente. Com sorte, rápido demais para Alpha perceber. Então Volt vai explodir este lugar todo.

— Destruir a Starship?

— E Alpha e todos os outros mechs neste maldito lugar — disse Val. — É a única maneira de ter certeza.

Entrei em overdrive, passei o plano pela cabeça e pareceu possível. Volt poderia sobrecarregar todas as baterias da Starship. Ele poderia provocar incêndios, explodir subestações por toda a nave. Uma falha em cascata que transformaria este casco em cinzas e escombros.

— Você está me contando isso porque quer que a gente vá com vocês? — adivinhei.

Val balançou a cabeça. — Não. Estou te contando isso para que você e seus amigos possam viver, se quiserem. Mas não conosco, Gamma. Quando sairmos da Starship, os humanos sairão sozinhos.

— É um desperdício — disse Delta enquanto subíamos os níveis.

Eu tinha selado as portas do Jardim em direção à Ponte, criando uma parede para manter os humanos seguros por um tempo dos ataques de Alpha. Esse ato significava que precisávamos escalar para sair, chegar a um ponto onde eu pudesse abrir uma porta.

— Os humanos não pensam como você, mas não são estúpidos — respondeu Beta, arrastando-se por último na fila. Ela estava melhorando a cada lance, seu processador se adaptando às suas novas entranhas. — Não o tempo todo.

— Estou duvidando disso.

Eu tinha que concordar com a portadora da espada aqui. A Starship tinha material aos montes embalado em seu volume. Recursos, ferramentas, energia para ajudar a iniciar uma nova colônia humana. Simplesmente explodir tudo em pedaços seria um plano terrível.

— Não sei por que Volt concordaria — eu disse. — Ele acabou de reconstruir a esposa dele.

— Eu sei — respondeu Beta. — Se você acha que Alpha vai vencer, então que futuro você tem?

Um futuro corrompido. Alpha tinha uma tendência podre de reescrever o código dos mechs para seguir suas próprias instruções. Ele quase reescreveu o meu uma vez, me enviando em espiral por um túnel aterrorizante onde cada uma das minhas ações tinha que obedecer às suas ordens. Eu podia, talvez, entender Volt decidindo que tal futuro não valia a pena arriscar.

— Então se resume à mesma coisa de sempre — eu disse, nossas botas pisando no chão musgoso ao chegarmos aos níveis superiores úmidos e cobertos de vegetação.

Novas roupas nos vestiam, tiradas de humanos e Forjadores que não precisavam mais delas. Equipamentos estáveis e práticos, mais adequados para soldar placas ou consertar canos do que para batalhas. Se tivéssemos a chance, eu votaria por entrar em uma loja antiga, fazer uma busca. Quanto mais leve, melhor para dançar com mechs flexíveis.

— Parar Alpha, salvar a Starship — respondeu Delta. — Mantém as coisas simples, não é?

SETE

CINEMATOGRÁFICO

Emergimos do Jardim no alto do Conduto. Um lugar mais rico, onde o ar brilhava com um azul mais intenso. O vasto corredor que cortava a Nave Estelar tinha grandes passarelas de ambos os lados, todas passando por casas e lojas escavadas, suas entradas marcadas por portas em espiral. Gemas vermelhas e verdes incrustadas, cada uma do tamanho da minha cabeça, mostravam opções fechadas e abertas enquanto pisávamos no metal, deixando as plantas do Jardim para trás.

Depois que a porta que usamos se fechou, Beta se virou e enfiou uma faca sob a gema vermelha. Ela mexeu a lâmina, soltando faíscas enquanto Delta e eu observávamos.

— Nenhum mech vai hackear o caminho para dentro agora — disse Beta, quando terminou sua manipulação.

— Ainda do lado deles — murmurou Delta.

— Alguns de nós não abandonam seu propósito tão rápido.

— Ei — tentei intervir.

— Alguns de nós não são cegos — Delta retrucou, falando por cima de mim. — Quem veio atrás de nós? Não foram os humanos. Gamma aqui é o único que se importou, e ele é um mech.

— Um recipiente — eu disse.

Beta, com suas bandoleiras de facas cintilando na umidade remanescente do Jardim, deu de ombros. — Não preciso do amor deles para fazer o que precisa ser feito.

— E quando eles te jogarem fora? Atirarem pelas costas?

— Gostaria de vê-los tentar — respondeu Beta.

Os olhares fervilhavam. Alvie ficou entre as duas, seus olhos amarelos se movendo de um lado para o outro. Eu me apoiei no corrimão da passarela, tentando descobrir que combinação mágica de palavras faria cessar a briga, quando a encontrei.

— Cozinha e Lar de Chandler — eu disse, quebrando o silêncio. Diante dos olhares incrédulos, apontei para alguns metros adiante na passarela, onde um letreiro de neon branco quente iluminava intermitentemente a fachada da loja. — Vamos lá.

Minhas duas amigas recolheram seus ferrões e se juntaram a mim na caminhada, entrando comigo na loja arruinada para ver o que poderia ser aproveitado. A maioria dos lugares na Nave Estelar tinha sido saqueada por humanos desesperados em seus dias de declínio. Outros tinham sido destruídos por mechs conforme seus códigos se deterioravam ou, possivelmente, Alpha os torcia para um estado mais triste.

No entanto, nessa altura do Conduto, com menos humanos e mechs mais sofisticados, os danos não eram tão extensos. Kaydee poderia ter dito que isso era algum comentário sobre a humanidade como um todo, mas eu estava mais preocupado com os talheres.

Gamma e Beta compartilhavam minha paixão, e pulamos os fornos, refrigeradores quadrados e baixos, e lava-louças não mais altos que nossos joelhos. Os eletrodomésticos brilhavam em cores selvagens, do vermelho carmesim ao amarelo explosivo. Apesar de todo o cinza da Nave Estelar, parecia que a tendência nos círculos mais descolados era ir para qualquer cor, menos o cinza.

Facas, cutelos e outros instrumentos de destruição corporal verdadeiramente bem feitos estavam em vitrines ou pendurados em vários suportes no fundo da loja. Beta e Gamma os arrancavam um por um, comparando-os com a sucata forjada que haviam feito na popa da Nave Estelar. Algumas novas lâminas ganharam lugares em seus arsenais, a maioria foi deixada de lado. Muito finas, muito pequenas.

Eu, por minha vez, deslizei algumas facas para os coldres de coxa que Beta fez para mim, mas meu principal prêmio veio das panelas: uma pesada, quase imortal panela de ferro fundido. Uma arma laser roubada dos mechs flexíveis pendia nas minhas costas, e eu não tinha a velocidade de Gamma e Delta, nem sua destreza. Um objeto contundente grande que poderia funcionar tão bem quanto um escudo era melhor para mim do que as coisas pontiagudas. Bônus, eu já tinha usado um antes.

— Boa escolha — disse Delta quando nos reunimos na entrada da loja. — Você pode fritar ovos para os humanos quando tudo acabar.

— Tudo sobre utilidade — concordei.

Onde conseguiríamos os ovos, sem mencionar o óleo para fritá-los, ficou sem ser perguntado e sem ser procurado.

Mais difícil de ignorar era a cor do Conduto quando voltamos à entrada da loja. Uma troca: azul-celeste por laranja queimado, como se, de acordo com o arquivo da Bibliotecária em meus bancos de memória, um lindo amanhecer na Terra tivesse chegado. Junto com a luz veio uma mensagem repetida várias vezes:

A Nave Estelar pousará em breve. Por favor, preparem-se para a chegada.

Sybil, a arquiteta da Nave Estelar, falava as palavras. Gravadas sabe-se lá quantos anos atrás. Após três repetições, o brilho azul do Conduto retornou.

— Muda alguma coisa? — disse Delta.

— Não — respondi. — Quando a nave começar a tremer, podemos nos sentar. Até lá, vamos atrás do Alpha.

Atrás da Kaydee.

— Ótimo — disse Delta.

Juntos, descemos a passarela e continuamos. O anúncio de chegada de Sybil causou pouco alvoroço: quaisquer mechs oficiais designados para as tarefas de pouso já haviam sido há muito destruídos ou absorvidos pelo enxame de Alpha. Por falar nisso, vimos grupos de mechs vagando pelas passarelas, bandos de cinco ou dez mechs flexíveis acompanhados por mensageiros, aqueles robôs flutuantes parecidos com abelhas transformados de transportadores em lançadores de laser.

Os mechs não pareciam ter um objetivo em mente, e os que observávamos de cima tendiam a andar em linha reta, parando em cada casa ou loja para entrar e procurar.

— Alpha está ficando paranóico — eu disse.

— Ele está ficando mais esperto — disse Beta. — Quantas vezes você subiu lá?

— Algumas.

— E toda vez, você falhou em destruir Alpha. — Beta fez um ruído de estalo. — Vamos lá, Gamma.

— Eu tinha outros objetivos que pareciam mais importantes.

— Ele não é um lutador — acrescentou Delta. — Esse não é o modo dele.

Não era exatamente a defesa que eu precisava, mas tudo

bem. Beta deu de ombros, ignorando o comentário, e continuamos nos movendo, conversa encerrada. Eu entendi o ponto de Beta, no entanto: na próxima vez que me encontrasse perto de Alpha, apenas um de nós sairia vivo.

Doze mechs marchavam em nossa direção, firmes e lentos. A Universidade ficava abaixo à nossa esquerda, sua estrutura que se estendia por vários níveis não chegava tão alto. Na metade do caminho para a Ponte, Delta e Beta queriam lutar.

— Voto pela discrição — eu disse, conduzindo-nos para uma porta grande e aberta à nossa direita. Aberta pode não ser a palavra correta: suas extremidades espiraladas estavam retorcidas para dentro, a abertura esmagada. — Qualquer mech pode ser capaz de dizer ao Alpha onde estamos, e eu não quero lutar através de um oceano para chegar até ele.

— Eu quero — Delta respondeu, mas ficou dentro com Beta e eu.

E que interior. Eu já havia estado em lojas, restaurantes arruinados e casas antes, mas o amplo espaço aqui me confundia. Um tapete esfarrapado cobria o chão, levando a um único balcão longo da entrada ao fundo. O balcão tinha uma seção de vidro quebrada no centro, salpicando os estandes vermelho batom dentro dele com cacos. Atrás do balcão havia outra prateleira longa, repleta de tanques de vidro, cada um com pequenas tigelas de metal no topo e aberturas à direita. Recipientes empilhados e achatados estavam ao lado de cada tanque, com jarras com bombas próximas rotuladas com adesivos de Manteiga e Sal.

— Onde você nos trouxe? — Beta disse, olhando para o teto.

Algumas luzes embutidas ainda funcionavam, iluminando um mural selvagem. Uma mistura de personagens, cenas e cenários estava acima de nossas cabeças, colocando heróis de ação e suas armas ao lado de criaturas arbóreas retorcidas, carros de corrida, uma bola branca voadora sendo rebatida por um cara com um bastão grande, e várias coisas que pareciam naves espaciais rudimentares voando ao redor de uma grande mancha cinza.

— Não faço ideia — eu disse. — Kaydee saberia.

Nosso devaneio não durou muito: os mechs se aproximavam, seus ruídos metálicos os denunciando. Embora Delta insistisse em uma emboscada, eu optei por um recuo mais profundo. O saguão dava lugar a um corredor nos fundos, com quatro opções para escolher. Aleatoriamente, Beta escolheu a segunda, então foi para lá que fomos.

A princípio, não entendi: a sala, grande mas não imensa, porque poucas coisas eram na Starship, não continha nada além de cadeiras alinhadas fileira por fileira. Todas elas estavam voltadas para a mesma coisa, o que parecia ser uma parede preta e lisa. Delta resolveu o enigma, encontrando um painel de controle logo dentro da porta e pressionando vários botões enquanto Beta e eu vagávamos à frente.

Um som de ranger preencheu o salão, me fazendo congelar enquanto uma tela, de plástico branco-prateado, descia do teto para cobrir a parede. As luzes ao longo das laterais da sala diminuíram até a escuridão, nos deixando em completo breu por exatamente dois segundos até que uma luz brilhante ofuscou meus sensores. Uma cena surgiu na tela, um filme rolando rapidamente através de cenas discordantes. O som também se espalhou: vozes, efeitos, música.

Eu nunca tinha ouvido todas essas coisas juntas, nunca colocadas intencionalmente, e isso me desconcertou. Os arquivos depositados do Bibliotecário tinham essas coisas, claro, mas reproduzi-los — como se eu tivesse tido tempo —

na minha própria memória não era como isso, não era como estar cercado pela experiência.

— Desligue isso! — Beta gritou sobre o barulho. — Eles vão ouvir, droga.

— Não consigo — Delta respondeu, e eu olhei para ver que o painel de controle tinha recuado para dentro da parede, trancado por um código de acesso. Ela ergueu sua lâmina. — Vou cortar.

— Não! — eu disse, surpreendendo a mim mesmo. Algo explodiu na tela, e uma voz profunda leu o que parecia ser o título. — Não faça isso. Não sabemos se as outras salas funcionam.

— E daí? — Delta me lançou um de seus olhares patenteados de Gamma-você-é-louco, ainda mais intenso contra o reflexo do filme.

— Isso pode ser o último. O único lugar assim que resta. — Apontei para trás de mim. — Há magia aqui. Não precisamos destruí-la.

Delta continuou me dando um olhar vazio, mas pelo menos ela abaixou a lâmina. Uma vitória momentânea, que eu planejava seguir com uma observação esperançosa sobre os mechs passarem direto.

Você pensaria que eu já teria aprendido a essa altura.

Os flexi-mechs não obedeceram à etiqueta do teatro. Eles não entraram silenciosamente pela porta, mas a derrubaram, com as armas em punho e prontas. Delta, Beta e eu mergulhamos em busca de cobertura.

Ou melhor, eu mergulhei.

As facas de Beta assobiaram sobre minha cabeça enquanto eu voava em direção às cadeiras. Aterrissando no chão duro e antigo, ouvi os encostos das cadeiras rangerem enquanto Delta saltava sobre elas, dançando em direção aos mechs enquanto dificultava um bom tiro. Alvie latiu ofegante, escolhendo uma fileira para esperar por uma emboscada. Acima e ao nosso redor, violinos agitados e tambores ressoantes abafavam qualquer outro ruído.

Eu me encolhi no chão, arrastando minha grande panela pelo chão entre os assentos para dar uma olhada. Luzes laser laranja piscavam. Ocasionais guinchos de metal retalhado irrompiam entre a música. Quando espiei pela borda, corpos de mechs jaziam fumegantes perto da entrada do teatro, mas a salva inicial dos meus amigos não havia arruinado toda a força.

Delta, de volta perto do projetor, se enroscava com três flexi-mechs. Eles usavam suas armas menos para atirar em Delta e mais para forçá-la a recuar, pegá-la em uma rede de fogo combinada. À minha esquerda, Beta tinha se abaixado atrás da primeira fileira, buscando cobertura enquanto cinco mechs corriam pelo corredor atirando. Alvie encontrou seu momento, saltando sobre os cinco e atacando em meio à multidão.

Eu poderia ir atrás de qualquer grupo, mas qual?

A vitória mais fácil superou a luta mais difícil.

Levantei-me, deixando cair minha panela e girando meu laser ao redor do ombro para minhas mãos. Longe de ser o melhor atirador, mesmo eu poderia acertar um ou dois bons tiros em um alvo distraído. Minha arma vibrou enquanto gás e luz se misturavam, cuspindo energia azul quente no trio de mechs. Meu primeiro tiro errou atrás do avanço deles, o segundo queimou um torso.

— Peguei você! — gritei.

E recebi a resposta pretendida: não apenas o mech que eu havia queimado, mas os outros dois com ele se viraram na minha direção.

Delta cuidou do resto, avançando com um golpe amplo. Os três mechs, de pé em duas fileiras de assentos separadas, perderam suas cabeças. Dei a Delta um polegar para cima patenteado de Kaydee, mas o receptáculo me ignorou, completando seu golpe e correndo para a frente do teatro.

Certo. Dois amigos e um cão.

Girando atrás de Delta, tentei me posicionar para um tiro e vi laranja vindo na minha direção. Abaixei-me, vi os assentos atrás de mim pegarem fogo quando raios errantes superaqueceram o tecido velho e seco. O tempo todo, algum discurso dramático era reproduzido na tela, um general ou algum outro comandando suas forças para a batalha. Apropriado.

Inclinei-me para fora do meu corredor, mantendo-me atrás dos assentos. Delta havia sido pressionada a se proteger, o fogo em camadas dos flexi-mechs provando ser difícil de penetrar. Não conseguia ver Beta, mas maldições lançadas do lado oposto do teatro pareciam um bom palpite. Alvie voou pelo ar, lançado por um flexi-mech, e caiu nas cadeiras atrás de mim. No momento, eu parecia ser o alvo menos ameaçador.

Por mais que eu preferisse assim.

Sem buscar precisão, segurei o gatilho e esgotei minha pobre arma para enviar um fluxo constante e abrasador. Os raios azuis passaram longe da tela — de alguma forma, a tela ainda não havia sido atingida e eu sentia que precisava permanecer intacta — e bem longe dos mechs, mas chamaram a atenção. Aqueles olhos vermelhos dos flexi-mechs, como pontos flutuantes no escuro, brilharam na minha direção.

— Vão pegá-los — sussurrei.

Delta ouviu.

O desmantelamento veio rápido e forte. Lancei mais alguns parafusos em solidariedade enquanto meus amigos recipientes pinçavam e processavam os mechs à sua maneira, um corte, uma facada ou uma fatia de cada vez. Atrás de mim, o fogo do teatro continuava a queimar, consumindo vários assentos enquanto eu observava, inseguro.

Inseguro, pelo menos, até o teto decidir chover sobre nós.

A defesa contra incêndio da nave espacial caiu enquanto Beta e Delta limpavam o último mech, encharcando o teatro. O fogo diminuiu com a umidade. Minha arma entrou em curto, assim como as outras, deixando-me apenas com a frigideira. Ergui-a quando Delta e Beta retornaram, todos nós sem grandes danos. Bem, não exatamente: Beta e Delta tinham levado alguns golpes, absorvidos por sua pele sintética. Sem danos internos. Alvie também se livrou dos escombros, procurando mais mechs para morder.

— Bom trabalho — eu disse ao par. — Somos uma boa equipe.

— Nós? — Beta perguntou.

— Gamma fez o que Gamma faz — disse Delta. — Pelo menos não tivemos que salvá-lo.

Houve um tempo em que eu ficaria irritado com essa caracterização. Agora, apenas assenti.

— Exatamente — eu disse. — E olha, o teatro ainda está funcionando.

O filme continuava passando, as consequências de alguma batalha violenta se desenrolando na tela. Personagens caminhavam por entre cadáveres, seus rostos manchados de sujeira e sangue. No geral, um espetáculo bem mais nojento do que os cabos e o líquido de resfriamento pingando ao redor do nosso campo de batalha.

— Eu conheço esse — Beta ponderou. — Não é grande coisa.

— Tanto faz — disse Delta. — Vamos embora.

Então saímos, minha frigideira na mão, um leve sorriso

no rosto, roupas encharcadas. De alguma forma, senti que o Bibliotecário ficaria feliz por termos deixado o teatro funcionando. Eu devia ao velho homem por tê-lo acolhido apenas o tempo suficiente para Kaydee obliterar a alma digital do cara.

Se eu tivesse que pagar essa dívida um cinema de cada vez, eu o faria.

OITO

FESTA DANÇANTE

Por todo o trabalho que fizemos no cinema, teria sido bom receber uma recompensa. Em vez disso, os mechs de Alpha devem ter conversado entre si, porque só conseguimos avançar mais algumas dezenas de metros pela passarela, com a Ponte ainda longe à frente, antes que mensageiros flutuassem direto até nós. Os mechs parecidos com abelhas, projetados para transportar pacotes de um lugar para outro, haviam sido equipados com lasers em vez de carga. Não eram especialmente precisos, e seus mini-motores a jato tendiam a fazê-los flutuar aleatoriamente, mas o volume contava para alguma coisa.

— Cinco — disse Delta, enquanto o quinteto, brilhando em laranja contra o azul do Conduit, balançava sobre o corrimão à frente. — Correr ou lutar?

— Sem dúvida qual você preferiria — respondi.

Beta nem esperou. Uma faca passou zunindo pela orelha de Delta, indo direto para um golpe relâmpago no mensageiro mais próximo. O metal afiado penetrou na pele fina do mensageiro, soltando faíscas. Redobrando o impacto, o impulso da faca fez o mensageiro girar, virando seu motor para cima, de modo que a explosão em pânico da máquina a enviou caindo na passarela.

Morreu com um estalo e um estouro satisfatórios.

— Lá vamos nós — murmurei, seguindo Delta e Beta.

Os quatro mensageiros restantes não conseguiram disparar um tiro. A luta terminou em segundos, com os braços de Beta lançando facas enquanto seus pés cruzavam metros. Cada tiro foi certeiro, fazendo os mensageiros girarem, explodindo suas armas ou motores. O último que ficou no ar, lutando para encontrar sua mira, encontrou a lâmina de Delta cortando-o ao meio.

Eu, com a frigideira totalmente pronta, cheguei para encontrar um massacre aguardando meu ataque.

— Bom trabalho, equipe — disse eu enquanto meus amigos confirmavam suas baixas.

— É melhor continuarmos — respondeu Beta, reabastecendo suas facas. — O grandão sabe que estamos aqui.

— Alpha não é realmente tão grande — disse eu, colocando a mão na cabeça. — Ele é como meu-

— Não importa — Delta me interrompeu. — Vamos.

Beta disparou com Delta, as duas tomando a passarela livre e usando-a como sua pista de corrida pessoal. Eu corri atrás delas, com os danos acumulados reduzindo minha velocidade de corrida. Kaydee mencionou, e os recursos da Bibliotecária confirmaram, que os humanos se degradavam com a idade. Músculos e memórias não funcionavam tão bem quanto costumavam, tornando os humanos e outras criaturas biológicas mais lentos com o tempo. Imaginei que isso não devia estar longe do que eu sentia agora, cada passo disparando pequenos alertas em meus olhos sobre fraqueza estrutural, juntas escorregando, fios se desgastando.

Os últimos dias tinham visto meia dúzia de reparos improvisados em meu corpo, todos feitos por pessoas e mechs que não eram especialistas. Depois de tudo isso, eu precisaria de alguém como Leo, ou talvez Volt, para fazer uma desmontagem completa. Arrancar minhas entranhas, meus nervos e substituí-los por versões novas e melhores.

Isso, é claro, só seria possível se a Starship pousasse em segurança. Se Alpha não vencesse.

Por outro lado, se Alpha vencesse, talvez ele me consertasse depois de corromper minha programação. Um tenente perfeito, brilhando ao lado de Delta e Beta sob o trono de Alpha em seu novo mundo controlado por mechs. Que pesadelo seria esse.

A pior parte? Eu não saberia disso. Não como um humano que se visse escravizado ou capturado. Minhas memórias seriam literalmente apagadas, literalmente alteradas. Eu seria um servo feliz em todos os sentidos, operando para sempre conforme o capricho de Alpha sem um pingo de descontentamento.

Eu não podia deixar isso acontecer. Não podia. Se as coisas chegassem a esse ponto, eu apertaria o botão. Apagaria tudo o que me fazia funcionar e me tornaria verdadeiramente um recipiente vazio. Claro, Alpha poderia instalar algum outro programa, mas não seria eu.

Não seria eu.

Delta e Beta eventualmente perceberam que eu não era tão rápido e diminuíram o ritmo da corrida, deixando-me alcançá-las. Alvie, pelo menos, manteve meu ritmo o tempo todo. Passamos por casas mais elegantes, mais restaurantes e lojas de alto padrão. Se o tempo permitisse, eu teria entrado, curioso sobre a sociedade humana aqui em cima. Em vez disso, repeti o nome de Kaydee para mim mesmo e continuei em frente.

Mechs nos interromperam no caminho, esquadrões relâmpago saltando de um elevador ascendente ou mais mensageiros voando. Toda vez, Delta e Beta despachavam os recém-chegados sem cerimônia, com trabalho impecável e rápido de faca e lâmina. Contei uma pancada sólida de frigideira em um mech flexível que não foi completamente aniquilado por uma facada de Beta. Depois, Beta recolhia suas lâminas gastas e estávamos correndo novamente, mantendo-nos à frente de qualquer armadilha.

— Ele deve saber para onde estamos indo — disse eu enquanto estávamos entre outro grupo de mensageiros abatidos. — Por que Alpha não está simplesmente enviando seus mechs para lá?

— Esperando ter sorte? — sugeriu Beta, pegando sua última faca gasta e colocando-a de volta no coldre da coxa.

— Atraso — disse Delta. — Cada segundo lhe dá mais tempo para se preparar.

Dividindo suas forças. Gastando alguns para comprar um tempo precioso para o resto. A ideia fazia algum sentido. Especialmente se Alpha tivesse algum outro mech mons-truoso como o Chanceler revivido. Dê a essa fera mais alguns minutos para ser aperfeiçoada, e-

— Ainda não — disse eu enquanto começávamos a correr novamente. O azul à frente escurecia à medida que nos aproximávamos da proa da Starship, da Ponte e do fim do Conduit. — Danificamos as Linhas o suficiente. Alpha não seria capaz de construir um novo exército tão rápido.

— Então contra o que estamos lutando? — respondeu Delta.

— Tudo o que ele tem — disse eu.

— Então ele é um recipiente morto.

— Muito — acrescentou Beta.

Aproximar-nos da Ponte vindo do topo da Starship signifi-cava que tínhamos que descer, uma tarefa dificultada pelo fato de os elevadores não funcionarem para nós. Alpha controlava a rede da Starship, o que significava que aqueles elevadores convenientes tocavam a sua música e a de ninguém mais. Nossa passarela terminava contra uma porta em espiral pintada, uma arrebentada e que levava a um apartamento enorme com vistas de vidro para o espaço sideral. Uma escadaria, com degraus e corrimãos, ficava logo antes do final à nossa direita.

— Para baixo? — perguntou Delta.

— Não há outro caminho para a Ponte, há? — perguntou Beta, olhando para mim.

Uma plataforma central, entrada guardada por laser, depois um longo caminho até a própria Ponte e seus terminais. Não havia outro jeito, a não ser rastejar pelo lado de fora da Starship e tentar invadir, algo que eu apostava que nem mesmo Delta conseguiria fazer.

— Pela primeira vez, acho que nossa única tática é arrombar a porta da frente — eu disse.

— Simples. Bom — Delta assentiu. — Vamos lá.

Alvie latiu ofegante sua aprovação, e lá fomos nós. Pular pelos degraus não era muito melhor do que correr na passarela plana, e mais uma vez Beta e Delta provaram seus bônus físicos pulando de um lance para o outro. Eu preferia descer os degraus pulando, mantendo uma mão no corrimão e a outra segurando minha frigideira. Mais devagar, com certeza, mas menos provável de me esparramar num patamar.

Eu não aguentaria a zombaria que receberia por isso.

Alpha, no entanto, nos deixou fazer a descida sem importunar. Logo vimos o motivo em olhares furtivos para baixo: flexi-mechs, mensageiros e uma variedade de mechs mais antigos aglomerados na plataforma de entrada da Ponte. Alpha, aparentemente, havia decidido condensar suas forças em uma última barreira. Diferente de uma barreira, no entanto, os mechs se moviam.

— Por quê? — perguntou Delta enquanto fazíamos uma pausa em um patamar perto do nosso destino para dar uma última olhada.

As máquinas se movimentavam pela plataforma, algumas andando em longos círculos enquanto outras pulavam de um lugar para outro, para frente e para trás sem parar. Os mensageiros subiam e desciam, como se balançassem ao som de uma batida silenciosa. Movimento incessante sem propósito aparente.

— Festa dançante? — sugeriu Beta.

— Perguntaremos ao Alpha quando todos tiverem ido embora — eu disse.

Qualquer pena que eu tinha pelos mechs não se estendia muito às novas variantes de Alpha. Particularmente após o ataque em Purity, eu não conseguia encontrar muito terreno comum com os flexi-mechs e mensageiros que queimavam com laser. Aqueles poucos mechs de lixo e talheres, tão além de seu escopo projetado, ganharam meu arrependimento remanescente. Todos os outros eram máquinas feitas para guerra e mereciam seu fim.

Como o núcleo de uma aranha, a Ponte começava com uma plataforma ondulada no centro do Conduto. Dos lados, passarelas se curvavam para se encontrar em sua borda. Escadas e elevadores traziam visitantes para esses caminhos, e não éramos diferentes, descendo para um nexo familiar.

— O que aconteceu aqui? — perguntou Beta quando nossa escada terminou em uma passarela cheia de destroços.

— Longa história — eu disse.

— Grande luta — acrescentou Delta. — Eu teria vencido.

— Você teria morrido sem mim — retruquei.

Delta me lançou um olhar furioso, Beta olhou de um para o outro, então riu.

— Vocês dois são especiais, sabem disso? — disse Beta, pegando facas de seus coldres e girando-as entre os dedos. — Que tal estabelecermos um novo recorde?

Delta parecia ansiosa para fazer exatamente isso, e eu estava cansado de discutir, mas nossa suposta investida contra os mechs não foi recebida com uma defesa apressada. Em vez disso, mesmo que não pudéssemos nos esconder na passarela aberta sob a luz azul do Conduto, os mechs não pararam de pular por aí. Até mesmo os mensageiros, que deveriam ter nos atacado em massa, ignoraram nossa aproximação. As máquinas saltitavam e pulavam e não se importavam nem um pouco com o fato de três recipientes se aproximarem.

— Devemos destruí-los mesmo assim? — perguntou Beta quando estávamos a poucos metros dos flexi-mechs mais próximos. — Eles poderiam nos cercar. Nos emboscar por trás.

— O antigo eu poderia ter argumentado o contrário — eu disse — mas esses são os mechs do Alpha, cem por cento. Se estão fazendo isso, é porque ele quer que façam.

— Concordo. — Delta pontuou a palavra com um único salto longo, um corte por cima no final.

O flexi-mech dançante se viu separado em duas metades, o mech caindo no chão e se apagando. Eu me agachei, pronto com a frigideira para me defender. Alvie rosnou. Beta tinha suas facas prontas para arremessar. Um contra-ataque parecia inevitável.

Nada.

Nenhuma mudança. Apenas o ronco da Starship e máquinas dançantes.

Delta balançou a cabeça, olhou para mim. — Não me segure.

— Não estou planejando fazer isso.

Ela pôs-se a trabalhar.

Enquanto Delta esmagava os mechs, sua lâmina entregando talvez injustas sobremesas às máquinas dançantes, Beta, Alvie e eu observávamos da passarela. A cada segundo esperávamos que os mechs se virassem, que revidassem. A cada segundo eles continuavam com seus movimentos bruscos e aleatórios.

— Não consigo entender — eu disse finalmente, enquanto Delta se dedicava a saltos-cortes e devorava os mensageiros flutuantes. — O que Alpha está ganhando com isso?

Beta, com as facas balançando em suas mãos, olhava comigo. — Ele não é o cara mais estável.

— Você acha que isso é apenas um erro?

— Possível.

— Um golpe de sorte para nós, então.

— Te deixa desconfiado, hein? — Beta me olhou de soslaio. — Gamma, você já viu algo bom na sua vida e não ficou desconfiado?

Eu dei um passo de lado, levantando as sobrancelhas para ela. À minha esquerda, Delta enviou sua lâmina girando através de meia dúzia de flexi-mechs.

— Claro que sim — eu disse. — Quer dizer, hum...

Vasculhei minha memória, certo de que tal momento existia, mas 'desconfiado' era um termo muito vago. Praticamente qualquer coisa poderia ser considerada desconfiança e, uau, eu tive surpreendentemente poucos momentos bons desde que acordei.

— O ponto é — disse Beta no meu silêncio — que Leo nos deixou abertos para sorrir um pouquinho, meu chapa.

Você pode abraçar uma virada boa, então faça isso. Observe Delta e fique feliz que todas essas coisas não vão nos retalhar.

— É isso que você está fazendo?

— Claro.

— Porque você é uma especialista em ser feliz?

Beta riu. Delta empalou um mech de lixo na ponta de sua espada e arremessou ambos contra vários outros robôs, o grupo explodindo numa pequena explosão.

— Eu não sabia porcaria nenhuma sobre ser feliz por muito tempo — disse Beta. — Então eu encontrei Val, aquele ladrão malvado Chalo. Todos os humanos. — Beta jogou uma faca para cima, pegou-a com a mesma mão, repetiu com a outra e logo estava malabarizando com as facas. — Veja, eles faziam coisas sem sentido. Eles cantavam músicas, dançavam, as crianças brincavam desse jogo de pega-pega entre as pilhas de lixo do Sucateiro. Quando eu perguntava por quê, eles diziam que os fazia felizes.

— E?

Beta pegou as facas, girou-as de volta para seus coldres.

— Eles me convidaram para tentar, e sabe de uma coisa? Eles estavam certos. — Beta acenou em direção à plataforma. — Ela terminou. Hora de ir.

Os esforços de Delta deixaram a entrada plana da Ponte parecendo uma exibição de estilhaços, com pontas afiadas brilhando por toda parte. Faíscas e fluido de resfriamento se acumulavam ao redor, com rajadas brancas e brilhantes subindo sempre que um componente falhava e se despedia de sua energia. A própria Delta reconheceu seu trabalho, parada perto dos portões de laser da Ponte e olhando para trás para a ruína com os braços cruzados e uma expressão séria e impassível.

— Parece que ela também poderia aprender a ser feliz —

eu disse a Beta enquanto nos juntávamos à nossa terceira embarcação.

— Nada disso, Delta entende — Beta respondeu. — Delta, você sabe como ser feliz, certo?

— Está vendo isso? — Delta apontou sua lâmina para a bagunça. — Felicidade.

Beta colocou a mão no meu ombro. — Você vai encontrar a sua um dia, garoto.

O último trecho até a Ponte significava passar pelos portões de laser. Suportes finos se erguiam à medida que a plataforma se estreitava em um corredor que levava diretamente à proa da Starship. As faixas de brilho vermelho tinham três metros de altura, estendendo-se entre os postes. Mais cedo, eu havia jogado o brinquedo de Alvie no brilho para ver seus efeitos e observei enquanto a bola se desintegrava. Quando Alpha veio por aqui, eu o ajudei a invadir os computadores da Starship e desativei os campos.

Agora eles estavam ativos novamente.

— Brilhante — disse Beta.

— Eu talvez possa hackear de novo — ofereci.

— Não é necessário — disse Delta, e Beta deu um aceno rápido em concordância.

Antes que eu pudesse perguntar por quê, Delta se abaixou, pegou Alvie e arremessou meu pobre cachorro para cima. Bem para cima. Alto o suficiente para o cachorro de metal planar sobre a barreira brilhante e pousar com um baque forte do outro lado. Alvie descartou quaisquer preocupações rapidamente: o cão se levantou sobre suas garras, emitiu seu latido-chiado e nos deu seu melhor sorriso de olhos amarelos.

— Vocês não vão me arremessar — eu disse.

— Claro que vamos — Beta respondeu, movendo-se para o meu lado direito enquanto Delta se aproximava do meu lado esquerdo. Beta tirou minha frigideira. — Eu sei que você sempre quis voar, Gamma.

— Como você poderia saber disso? — eu disse, querendo recuar, mas encontrando a mão firme de Delta contra minhas costas.

— Porque eu sempre quis, e somos feitos do mesmo material.

Antes que eu pudesse argumentar, as duas embarcações abaixaram as mãos, agarraram minhas pernas e me levantaram. Em um momento eu estava em pé e estável no chão, no outro eu voava, agitando-me, na mesma trajetória que meu cão. Um voo em curva, meu nariz chegando perigosamente perto do vermelho, antes que meus sistemas se ajustassem à minha direção.

Pousei em meus pés, um dez perfeito.

— Pega! — Beta jogou minha frigideira, eu a agarrei enquanto ela caía.

Atrás de mim, o corredor para a Ponte estava vazio. Esperando por nós, na verdade. Mas eu não ouvi passos aterrissando. Virando-me, encontrei Delta e Beta conversando suave e rapidamente uma com a outra. Tentei captar o que elas estavam dizendo, mas falhei antes que terminassem a sequência com um aceno sincronizado uma para a outra.

Antes que eu pudesse pensar em algo espirituoso para dizer, Beta se moveu atrás de Delta, a levantou e a equilibrou perfeitamente em suas mãos. Ambas se agacharam e então se lançaram para cima, Delta saltando com o impulso para dar uma cambalhota sobre as barreiras brilhantes. Ela pousou ao meu lado e Beta, como fez com minha frigideira, lançou a lâmina de Delta por cima. Outra captura limpa.

— E você? — perguntei a Beta através do vermelho.

— Eu fico para vigiar suas costas — Beta disse, sorrindo. — Agora vão lá e peguem ele.

— Eu poderia ter hackeado essas coisas? — sugeri.

— Se Beta tiver azar, essa barreira nos ajuda tanto quanto ao Alpha — disse Delta. — A decisão está tomada. Vamos.

Seu tom não deixava espaço para discordância, e com Kaydee tão perto, eu não tinha muita vontade de contestar de qualquer maneira. Desejei boa sorte a Beta e nosso trio seguiu pelo corredor.

Quase chegando ao Alpha, e desta vez ele não escaparia.

NOVE

EMBOSCADA DE ALPHA

Mais um corredor, uma passagem serena construída com respeito em mente. As paredes cinza padrão da nave deram lugar a placas prateadas com nomes gravados no brilho. Engenheiros, arquitetos e os intermináveis rabiscos de Alpha. A primeira vez que vi o nome dele cravado repetidamente nas laterais, encheu-me de um pavor programado, um alerta de que a pessoa com quem eu lidaria havia deixado a sanidade para trás há muito tempo.

Agora, as palavras traziam uma sensação diferente: um tom de raiva.

Alpha, esse monstro, tinha Kaydee. Quase destruiu meus amigos e a mim várias vezes. A nave planejava arruinar a missão da Starship, o único objetivo para o qual todos esses anos haviam sido dedicados, aterrissando em uma rocha desolada sem atmosfera. Todos os humanos a bordo, incluindo cada um que esperava por uma chance de viver, seriam apagados.

Meu impulso mais básico, programado por Leo há anos e anos, me empurrava a salvar a humanidade a qualquer custo. Isso significava Val, sim. O Berçário. Com um pouco de ajuste, alguma imprecisão nas bordas, também significava Kaydee.

Delta ficou quieta o tempo todo. As patas metálicas de Alvie embalavam nossa caminhada com estalos. O ronco da Starship continuava. O ar fedia, um cheiro nocivo de todo o refrigerante e outros produtos químicos liberados pelo massacre de Delta. Não que eu precisasse cheirá-lo: um simples movimento e meus sensores filtravam o desagradável.

No final do corredor, chegamos à Ponte propriamente dita, uma entrada em T nos forçando a ir para a direita ou para a esquerda. Delta acenou para a esquerda, então fui para a direita, com Alvie me seguindo. Eu estava com a frigideira erguida e pronta. Nenhum barulho, nenhuma dança mecânica vinha da própria Ponte. Um silêncio preocupante: Alpha poderia enviar sinais silenciosos para seus mechs sempre que quisesse.

Níveis subiam pela Ponte, cada um coberto por longas mesas com estações de trabalho embutidas na superfície, projetando-se como triângulos estranhos. Cadeiras, velhas mas tão intocadas que estavam em ótimo estado, entupiam os corredores entre esses níveis. Luzes aninhadas faziam o teto se assemelhar, se você se esforçasse, ao mesmo campo estrelado do lado de fora do gigantesco vidro frontal.

Pelo menos, era assim que eu me lembrava.

Agora eu via uma ruína. Mesas viradas jaziam umas sobre as outras, algumas penduradas nas bordas dos níveis. Cadeiras quebradas espalhavam suas partes pelo chão, embora no lado direito da Ponte, aninhadas contra a parede, as almofadas das cadeiras tivessem sido empilhadas em uma forma de caixa. Se estivéssemos lidando com crianças, eu teria chamado de forte. As estações de trabalho tinham suas telas quebradas.

Através da enorme janela, no que parecia ser refrigerante marrom-preto, alguém - eu podia adivinhar quem - havia escrito CASA. A palavra teria coberto o espaço negro, mas agora manchava uma visão completamente diferente: uma bola amarela, arenosa e estriada, mudando mesmo enquanto eu a encarava da minha entrada.

O planeta que as Vozes haviam mencionado antes de Alpha obliterá-las. A direção que eu nos coloquei a pedido delas. Lá estava, o futuro lar da Starship, sua missão concluída. No momento, me lembrou o deserto do Jardim, e eu esperava que não estivéssemos condenados a pousar em algum pântano coberto de areia.

Para mechs, um mundo assim seria perigoso: alguns grãos no lugar errado e os circuitos poderiam fritar.

— Gamma! — A voz de Alpha, como sempre explorando faixas tonais a cada sílaba, chamou meu nome. — Bem-vindo, bem-vindo, bem-vindo!

A nave estava na base da Ponte, perto do vidro. Ao seu redor dançavam mais flexi-mechs, balançando ao ritmo de alguma batida oculta. Alpha parecia muito como eu o havia deixado pela última vez, cabelo vermelho longo e corpo coberto de cicatrizes envolto em um manto sujo. A nave não tinha armas visíveis e eu nunca o vira usar uma.

Ele tinha, no entanto, aquele mesmo sorriso selvagem e de olhos arregalados, como um pregador de culto chegando ao seu auge.

Ao lado dele, amarrada ao assento de uma cadeira sem encosto, estava um mech que eu reconheci. Kaydee. Ou melhor, o corpo que ela havia roubado para me salvar. Seus braços e pernas haviam sido arrancados, deixando apenas um torso e uma cabeça. Um processador e seu banco de memória.

Ela havia sido mutilada, mas, ao contrário de Val, Leo

ou outro humano, não estaria sentindo dor alguma. Aqueles membros ausentes eram como quartos com as luzes apagadas: não mais opções, e só isso.

E as luzes poderiam ser acesas novamente com o equipamento certo.

Durante a corrida, as naves e eu havíamos elaborado um plano. Um plano flexível, e eu o coloquei em ação com o mais leve movimento dos meus dedos direitos. Alvie, tendo o cuidado de andar nas pontas de suas garras para ficar quieto, esgueirou-se para a direita. Ele seguiu a parede enquanto eu caminhava para o centro da Ponte, absorvendo a atenção.

Delta havia desaparecido. Bom.

— Você sabe por que estou aqui — eu disse.

— Para testemunhar a história? — Alpha respondeu, imitando meu passo para me encontrar no centro, na base da fina escada que serpenteava pelos níveis da Ponte. Azulejos pretos duros intercalados com explosões estelares prateadas. — Para abraçar comigo a jornada de um milênio?

— Estou aqui por ela. — Apontei para Kaydee. — Você pode ficar com sua história.

O rosto de Alpha tremeu, o sorriso que ele ostentava se transformando em uma profunda carranca antes de se estabelecer em algo mais reto no meio.

— Ela? Essa coisa? — Alpha se virou, fez um gesto. O flexi-mech dançando mais próximo de Kaydee parou seu passo e colocou seus dez dedos ao redor da garganta mecânica de Kaydee. — O que você quer com ela?

Meus sensores entraram em overdrive por um momento quente, pegando o que eu me lembrava do corpo robótico de Kaydee e tentando determinar se destruir a cabeça obliteraria a memória. Isso era o mais importante, aqueles pequenos bastões onde tudo o que nos fazia seria armazenado. Alguns mechs tinham cabeças simplesmente para exibição, para fazer os humanos os acharem mais normais. Outros as usavam exatamente como seus correspondentes biológicos.

Meus sensores não tinham ideia. Kaydee poderia estar morta. Ela poderia estar bem.

Eu não podia arriscar.

— A única coisa que importa é o que você quer — eu disse — e se você me dará ela em troca disso.

— Oh, Gamma. Você já me deu tanto — respondeu Alpha, subindo vários degraus em minha direção. Bem à direita, percebi, mas não olhei para, meu cachorro fazendo seu avanço. — Esta Ponte, tudo graças a você. As Vozes? Você as colocou de volta na rede para que eu as destruísse. Aquele demônio administrando o Berçário e corrompendo todos aqueles mechs antes de mim? Você de novo. Diga a si mesmo o que quiser, meu amigo, mas você fez mais para avançar minha causa do que qualquer um nesta nave.

Algumas provocações eu podia deixar passar sem resposta. Outras, bem, outras exigiam uma resposta.

— Então por que estamos pousando aqui? — eu disse, trazendo minha frigideira até o peito. — Você queria uma rocha.

— Uma é tão boa quanto outra — respondeu Alpha. — Eu fiz as pazes com isso, meu amigo. Se os humanos sobreviverem ao pouso - improvável - então eu terei mais entretenimento. Já comecei até a projetar um zoológico. Podemos mantê-los, Gamma. Mostrá-los aos mechs futuros como uma lição, que até os criadores podem cair para suas criações.

— Claro — eu disse, acenando para além de Alpha em direção a Kaydee. — Se você já conseguiu o que queria, posso ficar com ela?

No meio da Ponte agora, Alpha parou. Ele suspirou.

— Ideia dela, sabe — disse Alpha. — Toda essa dança. Eu queria todos vocês mortos a tiros. Queimados até virar cinzas. Dobrados em sucata. Ela disse que eu perderia muitos mechs desse jeito. Ela disse que você era pacífico, Gamma, que você não ousaria ferir os inofensivos.

Ele deixou as palavras pairarem ali. Eu não lhe dei nada.

Alpha subiu mais alguns degraus contra meu olhar. Agora estávamos a menos de dois metros de distância. Tão perto, com a massa brilhante do planeta amarelo na vigia, vi que Alpha havia acrescentado aos seus acentos. Vidro emaranhado em seu cabelo, provavelmente pedaços tirados das estações de trabalho quebradas. Não tinham um padrão, apenas jogados no vermelho. Eu não conseguia imaginar que erro de codificação teria provocado isso: talvez o que Alpha estivera fazendo desde o início, dobrando o esperado apenas para fazê-lo.

— No começo, não achei que você tivesse mudado — disse Alpha, mais baixo agora. — Aqui está você, em suas roupas humanas, tentando parecer exatamente como eles. Ainda seguindo as ordens de Leo.

Atrás dele, Alvie deslizou passando por vários mechs dançantes alheios. O cachorro chegou à forma impedida de Kaydee na cadeira. O plano não tinha previsto uma Kaydee imobilizada, mas o cachorro podia improvisar.

Eu esperava.

Alpha continuou, me examinando como um artista olhando para uma pintura, detectando todos os pontos onde eu já deveria ter percebido que os humanos não tinham interesse na minha sobrevivência, no meu sucesso. Eles me usariam até eu morrer. Tanto faz.

— Por quê? — interrompi, finalmente.

— Por quê? — Alpha respondeu, pela primeira vez não fazendo uma conexão.

— Por que você não está tentando me destruir. Estou aqui, me opondo a você, e você está me dando um discurso — eu levantei a frigideira, me sentindo um pouco ridículo ao fazê-lo. — Suas funções estão se desintegrando tanto assim?

Alpha ficou ali parado. Seu rosto se contorceu. Franzir. Sorrir. Rir. Rosnar.

Alvie cortou a fita. À minha esquerda, vi um brilho. Delta, se posicionando.

— Você é meu irmão, Gamma. Meu único irmão — disse Alpha, mas as palavras saíram sem emoção. Nem um pingo de sentimento ali. — Nossas irmãs são diferentes. Tão violentas. Você e eu, somos os artistas. Somos os que podem fazer a Starship cantar, que podem escrever a nova história para nossos irmãos. É por isso. Estou tentando salvar você.

— Você quer me salvar? Então pare com isso. Deixe-me ajudá-lo.

— Me ajudar? — perguntou Alpha. — Você acha que eu preciso de ajuda?

A pergunta não era hostil. Era honesta, curiosa. Pela primeira vez, o rosto de Alpha não se contorceu e quebrou, mas permaneceu focado. Alguma função em seu código ainda não havia se quebrado completamente, permanecendo aberta a uma opção.

— Você sabe que precisa — eu disse, esquecendo Alvie por um momento. Esquecendo Delta e sua lâmina. — Você deve sentir isso, Alpha. Seus sensores devem estar lhe dizendo que as coisas estão erradas. O monstro que fez isso com você se foi, agora você pode nos deixar reparar o dano.

Alpha fechou os olhos. Suas mãos caíram para a cintura. Por um longo momento, eu esperei, ousei acreditar que ele pudesse dizer sim.

A espada de Delta veio quente, girando de lado em um corte perfeito em direção ao centro de Alpha. Deveria ter, teria cortado o receptáculo ao meio, não fosse a intercessão de um mech dançante. Como se saindo de um transe, um flexi-mech dois níveis abaixo de Alpha pulou, pegou a lâmina com as mãos estendidas e desabou em uma mesa virada.

Por toda a Ponte, os mechs dançantes cessaram sua celebração, olhos rosa ganhando vida enquanto procuravam alvos. Alvie puxou com força a cadeira de Kaydee, rolando-a ao longo da base da Ponte. Sem escadas nas laterais, apenas rampas até a saída. Se Alvie conseguisse levá-la até lá, então poderíamos ter uma chance.

Mas Alpha tinha terminado de brincar de irmão.

Com o grito do flexi-mech ao agarrar, os olhos de Alpha se abriram de repente, seu sorriso voltando com toda força.

— Uma armadilha? — disse Alpha. — Tão diferente de você, Gamma.

Ele me atacou, um soco selvagem com a mão esquerda. Eu o bloqueei com a frigideira, mandando o braço de Alpha para longe. Com o movimento de volta, mirei na cabeça de Alpha, mas o receptáculo pulou para trás um nível, me deixando acertando o ar. Atrás dele, Delta se viu sem lâmina, enfrentando meia dúzia de flexi-mechs e suas mãos perfurantes.

— Você arruinou a festa! — gritou Alpha, continuando a recuar. — Eu estava pronto para a paz, e você trouxe guerra!

Não tinha como isso ser verdade.

Um latido ofegante me puxou para a direita. Dois flexi-mechs pressionavam Alvie, atacando o cachorro, que tinha que continuar empurrando a cadeira de Kaydee para frente para que não rolasse rampa abaixo. Então fiz o que todos os lutadores fazem para salvar seus amigos: joguei a frigideira.

Meu míssil improvável voou sobre as mesas arruinadas para acertar um flexi-mech desprevenido nas costas. O mech cambaleou para frente, de resto ileso. Pelo menos até eu alcançar meu utensílio de cozinha lançado. Me joguei, mergulhando para frente para derrubar o mech cambaleante e levá-lo ao chão.

Não que eu o pressionasse por muito tempo. Rolei para o lado, me lançando em direção à cadeira de Kaydee enquanto ela começava a rolar rampa abaixo. Alvie a soltou, aproveitando minha distração como uma oportunidade para pular, patas arranhando e dentes mordendo o outro flexi-mech. Minha mão encontrou as barras com rodas na base da cadeira bem quando Alvie fez contato, as mãos perfurantes do flexi-mech atingindo meu cachorro.

Um barulho terrível correu pela Ponte, metal rasgando metal. Tentei não pensar nisso, em vez disso me ajoelhando e erguendo a cadeira de Kaydee rampa acima em direção ao topo da Ponte. A cadeira, com o corpo mech de Kaydee nela, bateu com força contra a parede dos fundos da Ponte antes de se acomodar de lado. Se ela fosse humana, poderia ter machucado.

Ainda assim, murmurei *desculpe*.

O flexi-mech que eu derrubara conseguiu se levantar. Não muito longe dos meus pés, vi minha amigável frigideira amassada e a peguei. Alvie e seu alvo se batiam ao redor do nível à minha direita. Quanto a Alpha e Delta? O lado distante da Ponte continha um espetáculo brilhante ao qual eu não podia me dar ao luxo de prestar atenção.

— Está se sentindo com sorte, punk? — eu disse ao flexi-mech, roubando uma linha deliciosa de um dos filmes do Bibliotecário. — Está?

O robô girou suas mãos e avançou. Eu interpretei isso como um sim.

Minha frigideira acertou o primeiro braço com um golpe cruzado, usando as duas mãos para maior potência. A pancada esmagou o pulso, fazendo a mão giratória saltar para longe. O outro braço investiu contra meu peito, mas deixei o impulso da frigideira me levar para a direita, roçando contra uma mesa e desviando do ataque por centímetros. Inclinei o ângulo da frigideira e acertei para baixo, atingindo o joelho estendido do robô. Ele cedeu com um estalo crepitante, e a máquina, agora com o equilíbrio comprometido, desabou para frente.

Delta poderia me repreender por não terminar o serviço, mas deixei o robô ali e dei dois longos passos até Alvie. Os robôs estavam com os braços entrelaçados, pedaços perfurados e presos entre cordões e metal. Eles rolaram para a rampa e aproveitei a chance, golpeando com a frigideira para esmagar o crânio solitário do robô. Os circuitos se quebraram e a máquina ficou imóvel.

— Mas como te libertar? — murmurei, examinando aquela confusão de pesadelo.

Um grito de raiva do outro lado da Ponte me trouxe de volta à realidade. Delta ainda trabalhava. Atrás de mim, o robô flexível que eu derrubara se arrastava em direção aos meus tornozelos, sua única mão funcional tentando vencer. Não havia tempo para limpar Alvie.

Joguei a frigideira para trás, dando mais uma pancada no pobre robô, então peguei Alvie e seu emaranhado, correndo de volta para Kaydee e sua cadeira. Dei uma olhada rápida pela Ponte, vi Alpha, ainda no meio, me observando com aquele enorme sorriso. Além dele, Delta parecia sobrecarregada com robôs flexíveis, dançando e se esquivando, usando facas para causar danos.

Certo, o plano não estava indo exatamente como queríamos, mas eu conseguiria reforços em breve.

Coloquei a confusão de Alvie — os olhos amarelos do cão ainda brilhavam, graças a Deus — na cadeira de Kaydee e empurrei a combinação para fora. Passando pelo T, através do corredor de laterais prateadas, e de volta às barreiras vermelho-cereja.

Beta, serena como sempre, esperava do outro lado.

— O que é tudo isso? — Beta perguntou enquanto eu me aproximava correndo.

— Sem tempo — respondi. — Essas barreiras precisam cair. Delta precisa da sua ajuda.

— Certo.

Procurei por uma porta, encontrei uma no lado direito. Oposta à sua irmã. Por uma fração de segundo, hesitei: se eu me conectasse, Kaydee e Alvie ficariam abandonados e sozinhos. Beta não poderia ajudá-los se um robô flexível ou Alpha viesse atacando.

Mas que outra opção tínhamos?

Então, juntei meus dedos e desapareci, mais uma vez deixando a Starship para trás e entrando no mundo digital.

E as armadilhas lá dentro esperando por mim.

DEZ

BEM-VINDO AO LAR

Uma moldura verde. Cores sólidas, sem gradientes. Uma simples caixa num preto infinito. Um programa em sua forma mais básica e eu estava dentro dele. Bem, não estava de pé: não havia chão, apenas as bordas da função. No topo da caixa, o comando da barreira começava, e terminava num canto abaixo e longe do meu pé direito. Na parte mais baixa da caixa, espalhando-se em texto vermelho rígido, estava o estado atual do programa: ATIVO. Entre eles, piscando enquanto eu os observava, estavam as linhas de código estabelecendo as condições de operação da barreira.

Regras para se viver, em outras palavras.

— Vamos ver como quebrá-las — eu disse, o som não indo a lugar algum.

Minha 'mão' passou pelo código, as linhas fazendo cócegas em minha pele enquanto eu tocava e analisava seus comandos. Eu supus algo simples: um interruptor para ligá-los e desligá-los. Em vez disso, encontrei camada após camada, todas projetadas para ativar ou desativar as barreiras se as condições fossem atendidas. Se a Starship voltasse de uma falha de energia, digamos, ou se alguém dissesse uma senha específica.

Se o capitão emitisse um alerta de motim dos terminais da Ponte.

Eu me estiquei em direção ao topo, o verdadeiro início do código. O interruptor começava ali, uma simples declaração verificando se alguém havia ligado ou desligado as barreiras. Esse interruptor físico provavelmente ficava em algum lugar na Ponte, um lugar para onde eu não voltaria tão cedo. Ou nunca, se eu tivesse escolha.

Tudo o que eu precisava fazer era inserir uma pequena injeção de código, um comando minúsculo para dizer ao programa que o interruptor havia sido acionado. Fácil. Como estalar os dedos, eu escrevi o comando e o coloquei no topo do código. A caixa piscou, o programa executando meu comando.

Eu me ajoelhei, li a saída do código na parte inferior da caixa: ATIVO.

Hmm.

Eu executei meu comando novamente. Deveria ter funcionado. Dizer ao programa que o interruptor estava desligado, e o programa deveria desativar as barreiras. Desta vez, eu observei, acompanhei o processo enquanto o programa seguia meu comando, cada linha piscando em amarelo quente conforme o pequeno computador verificava minha solicitação contra sua lógica.

Ali. Perto do final. Listado no final de uma longa linha de exceção, verificando aqueles motins, aquelas quedas da Starship: se nada disso tivesse acontecido, o programa confirmaria o interruptor mais uma vez.

Eu não podia fingir o interruptor, mas talvez pudesse deletar aquela linha. Voltando para o topo da caixa, eu alcancei a primeira linha e fiz uma solicitação diferente.

Não para executar um comando, não desta vez, mas para editar as linhas. Não uma ideia anormal - certamente os engenheiros da Starship seriam capazes de alterar este código de algum terminal - mas o programa não gostou nem um pouco.

A própria caixa ficou vermelha. Enquanto ATIVO permanecia na parte inferior, ACESSO NEGADO substituiu o código que corria pelo meio. Quaisquer privilégios que eu tinha foram revogados.

Um programa mais complexo poderia ter me dado mais espaço de manobra. Outra porta dos fundos para abrir. Este, provavelmente de propósito, não dava tal margem.

Então eu teria que ser mais rude.

Se eu não pudesse fazer diferença dentro da caixa, teria que ir para fora dela. Ignorando as grandes letras vermelhas, eu flutuei em direção ao canto inferior, onde os resultados do programa seriam transformados em ações pela própria máquina de barreira. O programa terminava naquele canto, onde linhas finas como teia de aranha ligavam a caixa à palavra ATIVO e seu equivalente mecânico.

Eu construí duas peças, girando-as entre minhas mãos como alguém desenhando com um lápis afiado. A primeira rebateria um resultado ATIVO de volta para o programa, uma espécie de espelho dizendo ao programa a mesma coisa que ele gerava. Eu imitando as palavras de Delta de volta para ela mesma. A segunda peça enviaria um único comando de desligamento para a barreira.

Colocadas na ordem certa, e eu teria meu bloqueio e minha liberdade em um único golpe.

— Olha só — eu disse, com meus dois novos brinquedos brilhantes em minhas mãos. — Você apreciaria isso, Kaydee.

Com um simples empurrão, coloquei meus novos

comandos no lugar. Um flash, e DESATIVADO apareceu em verde brilhante na minha frente.

Quem disse que Gamma não podia ganhar de vez em quando?

Beta passou correndo por mim no momento em que eu voltava à consciência, facas em punho e correndo para resgatar Delta. Eu não podia saber se ela chegaria a tempo. De qualquer forma, não importava: eu tinha Kaydee. As outras duas naves podiam lidar com Alpha. E se não pudessem, eu certamente não seria o peso que inclinaria a balança para o nosso lado.

Meu cão, também, estava choramingando de seu jeito ofegante e metálico.

— Okay, vamos embora — eu disse, e nos empurrei através.

O plano que eu havia formado com Delta e Beta começava e terminava com matar Alpha. Minha missão sempre foi distração e então extração. Colocar minhas duas assassinas para dentro, depois sair com minha amiga. Depois disso, todos nos encontraríamos no único lugar que poderíamos chamar de lar na Starship.

Demorou um pouco, incluindo manobrar a cadeira de Kaydee em torno de todos os escombros, para chegar ao apartamento de Leo, mas conseguimos sem assédio. Enquanto íamos, o Conduit brilhou amarelo mais uma vez, declarando nossa chegada iminente. Todos deveriam estar assumindo posições de aterrissagem, seja lá o que isso significasse. Pelo menos nenhum mensageiro, nenhum fleximech desceu sobre nós.

O lugar de Leo não estava exatamente o mesmo com sua entrada destruída, mas com um impulso sobre os painéis espirais deformados da porta, conseguimos entrar. As paredes internas ainda mantinham aqueles pôsteres de filmes, embora mais deles estivessem espalhados pelo chão agora. Estrelas de ação se tornaram vítimas borradas para meus passos e as rodas plásticas precárias da cadeira.

Nossas quatro macas estavam exatamente como as deixamos, sob uma luz azul pálida. Um lugar pacífico por enquanto, uma atmosfera que eu arruinei quando comecei a trabalhar.

Meus dois pacientes sofriam de males diferentes, então fui primeiro para o alvo mais fácil. Mais fácil e menos assustador. Os olhos de Alvie ainda mantinham seu brilho amarelo, o filhote mutilado, mas claramente vivo. Kaydee, no entanto, não tinha movimento, nenhuma luz brilhando em sua forma sem membros. Se eu encontraria algo ainda dentro daquela casca...

Meus dedos trabalhavam rápido para seguir as instruções dos meus olhos. Enquanto eu olhava para o metal e os fios que emaranhavam Alvie com o corpo flexi-mech, meus sensores identificavam as partes certas para puxar, as certas para reposicionar. Uma perna solta teve sua junta reafixada, um parafuso roubado do flexi-mech e colocado para um novo propósito substituindo o que estava queimado. Sem ferramentas, improvisei as minhas próprias, usando minha força para quebrar fragmentos de metal em chaves de fenda, martelos e facas.

Alvie permaneceu quieto durante todo o processo, confiando em mim enquanto eu o desmontava peça por peça. Nem um único latido-ofegante para quebrar minha concentração. Apenas olhos amarelos.

Impedi que meus próprios pensamentos divagassem. Fixei meu foco em Alvie e sintonizei cem por cento de mim mesmo na tarefa. A cirurgia não era tão complexa a ponto de exigir tanta concentração, mas eu não queria arriscar mergulhar em tangentes, me consumindo com cálculos de risco para Beta e Delta, para Kaydee.

Um trabalho de cada vez.

— Como se sente? — perguntei a Alvie, colocando o cão livre e desimpedido no chão do apartamento.

Alvie testou suas patas uma de cada vez, levantando-as e abaixando-as. Uma caminhada lenta. Um salto. Um latido-ofegante. Notei um tropeço em sua pata traseira direita, calculei que a mandíbula do cão não abria tanto quanto costumava. As marcas que a vida tende a deixar em nós.

— Fica de guarda pra mim, tá? — pedi ao cão, e Alvie, como Alvie sempre fazia, latiu e se dirigiu para a entrada do apartamento.

Kaydee... Não, não Kaydee, mas o robô que ela havia habitado, estava sentado na cadeira. Cortei as amarras que prendiam o torso cilíndrico no lugar. Olhei nos olhos mortos e não vi nada. Uma grade de alto-falante marcada com arranhões permaneceu em silêncio.

Uma única porta estava perto da seção intermediária do mech, sob uma pequena placa no lado direito da coisa. Se Kaydee não saísse, eu teria que entrar. Não haveria como consertar o mech, não com o que eu tinha aqui.

— Então você está voltando para casa — eu disse, pressionando meus dedos juntos e inserindo o conector formado na porta.

ONZE

MEMÓRIAS CODIFICADAS

Um ombro me empurrou, depois outro. Pessoas, muitas, passando por mim através de portões familiares. Estes não tinham o brilho vermelho, mas a entrada da Ponte estava nítida em minha memória e agora viva diante de mim. Humanos se moviam com propósito para dentro e para fora, seus corpos cobertos com roupas limpas. Uniformes elegantes, crachás. Cabelos não em tranças maltrapilhas como os de Val e seus sobreviventes, mas em estilos arco-íris, espetados e lisos, desleixados e sofisticados.

Música, um alegre combo de saxofone e piano, tocava no Conduto ao meu redor. Diminuiu quando uma mensagem interrompeu, uma saudação do capitão da nave, informando à Starship o dia e a data, para observar uma nebulosa particular pelo lado de bombordo, e para aproveitar mais uma fabulosa manhã no maior milagre da humanidade.

— Fala sério — disse uma mulher ao parar ao meu lado. — Que grande milagre viria sem mangas, não é mesmo?

— O quê? — eu disse, percebendo que ela estava falando comigo.

Olhar para ela me fez fazer outro olhar duplo. Na minha frente, com o cabelo espetado de forma muito parecida com o de Kaydee antigamente, estava uma pessoa que eu tinha visto morrer, ou melhor, ser deletada, não muito tempo atrás.

— Estou dizendo que eles poderiam ter pensado em nossos paladares — respondeu Peony, com sarcasmo envolto em fantasia. — Com todos os mamões que temos, você pensaria que eles poderiam ter espremido algumas mangas.

Nenhuma resposta me ocorreu. O que eu deveria dizer? Simpatizar com uma fruta que eu nunca havia provado? Que nunca poderia provar?

— Ah, não fique tão preocupado — disse Peony, seu sorriso crescendo com minha confusão.

Ela tinha um olhar afiado, profissional, mas com um toque ativo, pronta para sujar as mãos. Mais desconcertante era a alegria. Todas as vezes que eu havia encontrado Peony, ela estava tentando me matar ou manipular. Agora, eu esperava que ela-

— Que tal você e eu irmos tomar um café — continuou Peony. — Você parece um pouco perdido, e um pouco de cafeína deve te consertar.

Eu estava prestes a negar o pedido, dizer que mechs como eu não bebem, bem, nada, até que me lembrei que nada aqui era estritamente real. O Conduto zumbindo ao meu redor, com mechs e pessoas rolando pelas passarelas, ziguezagueando pelo abismo central, era tudo uma construção. Um lugar que Kaydee construiu para si mesma.

Café aqui não era nada mais do que alguns bits indo a lugar nenhum.

— Peony — comecei quando ela me guiou para fora da entrada da Ponte.

— Você sabe meu nome? — As sobrancelhas de Peony se

ergueram. Pensei rápido, acenei para seu crachá, e ela riu. — Certo, às vezes a gente simplesmente esquece dessas coisas.

— Imagino — eu disse. — Você sabe onde está sua filha?

Uma curiosidade inquieta queria mais informações, como o ano, o que estava acontecendo ao redor da Starship. Kaydee havia escolhido um momento específico para recriar e, embora eu quisesse saber por quê, mais importante era encontrá-la antes que a fonte de energia do mech roubado se esgotasse.

— Você me conhece? — Peony perguntou.

Atravessamos para uma passarela que abraçava o lado de estibordo do Conduto. Lojas nos importunavam com anúncios, enquanto mechs apitavam do lado de fora com bandejas de amostras grátis. Trabalhadores entravam e saíam apressados, pegando suas bebidas diárias ou fazendo pedidos de itens para pegar no caminho de casa. Os trabalhadores do terceiro turno se denunciavam ao se arrastar para os vários bares próximos, olhos vidrados buscando alguma forma de se entorpecer até chegar à cama.

— Uma versão de você — respondi.

— Essa é boa — Peony riu, balançando a cabeça. — Você é um sujeito estranho.

— Nós dois somos — respondi.

— Suponho que você esteja certo sobre isso.

O destino escolhido por Peony não tinha muito mais do que um balcão para recomendar. Um mech que preparava café servia bebidas para uma dúzia de banquetas, cada uma emparelhada com um pequeno disco preto no balcão. Quando entramos, duas pessoas nas banquetas mais próximas se levantaram, bateram suas bebidas e saíram. Enquanto Peony nos acomodava, ela pressionou o dedo no disco.

— Dois lattes, leves e espumosos — disse Peony, e então

piscou para mim. — Espero que você esteja bem com isso. Acho que é mais rápido pedir uma coisa só para todos.

— Claro — respondi. Eu nunca havia provado um latte, e o que quer que o mundo de Kaydee me servisse aqui também não seria um de verdade. — Voltando à minha pergunta...?

— Minha filha? Por que você quer saber? — Peony franziu a boca, inclinou a cabeça. — Ela tem namorado.

Um namorado? O que isso tinha a ver com qualquer coisa? Novamente não consegui elaborar uma resposta rápida o suficiente, e Peony teve mais um motivo para rir.

— Relaxa — ela disse. — Estou só brincando. Não sobre o namorado, claro. Você está sem sorte aí, receio. Kaydee está firmemente apaixonada desde pequena.

— Hum.

— Mas se não é por amor — e aqui eu ouvi, o verdadeiro eu de Peony, a Voz fervente e ardente que governou os últimos anos da Starship — então qual é o motivo, meu amigo perdido?

Em todos os filmes, livros e histórias arquivados pelo Bibliotecário, havia uma frase que, quando dita, sempre parecia fazer as coisas se moverem.

— Ela está em perigo — eu disse, exalando toda a gravidade que pude reunir.

— Ela está sempre em perigo — Peony retrucou imediatamente. — Do que se trata?

Okay, não era bem isso que eu estava procurando.

O mech do café me poupou de uma resposta rápida ao deslizar nossos lattes sobre o balcão. O meu fumegava, seu topo branco e espumoso polvilhado com canela. Eu cheirei, encontrando um aroma deliciosamente picante para apreciar.

Kaydee deve ter passado muito tempo escrevendo isso.

Ela esteve nas garras de Alpha por muito tempo, horas e horas para refinar sua fuga digital. Um lugar que Kaydee nunca compartilharia, exceto comigo.

E, se ele tivesse se dado ao trabalho de invadir, Alpha.

— Alô? — Peony perguntou.

Do que se tratava isso? Um fac-símile, uma manifestação codificada da mãe de Kaydee entenderia o que eu estava tentando fazer?

Aliás, o que *eu* estava fazendo?

Eu tinha arrastado Beta, Delta e Alvie até a Ponte, dizendo que o motivo era parar Alpha, mas isso tinha sido uma mentira. Uma mentira descarada. Eu precisava da Kaydee de volta. Não porque ela pudesse salvar a Starship, não porque ela merecesse viver mais do que os humanos da Val, ou Beta ou Delta.

Não, eu estava fazendo tudo isso porque eu *sentia falta* dela. Porque eu *precisava* dela.

— Você está bem? — disse Peony, colocando a mão no meu ombro.

Que sentimento humano, a necessidade. Claro, eu poderia construir argumentos mostrando que o input da Kaydee me ajudava a sobreviver. Seus conselhos davam às minhas tarefas uma chance maior de sucesso. Ela me mantinha funcionando sem problemas. Todos aqueles números, estatísticas, linhas planas declarando que minha missão de resgate valia a pena.

E cada um deles seria um manto escondendo a verdade.

— Onde ela está, Peony?

Me senti examinado naquele momento, mais do que antes. Peony não olhou apenas para minha pele sintética, meu traje - um uniforme cinza padrão da Starship - mas através de mim. Meus olhos, sim, mas sua programação vasculhou a minha, procurando por más intenções. Uma varredura de vírus combinada com intuição, suspeita.

— Você não parece problema — ponderou Peony — mas sinto que vai trazê-lo.

— Isso é para Kaydee decidir.

— Sem mais pistas, então?

Balancei a cabeça.

— É da minha filha que você está perguntando.

— Eu sei. Acredite, eu sei.

Peony me observou por mais alguns segundos, então voltou para seu café com leite com um suspiro.

O que teria levado horas na realidade levou minutos no mundo digital de Kaydee. Saímos da cafeteria e viramos à direita. O Conduit mantinha as aparências, pessoas se movimentando, músicas explodindo, mechs borbulhando por aí. Três passos ao longo da passarela e a Universidade apareceu diante de nós, o Conduit parecendo se esticar e nos arrastar.

A grande construção vibrava com uma energia que eu só tinha vislumbrado nas memórias de Kaydee, quando elas vazavam para minha própria visão. Estudantes se aglomeravam, discutindo não apenas aulas, mas planos para o fim de semana. Bares e festas. Sessões de estudo. Sonhos e dramas. Peony se demorou, nossos passos ao longo da fileira da Universidade não nos movendo exatamente em velocidade de dobra.

— Ela está estudando aqui agora — disse Peony.

— Agora?

— Terceiro ano — respondeu Peony, transbordando orgulho. — Quando ela se formar, vai trabalhar com aqueles mechs. — Aqui, aquele orgulho escorregou. — Ela sempre foi louca por robótica.

— Certo.

— Se eu for honesta com você — Peony abriu um sorriso.

— Ela poderia ter ido direto para as Linhas de Fabricação. Ela é tão boa assim.

— Mas ela veio para cá?

— Ela veio para cá para se afastar de mim — respondeu Peony. — Suponho que uma criança precisa se afastar dos pais em algum momento, sabe?

Eu não tinha nada a dizer sobre isso, então dei de ombros, e seguimos em frente. Mais alguns passos nos levaram ao Jardim. Peony me guiou por um nível médio, explicando sua contribuição nesta e naquela planta, que ela estaria trabalhando naquelas mangas à tarde. Ela acertaria um dia desses.

— Por que mangas? — tive que perguntar.

— Porque Kaydee leu sobre elas quando era criança. — Peony parou, traçou o galho de uma limoeira. — Eu nunca quis que ela ficasse sem nada, não importa o que fosse preciso.

Além do Jardim, aceleramos até outro ponto de parada, um que eu reconheci porque o Conduit real não tinha deixado seu ideal tão para trás. O Parque, uma longa extensão maciça ao longo do meio do Conduit, ligava caminhos sinuosos com árvores, jardins e pequenos teatros. Uma grande fonte repousava perto de uma extremidade, seu jato borrifando névoa clara no ar. Casais e famílias percorriam os caminhos. Risos e uma flauta solitária cantavam no ar.

— Se você quer encontrá-la, ela está lá dentro — disse Peony.

— Obrigado — respondi, e quando comecei a andar, Peony ficou para trás.

— Se você fizer qualquer coisa para machucar minha garota — Peony gritou para mim — vou garantir que você se arrependa.

Disso, eu não tinha dúvida.

Kaydee não foi difícil de encontrar. Ela nunca tinha sido quieta. Segui uma risada particular, um brilho particular, até um bosque de magnólias floridas. Pétalas rosa e brancas flutuavam ao meu redor enquanto eu chegava do outro lado, onde uma pequena mesa redonda estava situada em meio à grama verde primaveril. Vinho, queijo e pratos arrumados cobriam o piquenique, atendidos por um par particular.

Leo estava sentado em frente a Kaydee, com um sorriso maior e mais autêntico no rosto do homem do que qualquer um que eu já tinha visto na vida real. O estresse não assaltava seus ombros, e ele não usava partes metálicas no peito e no rosto. Falhas de código cintilantes não quebravam seus gestos enquanto ele levava alguma história até o fim. Ele gesticulava com sua taça de vinho, espalhando um pouco de vermelho pelo gramado.

Kaydee riu. Uma gargalhada completa, seu cabelo turquesa cintilando na luz amarelo-branca do Conduit. Inocência reluzente. Uma cabeça balançando, olhos brilhantes, mãos sobre a boca. Era a coisa mais pura que eu já tinha visto.

Esperei na beira sob aquelas pétalas. Relógios tiquetaqueavam, o desastre esperava lá fora. A Starship estaria atingindo a atmosfera em breve, com consequências desconhecidas. Beta e Delta podiam estar mortos, podiam estar olhando para o cadáver destruído de Alpha.

Mas eu esperei mesmo assim.

Quando o riso morreu, Kaydee lançou um olhar na minha direção, seu sorriso suavizando. Ela bateu um dedo na toalha de mesa e Leo congelou. Não apenas ele, mas o vinho girando em sua taça também. As pétalas caindo ficaram suspensas no ar. Quando ela se levantou da cadeira e deu um passo em minha direção, a grama dobrou como metal rígido sob seus pés.

— Ei, Gamma — ela disse.

— Ei — respondi.

O que você diz a alguém que pensou que nunca mais veria? Comecei, parei uma dúzia de frases diferentes em outros tantos segundos, tentando encontrar uma combinação que transmitisse o quão aliviado eu estava em vê-la, quanto problema estávamos enfrentando, como tínhamos que tirá-la daqui.

— Você conheceu minha mãe? — Kaydee cancelou meus planos com uma frase.

— Eu... conheci?

— Ok, você tem razão — o sorriso de Kaydee se transformou em um meio sorriso. — É minha mãe como eu gostaria que ela tivesse sido. Sabe, uma fantasia. Porque este é meu mundo de fantasia.

— É lindo. — Acenei com a mão para as pétalas, o Conduit animado. — Era assim?

— Tão feliz? Não. Acho que não — disse Kaydee, estendendo a mão para pegar uma pétala creme-rosa do ar. — Naquela época, tudo sempre tinha um tom deprimido. Como água com um gosto residual de cobre.

— Porque todos sabiam que a Starship não pousaria durante suas vidas?

— Isso e os mil outros dramas que nós, humanos, temos que lidar — disse Kaydee. — Então, o que está acontecendo lá fora? Se você está aqui, isso significa que Alpha está morto?

Despejei a história, não poupei nada desde o minuto em que abandonei Kaydee perto das Linhas de Fabricação até o segundo em que atravessei o bosque para vê-la. A batalha no Jardim, a missão para Pureza. Nosso ataque à Ponte.

— Eles estão vivos — Kaydee fungou, assentiu. — Isso é uma boa sorte. Delta e Beta conseguem salvar o dia.

— Espero que sim.

— E você os deixou por minha causa, Gamma? — Kaydee revirou os olhos. — Suas prioridades estão bem confusas.

— Minhas prioridades estão perfeitas.

— Aham.

— Eu preciso de você, Kaydee. Todos nós precisamos.

De braços cruzados, ela disse: — Bem, óbvio. Isso é evidente.

— Então você está pronta para voltar?

— Você quer dizer se eu quero compartilhar espaço na sua maldita cabeça de novo, Gamma? Não, não muito. — Kaydee acenou com a cabeça na direção do Leo congelado. — É bem legal aqui dentro, sabe. — Antes que eu pudesse responder, ela continuou falando. — Mas já posso sentir isso e eu só estou aqui há, o quê, algumas horas do mundo real?

— Sentir o quê?

— A podridão. — Na sua mão, a pétala de magnólia ficou preta nas bordas, se enrolou e desapareceu. — Estou criando uma terra de fantasia e a cada minuto fica mais e mais difícil me afastar dela. Acho que ficaria presa nas minhas próprias funções, imersa em uma mentira, e ficaria aqui rindo com Leo até que as baterias do meu corpo se esgotassem.

— Não tenho certeza se eu sequer notaria, Gamma. Eu poderia ficar aqui, ouvindo as mesmas histórias, rindo das mesmas piadas até chegar a zero. Eu morreria sem nunca saber. — Ela estendeu a mão na minha direção, pequenos fogos de artifício explodindo sobre seus dedos. — Me ajude a viver, colega.

Eu estendi a mão para pegar a dela, para nos transportar

de volta à realidade, quando ela puxou a própria mão de volta.

— Mais uma coisa — disse Kaydee. — Se eu voltar, vamos dar uma renovada na nossa casa. Nada dessa bobagem de planície cinza e cristais.

Dessa vez eu ri.

— Fechado.

DOZE

A METADE MELHOR

A realidade fez o jardim de magnólias de Kaydee parecer incrível.

A nave estelar estremeceu. Alarmes ressoavam pelo Conduit, uma voz calma demais dizendo aos passageiros para encontrarem seus assentos e se prepararem para a descida. A voz deu uma hora para o pouso.

Alvie latia ao meu redor enquanto eu me levantava bruscamente do antigo corpo de Kaydee. Assim que liberei a porta, o torso mecânico rolou da cadeira e caiu com um baque surdo.

— Caramba, eu não tratei bem esse mech — disse Kaydee, aparecendo na cadeira e olhando para seu antigo ocupante.

— Culpa do Alpha — respondi, saboreando o momento. Kaydee estava de volta!

— Vou ver se o seguro aceita essa desculpa.

— O quê?

— Uma piada, Gamma.

— Ah.

— Estamos os dois fora de prática — Kaydee deu de ombros. — Então, o tempo está passando. Para onde vamos?

O plano era nos encontrarmos de volta no Jardim. Sem as Vozes, nenhum de nós, recipientes, poderia pilotar a nave estelar, e o pouso seria automatizado de qualquer forma. Os humanos tinham o Jardim, e seria um lugar relativamente seguro para enfrentar quaisquer desastres. Se eu conseguiria chegar lá em uma hora?

— Vamos ver o quão rápido podemos correr — eu disse para Kaydee e meu cachorro.

Acabou que correr ficou bem rápido quando você pode ir ladeira abaixo. Essencialmente um grande foguete atravessando o espaço, a nave estelar se virou para pousar, apontando sua traseira cheia de motores para a superfície do planeta. A gravidade real tomou conta, puxando Alvie e eu pela passarela em direção ao Jardim.

Normalmente, eu tinha que acreditar que o plano de pouso da nave estelar exigia preparação. Amarrar as coisas, proteger os estoques e as casas. Travar os mechs em vários assentos. Exatamente zero havia sido feito, e o Conduit se tornou um terror.

Enquanto corríamos na passarela, objetos deslizavam por nós. Mechs batiam em móveis, uns nos outros ou nas próprias passarelas, o caos aumentando à medida que o ângulo da nave estelar ficava mais íngreme. Explosões sacudiam a nave enquanto baterias se quebravam umas contra as outras, aparelhos explodiam suas tomadas. Estilhaços de vidro voavam ao nosso redor enquanto minha corrida se tornava menos um passo a passo e mais uma queda controlada.

Alvie saltou, cravando suas garras em minhas costas enquanto a passarela ficava mais próxima da vertical. Eu usei o corrimão, soltando-me de um aperto para o outro. A luz azul do Conduit há muito havia desaparecido, substituída por um laranja tremeluzente.

A voz nos dizia para mantermos a calma.

Kaydee xingava o suficiente por nós dois, mas eu percebi um prazer maluco em seu tom. Talvez todo o zen em seu pequeno paraíso a tivesse deixado precisando de adrenalina.

Eu não precisava de nada disso. Vários mechs já tinham chegado perto de arrancar minha cabeça, e eu tinha muitos estilhaços de vidro presos na minha pele para contar. Quedas repentinas dilaceravam minhas mãos, a pele sintética fazendo de tudo para impedir que meu esqueleto cru fizesse contato.

— Nunca vamos chegar ao Jardim — disse Kaydee enquanto eu deslizava, minha bunda batendo na passarela. — Você vai virar panqueca primeiro.

— Panqueca?

Dei um chute para a esquerda para desviar de um mech de lixo retorcido preso no corrimão. Seu núcleo oco rachou, derramando sucata aleatória por toda parte. O rugido da nave estelar aumentou, abafando a mensagem de aviso. A luz amarelo-laranja me fez sentir como se estivéssemos deslizando por um raio de sol no crepúsculo.

— Apenas faça alguma coisa! — gritou Kaydee, então eu fiz.

Continuando meu impulso para a esquerda, lancei-me em direção a uma porta quebrada. Arranhei meus braços na espiral estilhaçada, mas parei minha descida. Puxando, ergui-me sobre os dentes retorcidos. Fotos antigas, gravuras penduradas e um banquinho quebrado me esperavam do outro lado, amontoados contra a antiga parede do apartamento. Esmaguei ainda mais o monte com minha queda.

Enquanto a queda ruidosa da nave estelar continuava,

eu ouvia o caos lá fora. Observava, diante de mim, os restos do apartamento. Móveis batiam uns nos outros, sofás e mesinhas de centro se esmagando e passando uns por cima dos outros. Eu me movia conforme necessário, deslizando sobre o vidro, o metal retorcido, para esquivar do pior. O que eu não conseguia evitar, eu pegava e jogava de lado, minhas costas sempre pressionadas contra a parede.

Assim que senti que tinha entendido minha posição, uma força repentina me chutou com força contra meu apoio nas costas. Tão forte que meus sistemas me disseram que um humano normal teria desmaiado, possivelmente morrido sem restrições. A nave estelar rugiu, mil rangidos e parafusos estourando assobiavam enquanto a nave se tornava aquilo para o qual mil anos haviam planejado.

Eu podia imaginar Volt se debatendo em seu Núcleo de Energia, braços agitando-se de terminal em terminal, tentando impedir nossa grande nave de se partir. Bimu, a esposa monstruosa do mech, teria suas quatro garras gigantes cravadas no chão para se manter estável.

E os humanos? Como estariam sobrevivendo? Agarrando-se às árvores? Colidindo uns com os outros? E todas as suas espadas e flechas, armas improvisadas que de repente se tornavam um perigo à medida que a gravidade as puxava de volta para seus donos?

Estávamos tão preocupados com o que aconteceria depois do pouso que nunca consideramos o pouso em si.

— Bom, é — disse Kaydee enquanto eu me achatava contra a parede do apartamento. — Não era para ser tão ruim assim.

— Não? — eu disse, Kaydee captando as palavras mesmo quando minha pequena caixa de voz lutava para criar o som.

— Isso parece normal para você, Gamma? Como algo que um design inteligente montaria?

— Os humanos não provaram exatamente que são designers inteligentes.

Kaydee, imune ao puxão da gravidade, apareceu diante de mim. Ela parecia descansar em um sofá azul-marinho de lado. Com um estalar de dedos, uma pequena nave estelar apareceu no ar. Ao lado dela, maior, girava um planeta verde-azulado.

— Apenas observe, espertinho — disse Kaydee.

A nave estelar disparou em direção ao planeta, mas em vez de bater como estávamos aparentemente fazendo, a nave estelar entrou em órbita. Ela circulou a esfera azul-esverdeada de Kaydee repetidamente, ficando um pouco mais lenta a cada vez. Então, como se descesse por uma rampa, a nave estelar deslizou para dentro do planeta. Uma entrada suave. Kaydee aumentou o tamanho conforme o pouso continuava, mostrando a nave estelar deslizando para um pouso tranquilo em uma costa aquática.

— Está vendo? Não foi preciso freio vertical — disse Kaydee. — Uma viagem tranquila.

— Então o que é isso?

— É o Alpha sendo um maníaco, isso sim. Ele não quer esperar vários anos para desacelerar, então está fazendo isso no estilo de emergência. Queimando toda nossa energia reserva para fazer um pouso mais rápido.

— Parece bem o estilo dele.

Kaydee assentiu, e parecia que ela estava prestes a lançar outra crítica quando nós duas notamos algo: a Starship tinha batido, e a pressão tinha desaparecido. A gravidade, mais forte do que qualquer coisa que eu já tinha sentido, mas não esmagadora, mantinha minhas costas contra a parede. Mas era só isso. Apenas gravidade.

— Estamos no chão? — perguntei a Kaydee.

— Você está perguntando a alguém que nunca tocou o chão em sua vida, ou em sua vida passada — respondeu Kaydee.

— Justo. — Ousei me levantar, esmagando os destroços com meus pés. A Starship ainda estava na orientação vertical. — Parece diferente.

— Eu ficaria desapontada se não parecesse.

Gravidade, pouso ou não, eu ainda estava presa no apartamento. Com a Starship na vertical, as passarelas eram apenas escorregadores para um fim prematuro. Algumas coisas ainda caíam lá fora, mechs e outros pedaços e bugigangas sacudidos pela chegada.

— Me diz que não vamos ficar presos assim — eu disse.

— Não vamos ficar presos assim — respondeu Kaydee. — Melhor se preparar.

Como se seguisse as deixas de Kaydee, a Starship estremeceu. A voz sempre calma voltou pelo Conduit, com um zumbido em suas palavras desta vez. O anúncio: permanecer preso até que a nave estivesse nivelada.

Meus sensores dispararam um alarme no mesmo momento em que senti a nave se mover. Virei-me para a direita, estendi os braços para me apoiar no chão do apartamento enquanto a Starship se reorientava. A grande massa passou de vertical para horizontal, um movimento que me deixou coberta de lixo. Um chuveiro de vidro quebrado. Uma esfoliação de estilhaços. Eu sentia as coisas em minhas roupas, meu cabelo, minha pele.

— Isso é um saco — eu disse quando a Starship se acomodou, finalmente restaurando sua antiga posição.

— Bem-vinda à sua nova casa — respondeu Kaydee. — Aproveite!

O latido ferido e ofegante de Alvie nas minhas costas dizia que definitivamente não aproveitaríamos.

Meu cão, apesar da viagem turbulenta, passou sem danos sérios. Alguns arranhões a mais para adicionar à sua coleção. Muito parecido comigo. A pele sintética curava as coisas rapidamente. Claro, minha roupa, como a maioria das minhas roupas, tinha sido reduzida a trapos.

Mas ei, eu já estava acostumada com isso.

De volta lá fora, o Conduit parecia silencioso. O amarelo-laranja tinha sumido, substituído por um verde suave. A última coisa que eu tinha ouvido da voz acima era que o capitão da nave daria mais instruções.

— Improvável — murmurou Kaydee enquanto voltávamos para o Jardim.

Se o Conduit era uma bagunça antes, o pouso só aumentou o desastre. Todas as batidas deixaram as placas enfraquecidas, junto com postes, construções e sabe-se lá o que mais. As últimas peças remanescentes da vida humana da Starship estavam desmoronando agora, batendo na base do Conduit cheia de lixo.

Além desses estrondos e rangidos, a coisa mais fascinante era o silêncio. No início, o mundo parecia oco, como se sua vida tivesse sido roubada. Os ruídos de fundo, o zumbido dos motores, os purificadores filtrando o ar enquanto a nave corria pelo vácuo tinham quase todos desaparecido. O coração pulsante da Starship parou.

— Já era hora — disse Kaydee, parada ao meu lado. — Tantas pessoas viveram e morreram nesta nave e nunca tiveram a chance de ver outra coisa. Nunca tiveram escolha.

A geração que viveria no Jardim, e nós os encontramos dentro do enclave verde. O pouso causou um tipo diferente de estrago aqui: dentro do Jardim selado, as plantas e a água voaram por todo lado. Árvores arrancadas de seus finos leitos de solo tinham batido contra as paredes, enquanto plantas menores se amontoavam, seus galhos emaranhados. Frutas esmagadas viraram polpa, vegetais estouraram e sangraram. O buraco central do Jardim, por onde a água fluía de um nível para o outro, tornou-se um lar pendurado de horrores, onde plantas e algumas pessoas tiveram seus corpos quebrados em meio às correntes e plataformas.

Val, Chalo e os outros sobreviventes já tinham se levantado quando cheguei. Havia ossos quebrados por toda parte, mas todo o solo poupou as piores consequências. Pelo menos no curto prazo. Val, encharcada, machucada e sangrando por incontáveis pequenos cortes, mal conseguiu lançar seu olhar fulminante característico quando a encontrei, nos níveis baixos do Jardim.

— As colheitas estão arruinadas — ela disse primeiro, olhando além de mim para o massacre. — Todos os nossos produtos frescos foram destruídos.

— Danificados — corrigi. — Você ainda pode plantar as sementes. Crescer novos.

— Em que solo? — Val apontou para a terra em nosso nível, o que antes era uma floresta de pinheiros temperada. A água que jorrou da Pureza tinha encharcado e espalhado a terra por todo lado, dispersando o solo utilizável. — Que bioma ainda vai funcionar depois de tudo isso?

Verdade, muitos sistemas da Starship pareciam abalados. Se o deserto abaixo ainda poderia funcionar para cactos, ou se a umidade poderia ser mantida acima para bananas, eu não sabia dizer. Mas eu tinha um contra-argumento óbvio.

— Há um mundo inteiro lá fora — eu disse. — Aquele que você planejava dominar, lembra?

Val assentiu, um movimento cansado. Sem sua lança - onde a arma tinha ido parar, eu não sabia e não perguntei -

as mãos da líder humana pareciam perdidas, agarrando o ar. Seus olhos vagavam. Sua respiração estava curta e rápida.

— Ela está tentando não entrar em pânico — disse Kaydee. — Dê a ela alguma esperança, Gamma.

— Lembre-se — tentei —, a Starship não pousaria em nenhum lugar onde não pudéssemos sobreviver. Ela estaria em pânico se não tivéssemos oxigênio. Se não houvesse uma chance.

— Uma chance — disse Val — é algo que teremos que aproveitar. — Ela voltou-se para mim, seu rosto sacudindo um pouco do cansaço. — Onde estão as outras duas? Beta e sua amiga?

Não as chamaria exatamente de amigas, mas isso não era importante.

— Lidando com Alpha — eu disse. — Estou aqui para ajudar vocês.

— Nos ajudar?

— Minha missão. A razão fundamental pela qual estou viva é proteger vocês, lembra?

— Honestamente, Gamma, não. Eu não lembrava — Val esfregou um galo vermelho que se espalhava em sua testa. — Mas tudo bem. Escolha um humano. Ajude-o. Depois junte o que puder e ajude a empacotar. Assim que pudermos, vamos nos mover para a popa.

— Para a popa e depois para fora?

— Para a popa e depois para fora — Val lançou mais um olhar para o Jardim arruinado. — Já estamos nesta nave há tempo demais.

TREZE

VARIEDADE DO JARDIM

Os humanos precisavam de ajuda e eu tinha tempo para matar. Apesar das ordens de Val, seus companheiros não estavam prontos para muito mais do que uma refeição e uma soneca após o pouso acidentado. Aproveitando meu conhecimento armazenado, fui de pessoa em pessoa, examinando ferimentos, enfaixando cortes e lacerações com o tecido que pude encontrar, e dando alguns pequenos conselhos aqui e ali para evitar infecções. Na maioria das vezes, recebi um agradecimento, um aperto de mão ou um aceno em resposta.

Alguns se afastaram ou me mandaram seguir em frente.

Era assim que funcionava ser um mech em um mundo humano.

O par de Val, não por amor, mas por gerenciar os humanos, não havia retornado do Berçário. Leo não enviara nenhuma comunicação, então ninguém sabia se todos aqueles embriões sobreviveram ao choque. Kaydee argumentou que não haveria como a Starship colocar sua carga mais preciosa em risco. Eu argumentei de volta que os humanos haviam demonstrado repetidamente que não sabiam o que estavam fazendo.

— Mesmo assim — disse Val, vindo ficar ao meu lado enquanto eu endireitava uma árvore caída —, continuaremos a *fazer* de novo e de novo.

— Eu já sei disso.

— Beta e Delta não retornaram.

A afirmação estava revestida de implicações. As duas embarcações eram atléticas, eram afiadas. Deveriam ter sido capazes de aguentar o pouso sem nenhum dano sério. Deveriam estar de volta aqui agora, prontas para ajudar a escoltar os humanos para seu novo mundo. Alpha deveria ser nada mais que uma carcaça arruinada, morto na Ponte para sempre.

— Há possibilidades — eu disse, percebendo como soava fraco.

— Há — respondeu Val. — Eles não podem esperar. Estaremos prontos para partir em breve. Quero que você venha conosco.

As razões, continuou Val, eram muitas: eu era forte, capaz de mover escombros ou pedras para ajudar a construir abrigos fora da Starship. Eu tinha conhecimento: nenhum humano vivo jamais havia construído um abrigo antes, ou feito uma fogueira por conta própria. O mais importante? Eu precisaria ir ao Berçário e trabalhar com Leo sobre o que levar.

— O que levar? — perguntei.

— Os embriões — respondeu Val —, e também o que precisamos para usá-los.

— O que você quer dizer?

Val olhou para o lado, apertou os lábios.

— A Starship tem muitos segredos. Não vou arriscar perder o acesso à nave por causa de algum mech ou qualquer outra coisa. Se pudermos levar os embriões conosco, se pudermos levar nossa esperança conosco, então devemos fazê-lo.

— Ainda não entendo por que você quer partir em vez de simplesmente consertar o que podemos — eu disse e apontei para a árvore endireitada. — Vai levar tempo para consertar, mas agora estamos pousados. Você tem tempo.

— Você não viu o que acabou de acontecer? — respondeu Val. — Este pouso quase nos matou a todos. Quem sabe o que mais foi danificado? E se algo quebrou e a Starship for uma bomba prestes a explodir? O que acontece quando uma bateria falhar no domínio do seu amigo e nos queimar todos até a morte? A Starship era uma arca e nos trouxe ao nosso destino. Agora é um risco.

— Como se o lado de fora fosse seguro. Você não sabe o que está esperando lá fora.

— Não, mas estamos esperando há mil anos para ver isso, Gamma. — Val colocou a mão no meu braço, com um aperto firme. — Não estou fazendo um pedido. Isto é uma ordem. Você virá conosco, você ajudará Leo. Faça aquilo para o qual foi feito, máquina.

Ela soltou meu braço, gritou uma ordem para o grupo se levantar e se afastou.

— Ela é tão agradável — disse Kaydee, aparecendo ao meu lado. — Deveríamos convidá-la para nossas festas.

— Nossas festas?

— Claro, quando todos tiverem ido embora da Starship, Gamma, podemos decorá-la toda. Será nosso grande play-ground. Super divertido.

— Certo.

Antes do pouso da Starship, antes do ataque à Ponte, eu havia transformado o Jardim em uma concha. Usando um terminal no topo do Jardim, eu havia selado quase todas as portas para evitar que os mechs de Alpha invadissem e sobrecarregassem os humanos lá dentro. Leo havia forçado a abertura de uma porta vários níveis acima para seguir para o Berçário, mas Val queria que as outras também fossem desbloqueadas. Os humanos estariam transportando alimentos e materiais úteis, e os mechs de Alpha não pareciam mais ser um problema.

Afinal, da última vez que os vi, eles estavam dançando.

— Você realmente fez isso? — perguntei a Kaydee enquanto subíamos os níveis do Jardim.

— Estava esperando que você não fosse me perguntar isso.

— Difícil não perguntar.

— Você esteve perto do Alpha. Gostaria de reviver algum daqueles momentos?

— Não, mas se ele deixou você mudar todo o seu exército de mechs, seria bom saber como. Só por precaução.

Kaydee não respondeu imediatamente, o que foi bom, já que eu tinha que navegar por uma seção pantanosa de degraus. O Jardim tinha elevadores, mas com todos os danos, suas portas de vidro se declaravam não funcionais. As próprias escadas não estavam muito diferentes, os degraus normalmente preto e roxo cobertos de detritos. Lama, galhos, pedras e metal quebrado estavam espalhados por qualquer lugar onde um pé pudesse querer se plantar, tornando a subida lenta e cuidadosa. Os sensores em meus olhos detectavam e destacavam quaisquer ameaças potenciais.

Um humano não teria tanta sorte.

— Eles me levaram até ele depois que você pulou — disse Kaydee. Ela flutuava ao meu lado, sua projeção olhando para algum ponto no meio da distância. — Eu protestei, mas Alpha deve ter deixado eles bem desconfiados. Os mechs disseram que eu estava com mau funcionamento e lá fomos nós. Se você está pensando que eu poderia ter lutado contra eles, Gamma, eu mal entendia como me mover.

— Lembra quando você acordou? Você me contou que o Bibliotecário te guiou por todos aqueles exercícios, mostrando suas funções, como mover as pernas, fazer as mãos tremerem. Eu não tive nada disso. Como uma criança jogada num jogo que não sabia jogar. Até mover uma perna parecia resolver um enigma, conectar as peças certas para fazer o comando passar.

Eu me lembrava. Parecia que toda a minha vida até agora tinha sido gasta aprendendo e reaprendendo a usar meu próprio corpo, do que um receptáculo poderia ser capaz.

— Quando cheguei ao Alpha, ou melhor, quando me levaram até ele, eu já tinha dominado a arte do protesto. Xinguei todos eles. Era bom falar. Quero dizer, falar de verdade — Kaydee riu. — Tudo que digo a você é silencioso, certo? Como se eu fosse um fantasma. Mas por um tempo eu pude realmente falar, e era incrível. As pessoas reagiam ao que *eu* dizia. Ao que *eu* fazia. Faz você sentir falta de estar vivo.

— Alpha provavelmente adorou isso.

— Sabe de uma coisa? Ele adorou — disse Kaydee. Já tínhamos passado dos níveis temperados agora, o ar ficando pesado com umidade. O orvalho molhava as paredes. Vinhas se espalhavam pelo chão, provavelmente já procurando dominar sua nova paisagem. — Alpha achou que eu era hilária. A coisa mais divertida que ele já tinha visto.

— Você é bem engraçada mesmo.

— Eu sei — respondeu Kaydee. — O negócio é, Gamma, eu sinto que Alpha estava realmente entediado lá em cima. Ele tinha todos esses mechs sem cérebro prontos para obedecer suas ordens e ninguém para conversar. Então quando eu não fazia o que ele dizia, quando eu mandava ele se ferrar, deve ter sido a coisa mais divertida que ele tinha em dias.

— E é por isso que ele deixou você mexer com os mechs dele?

Kaydee fez um som de zumbido. — Okay, isso vai entrar no território da teoria, tá bom?

— Parece que passamos a maior parte do tempo lá.

— Com certeza. Enfim, olha. Alpha é um receptáculo como você. Leo construiu todos vocês para absorver o mundo, aprender com ele, se reprogramarem conforme necessário. Quando eu dei toda aquela patada no Alpha, acho que quebrou ele um pouco.

— Ele já está bem quebrado.

— Quero dizer de um jeito diferente. Pensa bem. O cara praticamente tinha tudo que queria. As Vozes foram embora, Starship nas mãos, pousando num planeta que ele escolheu. Seus inimigos em fuga. Agora ele está cercado por bajuladores sem graça. Aí eu apareço e mostro pra ele com algumas palavras bem escolhidas que ainda há mais diversão a ser tida.

Algo nas palavras de Kaydee acendeu uma preocupação, uma ideia. Acelerei o passo, pulando os degraus. Escorreguei aqui e ali, mas botas enlameadas e calças sujas eram baixas aceitáveis.

— Então começamos a conversar, e eu estava enrolando ele o tempo todo — Kaydee continuou. — Eu achava que ele acabaria me matando, porque ele arrancou os braços e pernas do meu mech bem rápido, então eu queria mantê-lo falando. Autopreservação, entende?

— Aham.

— Aí ele me pede para explicar todas essas palavras que eu estou usando. Me pergunta o que os humanos costumavam fazer para se divertir. Então eu falo sobre, tipo, jogos e clubes e filmes e tudo mais, e ele fica tipo, ei, o que esses podem fazer? — Kaydee, flutuando ao meu lado, fez uma pantomima apontando para algum objeto invisível. — Ele está olhando para os mechs dele. Diz que esses são o que ele tem, como podemos fazer eles se divertirem, serem mais divertidos?

— E você sugere dançar.

— Chegamos lá. Tentamos outras coisas primeiro, mas os mechs não conseguiam lidar com jogos de palavras. Não conseguiam, tipo, se envolver em teatro. Mas alimentá-los com rotinas de dança programadas? Absolutamente, Gamma. Aqueles mechs flexíveis sabem dançar.

O topo do Jardim estava como eu deixei: um cemitério de estilhaços com corpos de mechs por toda parte. Volt, Chalo, Bimu e eu tínhamos feito uma destruição grosseira para garantir o lugar, e ninguém se incomodou em limpar. Passando pelos restos, encontrei os terminais ainda funcionando, prontos e dispostos a aceitar minha ordem para abrir as portas.

Uma pequena bênção em meio a um pesadelo.

O Jardim zumbiu quando o comando passou, todas as suas saídas voltadas para a popa se abrindo.

— Você está quieto, Gamma — disse Kaydee.

— Estou pensando.

— Perigoso, isso.

— Você disse que Alpha estava entediado. Que você deu ideias a ele.

— Certo. O receptáculo é louco, mas ele é louco e entediado.

Acho que eu sabia, agora, por que não tínhamos visto Beta e Delta voltarem para casa.

CATORZE

OBTENDO RESPOSTAS

No início, Kaydee se perguntou por que eu não estava correndo de volta para me juntar a Val. O Berçário, afinal, não se evacuaria sozinho. Os humanos provavelmente poderiam usar minha ajuda com várias coisas. Isso, no entanto, não era o problema. Os humanos sobreviveriam. A Nave Estelar, eu tinha que acreditar, não se detonaria imediatamente.

Alpha, mestre dos truques, era a maior preocupação.

— Então, você está planejando voltar para onde, a Ponte? — disse Kaydee enquanto deixávamos o Jardim, indo, de fato, em direção à Ponte.

— Se eu precisar — respondi.

— Tudo isso porque você acha que o Alpha descobriu alguma coisa?

— Não alguma coisa, uma coisa muito específica.

— Que seria?

— Como ser humano.

Kaydee apareceu na minha frente, grande o suficiente para ocupar toda a passarela. Eu poderia, é claro, atravessar direto por ela. Ela não era real em nenhum sentido físico.

Mas é difícil ignorar uma palma gigante voltada para você, com a palavra PARE na pele em vermelho neon.

— Diz isso de novo? — Kaydee perguntou.

— Você ensinou coisas humanas ao Alpha — respondi. — Isso é perigoso.

— Dançar, contar piadas? Isso é perigoso?

— Muito. — Toquei minha própria cabeça. — Qual é o nosso propósito principal, Kaydee? A razão pela qual os receptáculos, incluindo o Alpha, foram projetados?

— Para ajudar os humanos. — Kaydee, ainda gigante, recolheu a palma. Deu de ombros. — Claramente o Alpha já passou desse ponto, no entanto. Ele tem tentado matá-los há um tempo.

— Não é com o Alpha que estou preocupado — disse eu. — Leo deve ter nos programado para reconhecer humanos de alguma forma. Não apenas visual, certo, porque os humanos poderiam estar usando roupas. Os receptáculos poderiam parecer exatamente como eles. Não, se eu estou programando para reconhecer humanos, vai ser por comportamentos. As coisas que um humano faria que um mec nunca faria.

De volta à oficina do Sucateiro, quando encontrei a criança pela primeira vez, meus sistemas o identificaram como humano porque ele gritou. Ele olhou para nós com aqueles olhos inocentes e fez algo que nenhum mec jamais faria, e a partir daquele momento eu senti a necessidade de mantê-lo seguro.

Kaydee não conectou os pontos imediatamente, mas conforme eu repassava a história, conforme eu revisava como eu queria manter aquele menino seguro a todo custo, o reconhecimento encontrou seu caminho em seus olhos.

— Você está pensando que eles podem não machucá-lo — disse Kaydee.

Eu já tinha partido do topo do Jardim, correndo em direção à única porta do nível superior que tínhamos aberto durante nossa jornada inicial à Ponte algumas horas atrás. Kaydee captou minha intenção rapidamente desta vez.

— Você acha que eles estão, o quê, trancados lá na ponte com o Alpha? Incapazes de machucá-lo?

— Eles tentariam encontrar uma maneira de contornar isso — respondi. — Não é como se eles fossem esperar para morrer. Mas eles podem não ter escolha. Se Leo nos fez dessa maneira, então...

— Então vocês estão todos ferrados.

Porque você o ensinou a fingir ser humano, eu não disse. Não precisei dizer. Kaydee xingou para si mesma. Ela tinha um amplo espectro de palavrões, diferentes tons e palavras dependendo de quem era seu alvo. Quando era ela mesma, o palavrão saía baixo, frustrado e quieto. Uma admissão secreta.

Não tão secretas eram as mudanças do Conduíte. Tínhamos entrado no Jardim com o abismo central uma ruína crocante, cada peça aparentemente decidindo se agora era o momento de se desprender ou não. Agora essas decisões tinham sido tomadas.

O Conduíte estava em paz, um verde tranquilo substituindo a névoa azul. A névoa também parecia estar diminuindo. Como se a Nave Estelar, tendo encontrado seu lar, não precisasse mais prover. Uma mãe deixando as crianças saírem de casa.

— Então você chega lá — Kaydee perguntou enquanto eu corria — e o que acontece? O Alpha te espeta?

— Não exatamente — eu disse. — Delta e Beta podem não ser capazes de machucá-lo, mas poderiam mantê-lo encurralado. Então tudo que preciso fazer é hackear um deles, encontrar a função central que Leo colocou em nós e ajustá-la. Dizer a Delta ou Beta que Alpha não é de forma alguma um humano e depois deixá-los trabalhar.

— Parece um monte de palpites aí.

— Minha existência inteira tem sido baseada em palpites.

Correr pelo Conduíte deveria ter me exposto a outros riscos. Se Alpha tivesse Beta e Delta sob seu controle, então ele poderia, deveria ter liberado os mecs de sua festa dançante e enviado seus minions de sucata para caçar humanos. Como tal, mantive meus olhos escaneando, procurando por uma emboscada. Em vez disso, ouvi, vi silêncio.

Pelo menos no início.

Estávamos quase chegando à Universidade quando os mecs apareceram. Eles não estavam armados, não estavam se esgueirando, então a princípio pensei que pudessem ser algo deixado para trás dos primeiros dias do Conduíte. Corrompidos, claro, mas não guiados para uma postura assassina. Em vez disso, os mecs andavam. Até vagavam. Não em minha direção, nem do Jardim, nem dos humanos, mas da Ponte.

Não, nem mesmo isso: conforme eu desacelerava e observava, os três flexi-mecs embarcaram em um elevador e o levaram para baixo. Para baixo?

— Ideias? — perguntei a Kaydee.

— Um ataque muito estranho? — Kaydee ofereceu, acariciando o queixo, franzindo os lábios. Pensamento exagerado. — Talvez eles estejam indo circular por trás e te estripar.

— Tão agradável — respondi. À minha esquerda estava uma das frequentes escadas do Conduíte, descansando entre uma velha livraria e um bar. — Opções.

— Você quer continuar ou ver o que eles estão aprontando?

— Sempre precisa, Kaydee.

— Quer minha opinião?

— Você vai me dar de qualquer jeito.

— Você me conhece tão bem — disse Kaydee. — Você tem um bando de mechs curiosos que podem te oferecer algumas pistas. Ou você segue direto para o que provavelmente é uma morte certa.

— Ei.

— Gamma, o jogo mudou. Pela primeira vez em milênios, a Starship está na superfície. Não é mais só sobre a Ponte. O navio. O planeta inteiro é nosso novo campo. Precisamos saber o que Alpha está planejando fazer com isso.

Fiquei entre as opções, com a mão na escada. A nova avaliação da General Kaydee podia estar certa, mas ela tinha ampliado as coisas rápido demais. Eu não podia me concentrar em um conflito planetário quando tínhamos apenas algumas centenas de jogadores entre os mechs e os humanos.

— Ok, bom ponto. Me adiantei — Kaydee deu de ombros. — Passei muito tempo na minha própria cabeça lá atrás, tá?

— Compromisso — eu disse. — Vou seguir os mechs por um minuto. Ver se podemos aprender mais, desde que estejam indo em direção à Ponte.

— Fechado.

Nosso atraso teve um bônus: tentei e chamei o elevador de volta para o meu local. Não havia necessidade de descer dezenas de níveis correndo. Em vez disso, passei pelo portão de vidro na altura da cintura e... pausei. Como saber qual nível os mechs tinham escolhido?

— Só aperte um mais baixo e use seus olhos.

Movimento ousado, Kaydee, mas eu fiz mesmo assim. O elevador desceu, ganhando velocidade conforme os níveis passavam. Olhei para a esquerda, esperando ter uma visão dos mechs.

— Ali! — gritou Kaydee após uma queda de quinze segundos.

Não havia tempo para apertar outro botão no elevador, então juntei minhas pernas e pulei, ultrapassando a barreira de vidro e aterrissando com um baque na passarela. Gostaria de dizer que meu salto rolante foi digno de um filme de ação, mas meus membros se agitaram e acabei de bunda no chão, com as costas apoiadas no corrimão da passarela.

— Zero pontos de estilo, cara, mas você conseguiu — disse Kaydee, apontando. — E olhe, você tem uma oportunidade.

Os três mechs estavam hesitando. Bem, não hesitando: quando me levantei e olhei mais de perto, vi que o trio tinha suas mãos ágeis enfiadas em alguns pedaços de mechs retorcidos. Outras baixas. Enquanto eu me aproximava, encostado na parede lateral, os robôs arrancavam baterias e chips de memória.

— As peças mais valiosas — disse Kaydee. — Colhendo para novos.

Minha oportunidade surgiu quando o terceiro, o mais próximo de mim, decidiu fazer uma exploração extra enquanto seus dois companheiros seguiam em frente. O mech tinha as mãos profundamente enfiadas nas entranhas de um mech descartado enquanto eu me aproximava sorrateiramente, juntando meus dedos para criar um conector. A entrada que eu precisava estava logo atrás das orelhas do flexi-mech, ou onde as orelhas estariam se as coisas fossem humanas. Dei os passos lentamente, tentando sincronizá-los com o rasgar de placas de metal, fios e circuitos da coisa.

— Vai! — Kaydee sussurrou, embora nada pudesse ouvi-la mesmo se ela gritasse. Quando fiz o avanço final, o flexi-mech olhou na minha direção. Seus olhos cor-de-rosa me encararam, e eu esperava que ele largasse seu saque e atacasse, com as mãos prontas para retalhar um mech diferente. Em vez disso, ele olhou fixamente, esperou, observou. Passivo. Depois de um longo segundo, com minhas próprias mãos prontas para uma defesa desesperada, Kaydee me cutucou para seguir em frente. Ataque logo.

— Ei, você aí — eu disse, dando mais um passo. — Só tenho uma pergunta.

O flexi-mech ficou parado, me encarando impassivelmente.

— Certo — continuei. — Isso só vai levar um segundo.

Ao alcance do braço, deslizei meus dedos pressionados juntos e os pluguei no meu oponente imóvel. E encontrei minha resposta estampada bem no topo de seu código.

QUINZE

O GRANDE AR LIVRE

O mech havia sido estupefato. Seu código, todas aquelas funções projetadas para criar uma máquina flexível e assassina, reduzidas a algumas linhas especificando buscas por baterias, por dispositivos de memória e um destino.

— A rampa de embarque? — perguntou Kaydee. — O que é isso?

— Uma saída — respondi, soltando o mech.

A máquina, ainda segurando seus espólios, correu para se juntar a seus dois companheiros em uma caminhada constante em direção à proa da Starship. Até agora, ir naquela direção tão abaixo terminaria com elevadores e escadas para a Ponte. Será que isso havia mudado?

Kaydee e eu especulamos mesmo enquanto eu corria pelos mechs que caminhavam. Alpha comandava toda a rede da Starship, o que significava que ele podia enviar sinais sem fio para as máquinas sempre que quisesse, reescrever seus comandos para, digamos, tirar proveito de um mundo totalmente novo de repente aos seus pés.

— Então ele abandonaria a Starship? — disse Kaydee enquanto passávamos por baixo da Universidade. Tentei não pensar em quantos quilômetros eu havia percorrido indo e voltando nesta nave. — Simplesmente pegaria todos os seus mechs e iria embora?

— De jeito nenhum — respondi. — Alpha precisa das Linhas de Fabricação. Precisa de sucata. E provavelmente de algumas fontes de energia, pelo menos até que descubram se podem obter energia solar suficiente lá fora.

— Certo, então o que ele está fazendo?

— O que você disse antes — respondi. — Ele está iniciando uma guerra planetária.

E Val, com sua caravana humana ferida, estaria caminhando direto para ela.

Em termos de palpites, nossa suposição provou-se tão correta quanto possível. Embora tenha levado mais algum tempo correndo, chegamos à proa da Starship com o mínimo de confusão. Passei por mais robôs no caminho: mechs flexíveis, mensageiros e outros que haviam abandonado seus postos para caçar sucata e caminhar em direção à proa.

E que proa. Todo o casco cinza grosso havia desaparecido, o grande nariz da Starship se abrindo como uma flor. A luz nos atingiu primeiro de longe, estragando o brilho verde com um jato bronze quente. Como lasers suaves, a luz do sol entrava, respingando no metal frio da Starship e fazendo-o brilhar. Meus sensores responderam, baixando filtros sobre meus olhos. O calor também veio com a luz, um calor verdadeiro captado pela minha pele.

— Então é assim que se sente — disse Kaydee, se aquecendo ao meu lado, olhos fechados enquanto nos aproximávamos. — Mágico.

Olhando além da luz, vi, pela primeira vez, um horizonte real. Não alguma construção digital, mas uma linha real onde algumas colinas distantes encontravam um céu cinza dourado. Essas colinas também ondulavam com grama amarelo-mostarda balançando. Vento, vento real, não ar soprado de algum ventilador de resfriamento, varria essas elevações curvas, brincando com sombra e luz em linhas móveis.

Era quase bonito o suficiente para esquecer os mechs à frente.

Apesar de todo o massacre que Delta conduziu antes da Ponte, contei várias centenas de mechs esperando na rampa. Eles se aglomeravam apertados, de pé com sucata nos braços e olhando para o sol.

— O sol? — disse Kaydee. — Não estamos na Terra, Gamma.

— Até que alguém dê um nome diferente, vou chamá-lo assim — eu disse. — É mais fácil.

— Você não acha que poderíamos nomeá-lo?

— Prioridades maiores.

— Estraga-prazeres.

As prioridades maiores estavam na frente das colunas de mechs. Do topo da rampa, sombreado pelas gigantescas placas dobradas para fora, pude ver Alpha, Delta e Beta em pé na parte inferior da rampa. Seus sapatos na terra dourada, na grama pisoteada.

Meus amigos tinham suas armas sacadas, a espada de Delta e as facas de Beta apontadas para o corpo de Alpha. Como carrascos esperando a ordem para atacar.

— Sabe, Alpha pode não ser quem está no comando aqui — disse Kaydee. — Eu me pergunto.

Eu também me perguntava pelo que o coletivo estava esperando. Alpha não parecia estar fazendo nada, apenas parado ali, e embora mais mechs continuassem a chegar, seus números eram poucos. Um solitário disperso aqui, um mech de lixo bipando ali. Qualquer conquista deveria estar começando. Não que eu planejasse esperar por isso.

Eu tinha vindo até aqui para garantir que Beta e Delta cumprissem sua missão, e é isso que eu faria.

— Vai lá — disse Kaydee enquanto eu começava a descer, escapando pelo lado esquerdo da formação de mechs.

Nem um único olho rosa se virou para me observar enquanto eu passava, e após os primeiros metros abandonei qualquer tentativa de me esgueirar. Alpha me veria antes que eu me aproximasse de qualquer maneira. Se ele me quisesse morto, eu estaria morto. Eu só tinha que esperar que Beta ou Delta terminassem o trabalho primeiro. Ambos, no entanto, me viram se aproximando. Suas cabeças viraram quase ao mesmo tempo, caretas combinando com seus braços enquanto levantavam suas armas.

Não, eu queria gritar, matem Alpha, não brinquem de paz. Eu queria, mas não o fiz. Por quê? Porque Alpha me deu o sorriso mais sereno que já vi em um rosto. Seus braços abertos como um velho pregador, ele se aproximou de mim enquanto eu ultrapassava as últimas fileiras de seus mechs.

— Se ao menos você tivesse uma faca — disse Kaydee enquanto Alpha me envolvia em um abraço apertado, mantendo a pose por muitos segundos.

— Obrigado — disse Alpha e eu tentei, tentei entender seu jogo. Minhas funções aceleraram, analisando sua postura, seu tom, suas possibilidades, mas eu não tinha uma resposta clara. — Obrigado. Sem sua interferência, isso não teria sido possível.

— Isso? — perguntei. Atrás dele, Delta e Beta se aproximaram, ambos com expressões vazias. — O que você quer dizer com isso?

— Olhe para cima — disse Alpha. Segui seus olhos e vi o céu.

O amarelo-dourado, sim, mas algo mais numa inspeção

mais próxima. A cor perfeita dobrava-se aqui e ali, manchada e enlameada. Como pixels esquecendo seu propósito por breves piscadas.

— Siga-os — murmurou Alpha.

As manchas quebradas se moviam. Deslizavam, na verdade, pelo céu. Encontrei uma, foquei meus olhos nela, o zoom ampliando mais e mais até que vi a fonte. Não um estranho defeito, ou poeira à deriva, mas uma teia de gossamer pegando o vento e voando. Nessa teia, pequenas criaturas corriam, como insetos feitos de fios de prata.

— Nova vida — disse Alpha. — Milagroso. Assim como a grama sob nossos pés. Somos os primeiros, Gamma, e possivelmente os únicos a ver isso.

— E você está me agradecendo?

— Suponho que aquelas Vozes infernais mereçam algum crédito — Alpha recuou, mantendo as mãos em meus ombros. Pensei em jogá-las fora, mas mantive a esperança de que Delta ou Beta aproveitassem o momento para esfaquear Alpha pelas costas, então manter sua atenção parecia a melhor ideia. — Mas foi você que proporcionou a mudança que nos permitiu pousar intactos. Foi você que nos trouxe ao nosso novo lar.

Sentamo-nos, os quatro recipientes à sombra da Nave Estelar. Beta e Delta, com a permissão concedida por Alpha, disseram o que eu havia suposto: ele enganara a programação deles. Mesmo sabendo que ele não era humano, Alpha atendia a critérios suficientes para deter suas lâminas. A definição estrita de mech de Leo provou ser nossa ruína ali no novo mundo, uma definição talvez codificada primeiro para impedir que os recipientes se tornassem rebeldes. Agora, o velho código nos condenava.

— Mas Alpha machucou humanos — disse Kaydee enquanto estávamos sentados, Alpha satisfeito em observar o pôr do sol do planeta. — Como ele pôde fazer isso com o bloqueio de Leo?

Uma pergunta respondida com uma constatação.

— Alpha nunca machucou um humano — eu disse, e os três recipientes olharam para mim. — Machucou?

— Diretamente? — Alpha sorriu. — Eu nunca poderia. Nossa lei fundamental. Mas, é claro, nem todo mech sofre da nossa aflição.

— Então você ainda vai matar os sobreviventes.

— Sim, e destruir o Berçário também — disse Alpha. — Não há razão para mantê-los por perto. É sobrevivência, Gamma. Você deve ser capaz de ver isso. Os humanos vão nos desmontar, eles vão nos escravizar se lhes for permitido crescer. — Alpha acenou em direção às colinas gramadas. — Eles já arruinaram um deserto intocado. Por que dar-lhes outro?

— Ele tem um ponto — acrescentou Delta.

— Um ponto? — respondi. — Ele está corrompido. Suas funções estão se deteriorando.

— Não significa que ele não esteja certo — disse Delta. — Também não significa que eu não vá destruí-lo se descobrir como.

— Totalmente — disse Beta. — O cara está morto, então.

— É um verdadeiro motivador — disse Alpha — estar cercado por um par de bombas-relógio como vocês. — Ele se levantou, se espreguiçou, algo que um recipiente nunca precisava fazer. Algo que um humano poderia fazer. — Mas talvez seja hora de começar a trabalhar.

— Não vamos fazer porcaria nenhuma que você diga — levantei-me para enfrentar o recipiente. — Nem uma coisa.

— Vocês não precisam. — Alpha levantou a mão e todos aqueles flexi-mechs ficaram em posição de sentido. — Nosso tempo juntos chegou ao fim, receio. Saiam agora, ou meus amigos vão despedaçá-los.

— Te abraça, te agradece, ameaça te matar — disse Kaydee. — Parece o Alpha.

Beta e Delta seriam capazes de lutar contra os fleximechs sem problemas, mas havia tantos. Não tínhamos cobertura, nem corredores estreitos para obter qualquer vantagem. Havíamos sido superados, novamente.

— A discrição é a melhor parte da coragem e tudo mais — disse Kaydee.

— Vamos — eu disse para Beta e Delta. — Vamos pensar em algo.

— É melhor se apressarem — respondeu Alpha. — Cada minuto agora aumenta minha vantagem. Cada minuto aproxima vocês e seus humanos do fim.

— Você parece quebrado — retruquei.

— Oh, eu estou — respondeu Alpha — e estou muito empolgado com isso.

Começamos a contornar a parede de mechs de Alpha, aqueles olhos cor-de-rosa acompanhando nossos passos sob o céu dourado. A Nave Estelar parecia uma boca prestes a nos engolir, uma mordida interrompida quando Alpha soltou um alto tsk tsk.

— Por aí não, meus amigos — disse Alpha, apontando para as colinas âmbar. — Acho que vocês já fizeram o suficiente lá dentro. Por que não vão ver como nosso novo lar trata os mechs?

— Vai se ferrar — respondi, com Kaydee soltando um "é isso aí" logo depois. — Vamos para onde quisermos.

— Vocês vão para onde eu quiser e quando eu quiser — disse Alpha. — Podem bancar os durões o quanto quiserem, mas vocês não têm influência aqui.

— Ele está certo, Gamma — Beta falou baixo, irritado. — Não há nada que possamos fazer aqui além de morrer.

— O que é exatamente o que faremos lá fora — respondi. — Ou você esqueceu que funcionamos com baterias? Precisamos recarregar?

Delta colocou a mão no meu braço. — Vamos dar um jeito. Melhor do que morrer aqui.

Pelo menos aqui poderíamos levar alguns deles conosco, pensei, mas não disse. Delta e Beta haviam tomado a decisão, e eu não tinha muita escolha além de ir com eles. As colinas douradas nos aguardavam, e pela primeira vez em minha existência, logo me vi em outro planeta, me afastando do meu único lar.

DEZESSEIS

UMA MÁQUINA DE MATAR

As surpresas de um mundo natural eram muitas. Primeiro, o vento. Este mundo tinha muito dele e parecia uma coisa viva, correndo e parando sem motivo. Uivava e sussurrava enquanto nos afastávamos da Nave Estelar, chicoteava e mordia nossas roupas e cabelos conforme a luz do dia se esvaía.

Um frio suave juntou-se ao vento à medida que a noite se aproximava, minha programação classificando a sensação como clima de jaqueta para um terráqueo. O solo natural cedia sob nossos passos, as hastes se dobrando sem reclamar enquanto andávamos sobre elas. Cada passo, no entanto, liberava finas sementes loiras no ar. As pequenas coisas subiam além de nossas cabeças, iniciando uma dança milagrosa enquanto o vento as fazia rodopiar umas ao redor das outras.

— Isso seria muito mais legal se, sabe, não estivéssemos exilados — disse Kaydee. — É muito irritante ter tudo isso terminando com a gente morrendo.

— Você não sabe se é assim que vai terminar — respondi, atraindo olhares de Beta e Delta.

O que era bom. Eu tinha pensamentos, raivosos, que precisavam ser compartilhados com aqueles dois.

Pensamentos colocados em espera por um longo momento quando um rugido estridente surgiu atrás de nós. Todos nos viramos e observamos enquanto a porta massiva da Nave Estelar se erguia e fechava. De Alpha e seu exército de mechs, não havia sinal.

— O covarde voltou para dentro — disse Delta.

— Aquele covarde sabe que não estamos lá para manter os humanos seguros — disse Beta. — É estratégia.

— Não há nada que possamos fazer sobre isso agora — respondi. — Val está por conta própria agora.

Esperançosamente, ela e Leo poderiam escapar como planejaram. Caramba, talvez eles pudessem realmente explodir a Nave Estelar. Que reviravolta seria essa, o grande triunfo de Alpha roubado com uma única bomba massiva.

— Como vocês dois deixaram ele viver? — perguntei enquanto observávamos o portão se fechar. — Ele não é humano. Haveria brechas.

— Eu a impedi — disse Beta enquanto Delta olhava fixamente para o horizonte. — Existem portas que não podemos abrir, Gamma. Se Delta começasse a encontrar brechas, comportamentos que ela pudesse contornar, então o que a impediria de fazer o mesmo com qualquer humano real?

— Lógica?

— A lógica é flexível e você sabe disso.

O que eu sabia era que esses dois pareciam estar jogando pelo seguro depois de muito tempo no fio da navalha. Beta e Delta costumavam ser assassinos sedentos por sangue, prontos para retalhar um milhão de mechs a qualquer momento. Agora eles estavam com medo de alguma programação?

— Bem, porque vocês dois não conseguiram lidar com

isso, agora Alpha vai matar todos eles, depois vir atrás de nós e terminar o trabalho. — Sentei-me na grama. Seca, flexível. — Parabéns.

— Mude isso — disse Delta. — Você pode nos reescrever. Prevenir as brechas, mas nos deixar eliminar Alpha.

— Ele pode fazer isso? — perguntou Beta.

— É o que ele faz.

Bem, eu nunca havia reescrito uma linha central antes. Isso seria entrar em território sensível. Lá dentro, eu poderia transformar Beta e Delta em mechs totalmente diferentes. Torná-los pacifistas, assassinos sedentos por sangue, cantores serenos de músicas folclóricas. Eles poderiam ser meus servos sem mente.

— Você não está se empolgando demais com isso? — perguntou Kaydee.

Me empolgando? Eu estava? Estávamos em um planeta novo em folha. Nada jamais feito por mãos humanas ou mecânicas havia estado aqui antes, respirado este ar, escaneado sua grama e o reivindicado como lar. Estávamos bem longe de nossos objetivos originais. Val e os humanos estavam seguindo em frente sem nós. Beta e Delta eram incapazes de protegê-los da maior ameaça dos humanos.

Empolgado? Tínhamos sido arrebatados por tudo ao nosso redor.

A mente interna de Delta correspondia ao que tínhamos visto antes: Kaydee e eu estávamos em uma ilha flutuante em um éter rosa diáfano. Enormes correntes se estendiam à distância, ligando nossa ilha a outras semelhantes. Alguns passos poderiam nos levar do fim de uma ilha a outra.

— Acha que devemos seguir as correntes de novo? — perguntou Kaydee.

Isso nos levaria ao núcleo de Delta, seu interruptor de liga/desliga. O que estávamos procurando fazer desta vez era um pouco diferente, e eu não tinha certeza exatamente como, mas tinha uma ideia.

— Você se lembra quando me falou sobre o apagamento? — perguntei. — O botão que eu poderia pressionar, lá embaixo, que apagaria tudo?

— Claro, mas não é isso que vamos fazer, certo?

— Não, mas apontará para onde precisamos ir. Se o que você disse é verdade, essa função tem um caminho claro para o coração de Delta.

— Ok, mas como encontramos esse botão?

Eu não tinha uma resposta para isso. Eu poderia me concentrar internamente, separar as peças de mim mesmo e, eventualmente, enterrado sob elas, o botão estaria lá. Me perguntando se eu era corajoso o suficiente para apertá-lo.

— Temos que cavar — eu disse.

Kaydee estalou os dedos, fazendo pás aparecerem no chão diante dela. Delta estava sendo gentil conosco, permitindo que alterássemos a realidade dentro de seus sistemas.

— Não literalmente. — Caminhei em direção à borda da ilha. — Ou sim, literalmente, só que não esse tipo de escavação.

Kaydee veio para o meu lado, uma pergunta em seu rosto, uma que ela já sabia que não valia a pena fazer. Cada mech, cada sistema de computador tinha sua realidade definida por função após função. Elas não definiam apenas como o mech se movia, como o computador lidava com um clique errante, as funções também controlavam o espaço que usávamos. O ar em que estávamos.

— Delta, desculpe — eu disse, então alcancei o vazio fora da ilha e puxei.

Minha amiga nos dera controle, direitos para fazer qualquer coisa e tudo em seu espaço digital. Com esses direitos, eu descasquei os programas que escondiam as linhas de

Delta. O rosa deslizou, descascou como um manto solto, revelando as entranhas, os ossos que nos faziam quem éramos. Linhas verdes contra o preto roçavam as bordas rosa esfiapadas. Eu rasguei mais, expondo as linhas. Uma fenda grande o suficiente, agora, para que pudéssemos atravessar.

— Sabe, isso parece bem complicado — disse Kaydee. — O que acontece quando entrarmos lá?

— Perderemos nossos corpos, mas não precisaremos deles — respondi, lembrando-me da caixa verde-preta ao redor das barreiras. — Aposto que não é muito diferente do que você sentiu durante todos aqueles anos.

— O quê, quando eu estava à deriva esperando por você? — Kaydee deu um passo para trás. — Gamma, aqueles anos foram horríveis. Tipo, realmente horríveis. Você não podia sentir nada lá dentro. Eu não tinha noção do tempo. Você não quer isso.

— Não será por muito tempo — eu disse. — Você não precisa vir.

— O que acontece se eu não for e você não voltar?

— Acho que você vai descobrir o que significa ser eu.

— Um sonho realizado.

Eu tinha sentido falta desse sarcasmo.

Eu não andei ou pulei, mas sim flutuei para dentro do código de Delta. Em um momento eu estava naquela ilha, um corpo renderizado por programas que o permitiam. No instante seguinte, eu era apenas um cursor, esquivando-me de linha de código em linha de código, caçando o que eu precisava. Delta, provavelmente como eu, continha milhões. Além do rosa, as linhas se estendiam pelo que parecia ser o infinito. Uma grande parede verde se estendendo acima e abaixo de mim. Sem horizonte, sem espaço 3D. Apenas variáveis, lógica e sintaxe para sempre.

Mas Delta tinha me feito um deus em seu reino, e um deus tinha poderes.

Primeiro, isolei uma variável, aquela que chamava a prioridade máxima de Delta. Se eu pudesse encontrar sua última, ou primeira, menção, isso deveria me levar à sua proibição contra eliminar humanos. Iniciar a busca escureceu a parede verde, as linhas que não continham o termo que eu escolhi desaparecendo de vista. Com um pensamento, eu as apaguei completamente, filtrando o código desnecessário e colapsando todo aquele verde diante de mim. Milhões se tornaram alguns milhares em um instante.

Rolei o código, coloquei a primeira menção da variável na altura dos meus olhos, o resto esperando abaixo. A linha tinha uma elegante simplicidade: se nada mais, respeite este. Quanto ao que este 'este' poderia ser, as linhas abaixo faziam o trabalho. Da integridade do casco da Nave à capacidade do Jardim de cultivar colheitas, aos embriões do Berçário e aos criogênicos na seção de luxo, os requisitos de Delta como guardiã estavam detalhados um após o outro. No final, o último item que seria lido para definir a prioridade máxima de proteção de Delta, era uma linha simples: acima de tudo, preserve a vida senciente.

A palavra senciente fazia o trabalho ali, e eu a segui. O código passou pelos meus olhos novamente enquanto eu escaneava, tentando encontrar a lógica. E parei. Eu não precisava de senciente. De jeito nenhum. Voltando para a última linha, peguei meu bisturi. Apaguei a condição. Agora, a maior prioridade de Delta seria defender a vida. Toda vida. Missão cumprida.

— Seu idiota — disse Kaydee quando abri os olhos, vi Beta prendendo uma Delta furiosa no chão.

— Gamma, que diabos? — disse Delta, esforçando-se

contra o aperto de Beta. — Você está pisando nessa grama e não consigo pensar em outra coisa além de te assassinar.

— Grama?

— Ela está viva, seu imbecil — disse Kaydee, batendo com a mão na testa. — Você simplificou demais.

— Conserte-a — rosnou Beta — antes que eu tenha que matá-la.

— Como se você pudesse — retrucou Delta, enrolando as pernas para envolver o pescoço de Beta.

Com um puxão, Delta lançou Beta para frente. Eu me desviei para o lado enquanto meu amigo recipiente rolava pela grama ao meu lado. Grama, devo acrescentar, que assumiu um esplêndido brilho amarelo quando a estrela deste mundo mergulhou atrás do horizonte.

— Lâmina! — gritou Kaydee e eu me abaixei, a espada de Delta assobiando alto.

— Eu não quero te matar — disse Delta, levando mais tempo do que o necessário para reverter seu golpe.

— Também não quero isso — respondi, mergulhando em direção aos seus pés. Delta começou a recuar apenas para Beta derrubá-la, derrubando ambos no chão perto do meu rosto. A cabeça de Delta esmagou os talos a menos de meio metro da minha mão. Perfeito. Juntei meus dedos e golpeei em direção à porta.

Dessa vez eu consegui.

— Você acha? — disse Kaydee enquanto estávamos sobre Delta. Beta, melhor preparado desta vez, tinha uma lâmina na garganta de Delta na esperança de que a autopreservação do recipiente mantivesse a violência sob controle. — Porque eu estou meio que perdendo a fé.

— Eu redefini senciente — eu disse, ajoelhando-me sobre o rosto de Delta. — Inteligência biológica, não programada.

— Ah, então ela pode nos matar sem problemas — disse Kaydee.

— Certo, mas ela não precisa.

— Por enquanto.

Balancei a cabeça, dei um tapinha no ombro de Delta. — Como se sente? — Delta piscou. Olhos âmbar não captando muita luz agora que a escuridão se fechava.

— Acho que o tempo de Alpha acabou.

DEZESSETE

NOITE NATURAL

Depois de nos levantarmos da grama e nos recompormos, encontramos a escuridão descendo e não muitas opções. A nave espacial estava próxima, e voltamos para sua massa por falta de ideias.

— Realmente é enorme — disse Kaydee quando nos aproximamos, e ela não estava errada.

A coisa grande formava uma laje contra a planície, uma linha preta que agora se projetava em linha reta à nossa direita até atingir o horizonte. Sua escuridão absoluta era uma surpresa: o estoque do Bibliotecário mostrava veículos humanos com luzes de navegação por toda parte, mas aqui estava esta enorme embarcação sem nada no exterior.

— Por quê? — perguntei em voz alta, Beta e Delta compartilhando meu olhar minucioso para a nave.

— Por que não há uma entrada manual? — perguntou Beta. — Concordo. Ridículo.

— Ou por que Alpha fugiu — murmurou Delta. — Covarde.

Apenas Kaydee realmente tentou responder à minha pergunta:

— Micrometeoritos? Ou talvez os projetistas fossem paranóicos, imaginaram que poderíamos precisar pousar de forma furtiva.

— Furtiva? Nisso?

— É — Kaydee ponderou. — Acho que isso não é provável.

Delta balançou sua espada, um golpe que percebi pela luz das estrelas e nada mais. Não havia lua ao redor deste planeta, apenas prata. A espada atingiu o casco da nave, ricocheteou sem deixar um arranhão. Uma única faísca solitária se aninhou no chão e desapareceu.

— Valia a pena tentar — disse Delta quando percebeu que estávamos olhando para ela. — O quê, não é como se vocês dois tivessem ideias melhores.

Beta virou as costas para a nave, caminhou alguns passos e sentou-se na grama. Delta continuou cutucando e sondando, golpeando rebites ou juntas. Eu conversava com Kaydee, minha única janela real para a mente de um humano. Porque, quer Beta ou Delta percebessem ou não, os humanos eram nossa melhor chance de voltar para dentro.

— Val disse que eles sairiam pela popa — disse Kaydee. — Então, se formos naquela direção, devemos conseguir encontrá-los.

— Se Alpha não chegar até eles primeiro.

— Bem, sim, mas que outras opções você tem?

Não fazia muito tempo, Delta, Alvie e eu tínhamos conseguido entrar na nave com a ajuda de Volt. O robô tinha sido capaz de abrir uma escotilha de ar do lado de dentro. Se pudéssemos voltar para outra, Volt poderia nos deixar entrar novamente.

— Escalar uma escada no escuro neste mundo ventoso? — disse Kaydee. — Parece perigoso. Eu gosto.

Com um piscar de olhos, mudei minha visão do espectro usual para um mais adequado à pouca luz, um verde difuso rastejando sobre tudo, ficando mais brilhante nos pontos onde a luz das estrelas entrava com força. Virei-me para fazer a sugestão a Beta e Delta e parei. O céu, que até um minuto atrás tinha sido aquela tela salpicada, estourou com nuvens brilhantes. Fios finos se agrupando, as bolas flutuavam acima de nós, cavalgando alto no vento. As sementes das plantas captando a luz das estrelas. Elas também se erguiam do chão ao nosso redor quando os fios pegavam uma rajada, os insetos aninhados nelas construindo teias brilhantes, cintilando o caminho todo.

— O que...? — disse Kaydee.

— Um segundo — respondi. — Vou tentar algo.

Num piscar de olhos, voltei ao espectro normal, só que desta vez amplifiquei minha detecção de luz. Num dia ensolarado, ou perto de uma lâmpada, isso lavaria tudo num brilho ofuscante. Agora, porém, eu extraía a prata. Por toda parte, realmente, esses pequenos fios voavam. A nave já tinha um cobertor batendo em seus lados. As pequenas redes também ricocheteavam em nós, fazendo cócegas com fios frágeis que desapareciam com o mais leve toque. Belo, estranho.

— Você é a primeira humana a ver isso — eu disse a Kaydee alguns minutos depois, depois de ter trazido Beta e Delta para o grupo. Ainda estávamos observando as teias flutuantes.

— Tenho que dizer, Gamma, não há muitas vantagens em viver como uma mente, mas ver isso quase faz valer a pena.

As emoções humanas não eram algo que eu realmente entendesse, mas a voz de Kaydee trouxe um pouco de calor naquela noite fria.

Não conseguimos encontrar uma escada. Ah, encontramos onde elas tinham estado, mas os degraus, como garras de gato, tinham se retraído de volta para o casco da nave. Delta tentou arrancar um com sua espada, falhou.

— O maldito pouso — disse Beta, girando uma faca no escuro e pegando-a pela lâmina repetidamente. — Aposto que tudo é sugado para dentro para torná-la aerodinâmica.

— Ela estaria apostando certo — disse Kaydee. Como Kaydee saberia? — Porque aprendemos tudo sobre a nave espacial crescendo. Aulas obrigatórias, só para o caso de as coisas darem errado e alguns de nós sermos os únicos que sobraram.

Fazia um sentido sombrio, aquilo.

Sem uma maneira de subir até a escotilha, nos acomodamos em uma longa corrida ao longo da nave. A grama proporcionava uma corrida suave, as plantas não muito rígidas amortecendo nossos pés e nos impulsionando para o próximo salto. Mantendo a massa da nave à nossa esquerda, as estrelas acima e as colinas à nossa direita, corremos em silêncio. O planeta não oferecia nada mais nem menos do que sua beleza natural e a canção cortante do vento. Várias horas em um sprint mortal nos levaram à popa da nave, sem sinal de amanhecer. Os motores enormes pairavam acima, bocais chamuscados visíveis mesmo na luz mínima. Nenhuma porta se oferecia.

— E agora? — disse Delta, olhando feio para mim. — Não diga que temos que correr todo o caminho de volta.

— Não — respondi. — Nós batemos.

Antes, quando Delta e eu estávamos passando algum tempo de qualidade nos rearmando em meio aos alojamentos dos motores da Starship, eu tinha dado uma boa olhada no que compunha os grandes canhões que impulsionavam a Starship adiante. Combustível líquido não serviria para uma jornada tão longa quanto esta, então a Starship dependia de baterias e energia solar. Volt gerenciava toda essa energia, enviando-a quando a Starship solicitava. Eu esperava que ele notasse se viéssemos chamando. Delta e Beta me levantaram desta vez, equilibrando meus pés em suas mãos. O bocal do motor mais baixo ficava a dez metros de altura, um lábio curvado desaparecendo em um preto ainda mais escuro do que o nosso exterior frio.

— Pronto? — perguntou Beta.

— Se é minha ideia, posso dizer não?

— Não pode — respondeu Delta.

— Então vamos lá.

As duas embarcações se agacharam e me lançaram para cima. Por um momento maravilhoso, flutuei no ar, subindo e livre. Invejei aqueles robôs mensageiros e seus jatos, capazes de experimentar isso sempre que quisessem. Então, diferentemente daqueles mensageiros, atingi o solo.

— Graças a Deus que Leo fez vocês todos super fortes — disse Kaydee, em pé ao meu lado enquanto eu me levantava dentro da nacele. — Se vocês fossem todos, tipo, fracotes, seria uma droga.

— Que comentário, Kaydee.

— Não foi meu melhor, desculpe.

O motor da Starship parecia um verde escuro sólido com minha visão noturna, uma mudança forçada conforme deixávamos a luz das estrelas para trás. À frente, o bocal se estreitava até chegar a um anel duas vezes mais alto do que eu. Energizado, aquele anel cuspiria energia eletromagnética para impulsionar a Starship durante as manobras no espaço.

— E aí está o grande suco — disse Kaydee, ajoelhando-se ao lado de vários tubos menores. — Lembra de todos aqueles fornos em Purity, cozinhando coisas até virarem lodo? Você está olhando para o resultado final. Uma grande pilha de biocombustível para quando chegássemos.

Talvez a Chanceler estivesse lá dentro, finalmente encontrando seu fim merecido quando a Starship pousou. Examinei o anel, os fios blindados alojados atrás dele. Em algum lugar aqui dentro tinha que haver uma maneira de enviarmos um sinal de volta para Volt.

— Ideias? — perguntei a Kaydee, e ela me devolveu o olhar.

— Você é grande demais — ela disse.

— Para quê?

— Para se esgueirar ali dentro — Kaydee apontou para onde os fios se juntavam. — Não que houvesse uma entrada.

— Eu quis dizer ideias úteis.

— Ah! Você deveria ter esclarecido.

Balançando a cabeça, dei outra olhada. Estudei os fios. Eles teriam que enviar cargas massivas de energia quando necessário, e provavelmente poderiam causar todo tipo de problemas se ativassem no momento errado. Teria que haver algum tipo de sensor. Estendi a mão para a direita e arranquei os fios do anel. Arranquei todos eles. Faíscas voaram, estalos iluminaram a noite, e Kaydee perguntou se eu tinha perdido o juízo. Ela começou a gritar quando enfiei o aglomerado de fios na nacele de metal aos meus pés.

Relâmpagos crepitaram, um circuito criado sem controles. Senti os fios esquentarem, as blindagens começarem a derreter, e as solas dos meus pés, calçados com botas de borracha, mesmo assim ficarem quentes. Então puxei os fios para fora e os empurrei novamente. Ligava e desligava. Repetidamente, mas não aleatoriamente. Kaydee tinha esgotado seus xingamentos quando percebeu o que eu estava fazendo. Quando ela entendeu que minha cadência de relâmpagos estava enviando uma mensagem muito particular para, esperançosamente, o único robô que estivesse escutando.

— Você é um gênio, Gamma — disse Kaydee enquanto eu colocava os fios sobre o anel, pondo fim ao caos. — Um gênio louco.

Foi a coisa mais legal que ela já me disse.

DEZOITO

O QUE QUEREMOS

Mesmo que Volt tivesse ouvido meu sinal, demoraria muito até que o mech pudesse correr, ou fazer algum humano correr, todo o caminho de volta para nos deixar entrar.

Depois de limpar os fios, voltei para a borda do motor. Olhei para baixo, pronto para pedir que me pegassem, e notei as duas embarcações sentadas de costas uma para a outra. Nenhuma delas parecia se mover.

— Modo de espera — disse Kaydee antes que eu pudesse ficar nervoso. — Olhe para a espada.

De fato, a lâmina de Delta estava fincada na terra como um mastro de bandeira, com a luz das estrelas refletindo em sua borda irregular e rebelde. Ela não a teria deixado ali se alguma luta tivesse dado errado. E o que, aqui fora, poderia ser uma ameaça para nós?

— Elas estão esperando você chamar, economizando energia — disse Kaydee. — Não é uma má ideia para você também, camarada.

Sem plugues e sem choque cinético para extrair energia, minhas próprias baterias estavam ficando fracas. O modo de espera poderia prolongar meu suprimento quase indefinidamente. Não era uma má ideia. O vento assobiava ao meu redor, mergulhando de volta para dentro do enorme círculo do motor. Frio, brilhante, sentei-me para manter melhor equilíbrio, deixando minhas pernas penduradas na borda antes mesmo de perceber o que estava fazendo.

— Desculpe, não pude evitar — disse Kaydee. — Costumávamos fazer isso no Conduit quando éramos crianças. Pegávamos um elevador até o nível mais alto que podíamos e deixávamos nossos pés balançando.

— Parece perigoso. — Enquanto dizia isso, no entanto, senti a emoção: meus sensores me dizendo que eu deveria recuar alguns metros para ficar em segurança. — Isso não sou eu, não é?

— Lembra quando você me deixou dentro daquele mech? Lá nas Linhas de Fabricação?

— Eu tive que fazer isso. Mais um segundo e eu poderia ter sido apagado.

— Não estou te culpando — disse Kaydee, e ela apareceu ao meu lado, suas pernas igualmente balançando no escuro. Diferentemente das minhas, as dela pingavam partículas douradas a cada movimento. Um efeito digital. — Estou tentando colocar você no estado mental certo.

— Para quê?

— Para o que estou prestes a dizer. — Kaydee arqueou uma sobrancelha, esperando por uma interrupção, mas eu havia entendido o ponto. Mantive minha boca fechada. — Certo, então eu derrotei o grandalhão. Agarrei sua memória e a roubei para mim.

— Bem feito.

— Obviamente. Era eu fazendo isso — disse Kaydee. — No início, pensei que tinha morrido. Morrido de verdade. Não conseguia sentir nada, não conseguia ver ou fazer nada. A arena desapareceu.

Um drive vazio. Tire a interface de um mech e você ficaria com pontas soltas, funções sem um nó central para amarrá-las.

— Eu me senti como Deus lá dentro, aprendendo a criar um universo — disse Kaydee. — Eu escrevi novas linhas, conectei os olhos, os braços, as pernas. E então eu vi você. Vi você de verdade.

— Antes de eu tentar te matar.

— É, muito bem feito, por sinal. — Kaydee acenou para além de mim, em direção ao horizonte. Todas aquelas teias prateadas flutuantes ainda estavam lá, um mosaico de luz estelar através da planície gramada. — Por um momento, foi como aquilo. Lindo, frágil. Possibilidades que eu não sentia há tanto tempo, Gamma. Tanto tempo. Eu não queria abrir mão delas.

— Depois que você caiu, depois que Alpha me levou, eu continuei encontrando coisas novas. Continuei aprendendo como mover meu pequeno corpo de máquina. É por isso que Alpha tirou os braços e as pernas: eu os mexia, chutava ou socava sem nem tentar. Era como uma droga, fazer tudo isso, até que ele tirou tudo de novo.

Comecei a relacionar a história com o que acabara de acontecer, por que ela tinha balançado minhas pernas na borda. — Você experimentou e não quer desistir.

— Tão perspicaz, Gamma. — Kaydee estendeu a mão e deu um aperto fantasma no meu ombro. — Você me deu todo esse acesso. É como tirar alguém da reabilitação e levá-lo ao bar.

— Uma referência que eu deveria entender porque...?

— Olha, o ponto é que você e eu somos parceiros. Agora, só um pouco mais do que antes.

Enviei uma busca vasculhando meus drives, minhas funções. Antes de tudo isso, Kaydee se mantinha reservada, um programa rodando em seu próprio lugarzinho na minha memória. Agora, porém, encontrei seus toques em todo lugar. Alterações, adições, permissões aplicadas a quase todas as funções que eu tinha. Quando tentei cortá-la? Nada. A habilidade simplesmente havia sumido. Ela havia mirado na autopreservação, estilo programa.

— Você fez tudo isso sem que eu percebesse — eu disse, voltando minha percepção para nosso balanço na borda do motor. — Estou impressionado.

— Você não está chateado?

— Eu deveria estar? — Dei a Kaydee o que esperava ser um sorriso gentil. — O pior momento da minha vida foi quando você não estava aqui. Não acho que mechs possam ficar solitários como um humano, mas senti sua falta do mesmo jeito.

Voltei-me para as teias flutuantes, as estrelas acima delas. Comparada aos espaços apertados da Starship, a vastidão sobrecarregava alguns dos meus sensores, aqueles que tentavam calcular distâncias e escanear ameaças potenciais. Eu os havia desligado horas atrás, me deixando com pouco mais que meus olhos. Pouco mais do que um humano veria.

— O que você quer, Kaydee? — perguntei.

— Continuar — ela respondeu. — Enquanto eu puder, quero continuar.

DEZENOVE

A VELHA GUARDA

Embora as horas tenham passado, a noite não tinha acabado quando ouvimos um clique e um sopro abaixo de nós. Delta e Beta pularam primeiro, como se tivessem levado um tiro. Kaydee e eu, lá em cima na nacele, imersos em uma lenta visualização do filme favorito de Kaydee, acordamos mais devagar. Quando olhei para baixo, Delta já estava se defendendo de um ataque feroz de latidos ofegantes do meu cachorro favorito.

— Desça aqui — Beta me disse. — Nós te pegamos. Promessa.

Joguei minhas fichas me pendurando primeiro, usando meus dedos para agarrar a borda fria e estriada da nacele. Os poucos metros ganhos não fizeram muita diferença, já que as duas embarcações me arrancaram do ar assim que as pontas das minhas botas tocaram a grama.

Alvie tinha vindo correndo em disparada do Núcleo de Energia, a casa de Volt perto da parte traseira da Nave Estelar. O robô de gerenciamento de energia realmente havia notado os estranhos sinais, mas não tinha decifrado minha mensagem codificada.

— Câmeras externas, meus bons amigos — disse Volt através de um terminal logo dentro da porta que Alvie abriu, uma trava de manutenção do motor. — Vi Gamma sentado lá sozinho e presumi que algo deve ter dado errado. Embora tenha sido Alvie quem saiu imediatamente.

A porta que o cão usou era uma câmara de ar selada, destinada a ser aberta apenas quando os motores não estivessem em funcionamento. Em outras palavras, apenas se houvesse alguma emergência ou se a Nave Estelar tivesse chegado ao seu destino.

— Agora vocês estão olhando para a porta dos fundos — disse Volt. — Não é grande coisa, não é?

Comparada à vasta entrada se abrindo na frente da Nave Estelar, não, a porta dos fundos não passava de um corredor de largura dupla. Sem rampa gloriosa, apenas uma alavanca para abrir uma escotilha cinza sem graça.

— Val disse que planejava levar os humanos pelos fundos — eu disse, olhando para Volt através da tela transparente do Terminal. — Ela quis dizer aqui?

— Muito provavelmente, se ela ao menos souber que isso existe — disse Volt, seus olhos brilhando em azul. — Ela está colocando a ideia em prática também. Seu grupo está vindo na sua direção, embora estejam lentos.

— E quanto ao Alpha?

— Você não vai acreditar, Gamma, mas as coisas estão muito estranhas agora.

Corremos, Delta e Beta mais uma vez me ultrapassando pelos corredores apertados. Alvie, pelo menos, me fazia companhia, suas patas batendo a cada salto.

— Não acredito que eles pegaram as armas — disse Kaydee, correndo comigo. — Acho que não deveria me surpreender, no entanto. Típico deles, na verdade.

— Toda espécie quer se defender — respondi. — O que

eles fizeram corresponde ao comportamento humano normal.

— Para de falar como um robô.

— Eu sou um robô.

— Não, você é mais que isso — Kaydee franziu a testa para mim enquanto corríamos. — Nem ouse agir como uma criança.

— Agir como uma criança?

— Você é mais humano do que alguns humanos que conheço, Gamma. Aceite isso.

Eu queria responder com um sarcástico "ou o quê". Queria fazer algum comentário irônico sobre como Kaydee poderia simplesmente me tornar mais humano se era isso que ela queria, mas me contive. Por quê? Chame de intuição, chame de preferência por Kaydee gostar de mim, chame do que quiser.

— Desculpe — eu disse enquanto passávamos pelo grande refeitório na última etapa antes do Conduto. — Não tenho certeza de quem somos, quem eu sou mais. Não controlo tudo em mim.

— Você ainda é Gamma. Eu ainda sou Kaydee. É isso.

Direto, mas eu lidava melhor com o que era direto. Agora eu só precisava descobrir quem era Gamma.

O Conduto continuava mudando. Desta vez, porém, a mudança não era de robôs derrubando paredes ou queimando velhos estoques. Desta vez, era a luz vermelha suave substituindo a névoa azul e um anunciante no alto proclamando que todos os residentes deveriam retornar às suas casas e aguardar instruções adicionais. Nas laterais do Conduto, pequenas luzes piscavam em um vermelho mais intenso em sincronia com a mensagem.

— O sistema de emergência — disse Kaydee enquanto nosso quarteto ficava olhando ao longo do grande canal da

Nave Estelar. — Eles usaram da última vez. Quando estávamos lutando.

— Você acha que Alpha fez isso? — perguntei ao grupo.

Beta e Delta assentiram, mas Kaydee, ao meu lado, balançou a cabeça. — Não há chances de Alpha se importar. Isso é tudo obra deles.

Eles sendo a mudança sobre a qual Volt nos informou. O pouso da Nave Estelar havia desencadeado uma série de coisas que ninguém esperava, incluindo o despertar de um certo grupo de humanos em sono criogênico. De acordo com Volt, cinquenta das pessoas mais poderosas da Nave Estelar e suas famílias tinham acordado para se encontrar em um novo mundo. Pior, eles tinham estocado a maioria das armas da nave com eles.

— Qual é o objetivo? — Beta apontou uma faca para a luz mais próxima. — Quem está vivo para ouvir essa merda?

— Talvez eles esperem que Val mantenha seu grupo dentro — eu disse. O povo de Val estaria em grande desvantagem em termos de armamento. A história humana previa um final sombrio para seu grupo se os outros os alcançassem. — Não tenho certeza...

— O Berçário — interrompeu Delta. — Os dormentes não sabem o que resta na nave, então estão tentando assustar todo mundo para que fiquem parados.

Claro. Val e Leo planejavam levar o que pudessem do Berçário, uma missão de resgate que acabara de ganhar nova importância com uma segunda facção humana em jogo. Levaria tempo, mas com alguns milhares de embriões, a tribo de Val poderia dominar ou esperar pelos novos. Fazer uma reivindicação para si mesmos.

— E o que faremos? — perguntou Beta.

— O mesmo plano — respondeu Delta antes de mim. —

Alpha ainda é a maior ameaça. Os humanos podem matar uns aos outros, mas sempre sobrarão alguns.

— Que visão brutal — murmurou Kaydee, mas de resto todos concordamos.

Não que uma corrida cega de volta à Ponte da Nave fizesse sentido imediatamente. Propus um compromisso, que Beta aceitou prontamente por alguma lealdade remanescente aos humanos que ela protegera por décadas. Tiraríamos Val e seu povo da Nave primeiro, dando-lhes uma chance de sobreviver, e depois voltaríamos para buscar a embarcação.

Encontramos todo o grupo de Val do lado de fora do Berçário. Ou melhor, se afastando dele. Todos os humanos usavam mochilas há muito saqueadas ou montadas, caixas de metal ou plástico penduradas em suas costas e, para os mais fortes, nas laterais também. A maioria transbordava de comida, com garrafões de água ocupando outras. Os Forjadores, o bando meio robô de Leo, carregavam um tipo diferente de carga.

O Berçário, aparentemente, havia sido projetado com potencial portátil em mente. Caso, como disse Kaydee, a Nave fizesse um pouso forçado ou alguma outra necessidade exigisse evacuação. Os embriões não eram exatamente grandes, e seus frascos já estavam protegidos em embalagens separadas, tudo para manter cada um seguro de seus irmãos e irmãs. Isso significava que os Forjadores pareciam estar carregando maletas penduradas nos ombros.

Val e Leo pareciam tão atordoados conosco quanto nós com sua caravana humana. Apesar de verem três embarcações que acreditavam mortas aparecerem diante deles, nenhum dos líderes disse ao grupo para parar. Em vez disso, o par se reuniu conosco no saguão do Berçário enquanto a tribo seguia em frente.

— Então vocês entendem por que não podemos diminuir o ritmo — disse Leo depois que os atualizamos sobre o que sabíamos, o que havia acontecido. — Volt nos contou que Alpha e esses novos humanos estão lutando entre si agora. Isso nos dá tempo.

— Novos humanos? — disse Delta. — Vocês não são todos iguais?

Kaydee riu. Val balançou a cabeça. — Eles são tão parecidos conosco quanto vocês. Não conhecem nossa experiência e nos verão como alguém para subjugar. Não vou me curvar a algum picolé só porque eles têm uma arma.

Como sempre, Val segurava sua lança, e ela a bateu no chão ao terminar de falar. Notei também que ela, Chalo e alguns outros usavam a armadura de metal com penas. Armas estavam à mão onde podiam, prontas para uso. Claramente Val esperava escapar antes do derramamento de sangue, mas eles tinham vivido em guerra e estavam prontos para ela.

— Não podemos carregar todos os embriões de qualquer maneira — disse Leo, acenando atrás de nós. O saguão do Berçário tinha um agradável aspecto verde e branco, mas atrás dele, através de portas seguras, aguardava um futuro muito mais direto. — Eles terão o suficiente para crescer.

— Se vencerem — disse Delta.

— Um grande se — concordou Leo.

— Precisamos continuar nos movendo — Val encerrou a conversa. — Vocês vão nos dar cobertura?

O que deveria ter sido uma resposta simples, o que deveria ter correspondido ao que havíamos decidido na entrada traseira do Conduto, tornou-se nebuloso no momento. Nossa programação se viu em conflito. Aqui, sim, estava um grupo humano fazendo sua fuga. Também aqui, no Berçário, estavam embriões indefesos. Quando Delta e eu saímos pela última vez, havíamos trancado as portas para mantê-los seguros. Essas portas agora estavam destruídas, explodidas por Leo para entrar.

O mais estranho de tudo, eu me sentia compelido a ir em direção à Ponte. Para encontrar esses novos humanos e protegê-los também.

VINTE

MUDANÇA DE PLANOS

Val arruinou nossas estratégias. Enquanto Beta, Delta e eu tentávamos decidir quem iria para onde, lutaria contra o quê e salvaria quem, Val ordenou que seu grupo partisse. Isso não foi surpreendente. O que veio depois...

— Assim que sairmos — disse Val para nós três —, vocês farão com que Volt sobrecarregue as baterias da Starship e destrua a nave.

Nada, ninguém respondeu a ela por um longo minuto enquanto estávamos no Conduto, bem em frente ao Berçário. Humanos marchavam além de nós, suas mochilas carregadas se movendo em direção à saída na popa da Starship.

Processei o pedido de Val através do meu código, minhas rotinas, tentando descobrir onde ele se encaixava como uma ação aceitável. Claro, uma humana fez o pedido, mas também implicava matar outros humanos, então o que prevaleceria?

— Não faça isso, óbvio — disse Kaydee. — É loucura.

— É sobrevivência — respondeu Val, como se estivesse respondendo ao comentário de Kaydee. — Alpha quer nos eliminar. Os humanos que estão acordando já tentaram nos matar uma vez. Ou somos nós ou eles.

— Mas a Starship tem tudo o que vocês precisam para sobreviver — tentei argumentar.

— Já garantimos comida suficiente, sementes suficientes para plantar — disse Val. — Será um processo lento, será difícil, mas é o que conhecemos. Vamos nos virar.

— Não — disse Delta em uma voz que não admitia contestação. — Vocês não farão isso e nós não ajudaremos.

Val, a mulher de vontade férrea, apontou sua lança para Delta. Ela devia saber que o recipiente poderia despedaçá-la em um instante, então eu admirava sua coragem, se não seu propósito.

— Isso não é uma pergunta, mech. É uma ordem — disse Val. — Façam aquilo para o que foram programados.

— O código pode mudar — respondeu Delta e, antes que Beta ou eu pudéssemos reagir, ela agarrou a lança de Val, quebrou-a e jogou as duas metades no Conduto. — Não somos seus escravos.

Val compreendeu a situação sombria. Achei fascinante observar os humanos passarem pelo mesmo processamento que fazíamos o tempo todo: os olhos de Val tremeram, suas mãos se contraíram e sua respiração acelerou. O resultado final?

Lógica.

— Se vocês não vão ouvir, então não posso forçá-los — disse Val. — Estou pedindo a ajuda de vocês. O que podem fazer em vez disso?

— O que dissemos que íamos fazer — falei, sobrepondo-me a Delta. — Voltaremos para a Ponte. Delta não tem mais o bloqueio, então podemos eliminar Alpha. Quanto aos outros humanos... veremos quais são suas intenções.

— Então peço um favor — respondeu Val. — Não digam

a eles para onde estamos indo ou o que pegamos. No mínimo, isso nos dará tempo. — Um suspiro profundo. — Eu não achava que viveria para ver a Starship pousar, mas em todos os meus sonhos, nunca acabou assim.

Beta riu, — Bem-vinda à realidade.

Depois de mais uma rápida despedida de Leo, nós três recipientes partimos. Pedi a Alvie que ficasse com os humanos, como guardião e também mensageiro: se algo desse errado para Val e seu povo, o cão deveria vir correndo atrás de nós.

Seríamos capazes de ajudar a tempo? Quem sabe, mas poderíamos tentar.

Fizemos mais uma parada em nosso caminho rumo à Ponte, no brilhante e frenético Núcleo de Energia. Volt e seu companheiro mech gigante armado com laser, Bimu, mantinham o controle do local. Mesmo com a Starship pousada, Volt ainda tinha que conduzir uma sinfonia energética. Ele confirmou grandes consumos de energia vindos da Ponte, junto com falhas no sistema naquela direção.

— O que significa? — perguntei ao mech negro enquanto estávamos rodeados por gráficos luminosos ao nível do chão.

— Uma grande luta — respondeu Volt. — Os humanos estão destruindo as câmeras, destruindo terminais, então não tenho visão de nada.

— Por quê?

— Porque eles não são estúpidos, seria meu palpite. Você percebe que um mech assumiu o controle da nave, a última coisa que você quer é um sistema de segurança abrangente observando cada movimento seu.

Eu não tinha certeza se Alpha seria esperto o suficiente para usar todas aquelas câmeras, mas não havia nada que eu pudesse fazer a respeito. Exceto, é claro, resmungar sobre os humanos mais uma vez destruindo máquinas sem o menor remorso.

— Ei, você não sabe — disse Kaydee. — Eles podem estar chorando cada vez que atiram em uma câmera.

— Você não acredita nisso.

— Não, nem um pouco. Mas eu chorei uma vez quando as baterias do meu coelhinho de brinquedo que cantava acabaram.

— Significa muito para mim ouvir você dizer isso, Kaydee.

— Gamma, você está sendo sarcástico? — Kaydee soltou fogos de artifício enquanto nosso trio de recipientes retomava a marcha. — Que dia para celebrar! Você está se tornando mais interessante!

Apesar da minha qualidade recém-descoberta, nossa caminhada chegou ao Jardim sem nenhuma interrupção interessante. Apenas Conduto, as mesmas velhas lojas destruídas, um hospital cheio de mechs mortos e um Parque vazio. Um novo mundo não havia mudado os últimos milênios. Caminhamos em silêncio também, cada um de nós perdido em seus próprios pensamentos.

Ou talvez não. Quem sabia o que se passava nas cabeças de Delta e Beta. Sem Mentes, será que eles realmente ponderavam muito além do objetivo?

Se eu estava com muito medo de perguntar ou apenas preguiçoso, não poderia dizer. De qualquer forma, meus lábios permaneceram selados.

O Jardim agora tinha pouco a oferecer. Seus vários níveis estavam arruinados, plantas e infraestrutura de suporte espalhadas por toda parte graças ao pouso desajeitado da Starship. Nossa entrada no nível superior, em um refúgio de floresta tropical, significava caminhar por uma enxurrada transbordando de vinhas quebradas, galhos moribundos e pétalas de flores misturadas. Canos estourados jorravam água puxada da Pureza para poças ao redor de nossos pés, contida do Conduto pelas grossas portas do Jardim.

Um abacaxi roçou minha panturrilha.

Chegamos ao centro do nosso nível, onde o buraco que levava para baixo pingava. Vinhas entrelaçadas formavam uma barreira em torno do buraco, uma bagunça entupida. A água corria ao redor de nossos pés, buscando escape. Um vago cheiro de podridão impregnava o ar, frutos encharcados e madeira se decompondo.

Não que eu tivesse prestado muita atenção nisso, exceto pelo fato de que paramos.

— Luta à frente — disse Delta, desembainhando sua lâmina do ombro. — Metal contra metal.

Beta assentiu, sacou as facas e as girou entre os dedos. Tentei escutar, ajustei minha audição e captei os choques quebrados. Sem ritmo, sem desespero, apenas um som constante de quebra.

— Não é uma luta — eu disse. — É um massacre.

E vindo nesta direção.

Os flexi-mechs corriam. Eles espirraram água ao entrar no Jardim, chutando sujeira enquanto seus braços e pernas se agitavam. Nos escondemos sob uma cobertura, usando uma árvore tombada e suas folhas emaranhadas para observar as forças de Alpha fugirem na direção errada.

— Eles estão indo atrás da Val? — perguntei quando um mech tropeçou em algum galho submerso e mergulhou no buraco central.

— Desarmados — disse Delta — e dispersos. Isso é pânico, não um plano.

— Como máquinas entram em pânico? — perguntou Beta.

— Não são os mechs — respondi. — É Alpha. Ele está ordenando que corram.

Esperamos para descobrir exatamente do que os mechs estavam fugindo, mas o som de metal contra metal não se aproximou. Enquanto os flexi-mechs continuavam passando - ouvíamos outros passando abaixo e acima de nós, uma retirada em vários níveis - o barulho do conflito diminuiu, substituído apenas por aquelas pisadas na água.

Os últimos mechs confirmaram minha suspeita: o que quer que estivesse perseguindo essas máquinas havia parado na entrada do Jardim. Os últimos flexi-mechs passaram cambaleando com corpos em chamas, membros faltando. Faíscas e vazamento de líquido de arrefecimento.

— Pegue um — eu disse para Delta. — Tenho uma ideia.

A receptáculo não hesitou, saindo de nossa cobertura, espalhando folhas por toda parte, e derrubando o último flexi-mech na água.

Eu segui, Beta assumindo uma posição de guarda sobre nosso trio molhado. Delta virou o flexi-mech, expondo a porta da coisa - atrás da orelha, assim como nós - e eu juntei meus dois dedos.

— Vai entrar? — perguntou Kaydee. — Não é perigoso?

— Por quê?

Delta, prendendo o mech na água, me disse para me apressar, mas mantive minha mão curta.

— Alpha é um vírus, Gamma. Você não sabe o que está esperando lá dentro.

— Prefiro arriscar isso do que ficar cego para o que está esperando aqui fora.

VINTE E UM

O QUE A NAVE VIU

Uma selva densa. Cipós sombreados pingavam ao redor de Kaydee e eu, musgo macio sob nossos pés. O canto dos pássaros, a princípio bonito, mas com um segundo de concentração revelava-se ser um loop repetitivo. Moscas zumbiam em círculos perfeitos ao redor de nossas cabeças. Nunca tocando, apenas zumbindo.

Kaydee e eu estávamos com roupas leves, calças cáqui e chapéus finos. Botas de caminhada. Como se estivéssemos indo para uma longa caminhada em terreno acidentado, o que, talvez, estivéssemos. Nenhum caminho, no entanto, parecia evidente: árvores e samambaias se amontoavam ao nosso redor, fechando qualquer avenida óbvia.

— Apertado — eu disse, olhando para Kaydee. Seu cabelo turquesa amassado sob o chapéu, caindo sobre seus olhos, seu rosto franzido. — Design estranho.

— Ele está enchendo essas coisas — Kaydee respondeu, estendendo a mão para tocar um cipó marrom-esverdeado e retorcido que pendia baixo. Quando seus dedos acariciaram a pele da planta, ela cintilou, revelando o código por baixo.

— Elas não são apenas servos, cascas vazias, mas repositórios.

— De quê?

— Se eu tivesse que adivinhar, Gamma, ele está se colocando aqui dentro.

— Clonando? — Olhei ao redor, meio que esperando que Alpha saísse e se gabasse. — Os mechs não agem como ele.

— Ainda não — Kaydee respondeu. — Vamos nos mover. Talvez encontremos a resposta.

Sem boas opções, fizemos o que se deve fazer nessas situações: escolhemos um caminho aleatório e andamos.

Eu liderei, usando meus braços para afastar galhos e folhas invasoras. As árvores, que inicialmente pareciam próximas o suficiente para nos cercar, tinham lacunas para passarmos. Não que apertar-se levasse a algum lugar: cada passo só levava a mais do mesmo: folhagem, e muita.

— Não é exatamente igual, no entanto — disse Kaydee, vários minutos depois de termos começado a andar. — Quero dizer, não está se repetindo.

Não, o que significava que não era simplesmente um jogo. A construção tinha um uso além de apenas confundir os intrusos. Olhei para uma árvore à minha direita, seu tronco era uma maca coberta de cogumelos que se estendia até um céu coberto pelo dossel. Pequenos insetos corriam nas fendas da casca. Evitei suas linhas enquanto colocava minha palma contra a casca dura.

Como com o cipó de Kaydee, a superfície cintilou e desapareceu, revelando funções por baixo. Mais do que funções: arquivos armazenados, códigos e comandos. Gravações.

— As árvores são pastas — eu disse enquanto Kaydee

olhava junto comigo. — Não precisamos encontrar uma saída daqui, apenas encontrar a árvore certa.

— A árvore certa com o quê?

— Alpha está armazenando vídeos aqui — eu disse. — Aposto que, se eu pressionar um pouco...

A casca invisível cedeu à minha pressão, a própria árvore, junto com todas as suas folhas e insetos, transformou-se em uma lista de arquivos vertical. Os nomes em preto e branco, um corte bidimensional na selva totalmente 3D, pareciam estranhos, mas, afinal, este era o mundo digital. A normalidade tinha pouco papel aqui.

Os nomes dos arquivos pareciam barba por fazer sob meus dedos, um toque leve me permitindo rolar pelas várias opções. Esta árvore parecia conter memórias dos primeiros dias de Alpha, gravações feitas desde seu despertar inicial no apartamento familiar de Leo até as primeiras jornadas da nave para o caótico Conduto.

— Não temos tempo para assistir a todos esses — murmurou Kaydee enquanto eu lia os títulos devagar. — Além disso, já sabemos o que aconteceu com ele.

Ele havia encontrado aquele mech arruinado administrando o Berçário, teve seu código quebrado, corrompido, destruído. Não, eu não precisava reviver esse horror para mim mesmo. A árvore também não tinha muito mais a oferecer, então eu a soltei. Retirei meu toque e o código voltou a ser sua casca robusta.

— Acho que temos que procurar então — eu disse.

— Quem ganhar ganha um sorvete grátis do Pop's! — Kaydee gritou, pulando e indo em direção à próxima árvore.

— Sorvete? Pop's?

— Uma coisa que fazíamos quando éramos crianças — Kaydee respondeu, sorrindo, um sorriso que vacilou ao encontrar meu olhar perplexo. — Desculpe, sei que isso não significa muito para você.

— Parece divertido.

— Quando você ganhava, sim. — Kaydee inclinou a cabeça. — Ei, quando passarmos por tudo isso, que tal abrirmos nosso próprio Pop's? Milk-shakes e mais para os humanos.

— Como vamos fazer leite?

Kaydee balançou um dedo. — Não fique preso nos detalhes técnicos, Gamma. Daremos um jeito. Agora vamos cavar!

Juntos, Kaydee e eu examinamos as plantas. Cada árvore e cipó oferecia respostas, detalhes nos quais não tínhamos tempo para mergulhar. Alpha, ao que parecia, gravava quase tudo o que fazia. Encontrei seus encontros com Delta e eu no início, encontrei longas conversas, unilaterais, que ele teve com meu cachorro enquanto o deixávamos amarrado no Jardim.

Encontrei a emboscada que Alpha desencadeou, descobri como ele fez isso.

— Sem fio — eu disse. — Por que não pensamos nisso?

— Porque não demos essa opção a você — disse Kaydee, abandonando seu próprio tronco branco-acinzentado para conversar. — Pelo que me lembro, mechs críticos nunca tinham conexão sem fio. Você não podia abri-los para sabotagem externa.

— Mas Alpha está usando.

— Autocirurgia — Kaydee respondeu. — Você viu todas aquelas cicatrizes, certo? Não deveria ser possível com a pele que vocês têm, mas e se o cara estivesse se modificando?

Conectividade sem fio. Se Alpha pudesse entrar na rede

da Starship de qualquer lugar, pudesse se comunicar com seus mechs não importa onde estivessem, bem, isso explicaria por que ele teve facilidade em nos rastrear. Nos emboscar. Superar nossa equipe apesar de haver apenas um dele.

— Isso não o tornaria vulnerável? — perguntei.

— Para quem? — Kaydee respondeu. — Ninguém mais estava na rede. Delta e Beta não jogam assim. Val não é exatamente uma hacker. Talvez Leo, sua metade ciborgue de qualquer forma, mas aquele cara nem sabia que Alpha existia até você arruinar sua vida de fantasia. As Vozes estavam ocupadas demais tramando para notar.

A décima árvore que tentei tinha algo mais interessante. Eu estava traçando as plantas, descobrindo que os arquivos salvos progrediam em uma direção, cada árvore ao longo do caminho ficando cada vez mais recente.

Esse começava com um vídeo que reconheci. Os olhos de Alpha enquanto ele forçava Delta, Beta e eu para fora nas planícies inexploradas. Com um chamado para Kaydee dizendo que eu tinha encontrado, enfiei minha mão e mergulhei nas memórias de Alpha.

O vídeo trazia mais do que apenas uma imagem. Quando toquei o arquivo, a selva ao nosso redor desapareceu, substituída pela realidade completa da gravação. Senti, novamente, o vento chicoteante do exterior. Ouvi os ruídos e gorjeios enquanto todos os flexi-mechs de Alpha se viravam e recuavam para dentro da Starship.

Alpha olhou para trás uma vez enquanto a rampa gigante da Starship se fechava, seu olhar demorando-se em nossas três costas. Eu queria os pensamentos da embarcação naquele momento: o que ele sentiu ao olhar para nós, mas a gravação não capturou nada tão profundo.

Assim que a rampa se fechou, Alpha entrou em modo de general completo. Ele falava com firmeza, suas palavras variando ao longo das linhas maníacas de Alpha: uma ordem saía como um sussurro, a próxima como um grito. Nenhuma parecia necessária, já que os mechs recebiam as ordens através da conexão remota de Alpha. Os flexi-mechs dispararam em todas as direções enquanto o próprio Alpha pegava um elevador em direção à Ponte.

As ordens eram simples: vasculhar o Conduto, voltar e aniquilar quaisquer humanos encontrados. A embarcação emitiu comandos menores para suas forças improvisadas, os mechs trabalhadores escavando lixo do fundo do Conduto ou refinando apartamentos destruídos em espaços de trabalho úteis: continuar construindo novos mechs, mas não apenas lutadores.

Alpha precisaria de mais construtores, mais máquinas de construção. Ele tinha um mundo inteiro para moldar agora.

— Precisamos assistir a cada segundo? — Kaydee interrompeu, sua voz flutuando. Nenhum de nós estava na gravação de Alpha. — O tempo está passando, né?

Bom ponto. Eu tinha sido atraído para o momento, para a fantasia de poder de Alpha tornada realidade. Suas ordens, menos as que pediam, sabe, para destruir todos os humanos, se encaixavam com o que eu poderia fazer: um novo mundo para refazer para uma nova geração de mechs.

Seguindo a ideia de Kaydee, passamos rapidamente por vários outros vídeos, chegando a um momento particular quando Alpha deixou a Ponte. Ele estava ficando entre aqueles terminais por horas, olhando para o céu noturno e ouvindo atualizações enquanto seus mechs faziam seu trabalho. Pelo menos, eu supunha que era isso que ele estava fazendo: nenhuma palavra chegava até ele, nenhum mech fazia um relatório verbal. Se, no entanto, as máquinas pudessem atualizar Alpha através da rede, então...

— Aqui — disse Kaydee. — Ele está saindo. E rápido.

Alpha girou para longe da tela grande da Ponte, entrando em uma corrida rápida passando pelos terminais, descendo o corredor que conectava a Ponte ao Conduto. Quando Alpha chegou à plataforma prateada, o nexo de todas as passarelas que chegavam à proa da Starship, flexi-mechs, mensageiros e mais se juntaram a ele.

Alpha apontou para cima, em direção ao topo da Starship, e os mechs surgiram naquela direção. Alpha se juntou, pegando um elevador e subindo. Ao seu redor, mensageiros e seus jatos bufavam. Alguma máquina entregou a Alpha um de seus novos rifles de energia. A embarcação parecia pronta para a guerra.

E a encontrou.

Quando o elevador de Alpha atingiu o nível superior, luz se espalhou ao seu redor. Não do tipo inofensivo, mas a energia ardente e mortal encontrada no mesmo rifle que Alpha segurava. Seus olhos viram a passarela do nível superior, viram-na inundada de chamas enquanto seus mechs avançavam para a devastação. Flexi-mechs dispararam do elevador, atirando enquanto corriam, apenas para serem aniquilados quando raios azul-brancos se chocaram contra seus esqueletos finos. Alpha, e nós, não podíamos ver de onde vinham os tiros graças à fumaça espessa expelida por outras máquinas destruídas.

O próprio Alpha se abaixou em uma residência destruída perto do elevador. Escondendo-se atrás de uma coluna, ele esticou a cabeça e observou mensageiros serem abatidos do céu, viu seus flexi-mechs se desintegrarem tiro a tiro. Se suas próprias forças estavam acertando algum golpe, Alpha não tinha como saber.

— Uau — disse Kaydee. — O cara está sendo esmagado.

— Por quem? — perguntei.

Alpha parecia ter a mesma pergunta. Virando-se na esquina, usando um novo esquadrão de flexi-mechs como cobertura, Alpha avançou pela passarela. Ele segurou o gatilho de seu rifle, disparando fogo aleatoriamente enquanto avançava. Fumaça o envolveu, partes de mechs o faziam tropeçar. Sua visão ficou turva, flashes azuis de seu rifle interrompendo o cinza.

Até que uma sombra se ergueu diante dele, enorme e escura. Alpha apontou seu rifle para a forma, mas um soco giratório nocauteou a arma. Alpha tentou fazer uma pergunta, mas se viu subindo em vez disso: ele tinha sido levantado, suspenso pela figura envolta em fumaça.

A visão mudou, a fumaça se movendo, então clareando para mostrar o teto da Starship se afastando. Uma descida rápida. Alpha, caindo rápido. Caindo rápido demais para sobreviver agora com a gravidade total de um planeta em jogo.

Pelo menos até Alpha se virar, olhar para baixo e ver pelo menos uma dúzia de mensageiros se reunindo abaixo dele. Os mechs, seus jatos bufando em uníssono, formaram uma estranha almofada, pegando Alpha no ar. Por um segundo, tudo que Alpha viu foram aqueles robôs parecidos com abelhas, seu corpo emaranhado em seus pedaços.

— Que salvamento — disse Kaydee.

— Sortudo.

Os mensageiros despejaram Alpha de volta na plataforma da Ponte. A embarcação não esperou, mas correu de volta para os terminais. Ele digitou rapidamente, reativando aquelas barreiras vermelho-cereja, desligando os elevadores ao redor da Ponte. E ele disse a seus flexi-mechs para correrem, lutarem, sobreviverem.

E para os outros, aqueles que ele tinha encarregado de fazer o novo futuro dos mechs?

Abandonar essa esperança. Em vez disso, cada segundo, cada recurso, seria dedicado a armas.

VINTE E DOIS

PRIMEIRO CONTATO

Resolver mistérios, de acordo com as histórias do Bibliotecário em meu sistema, deveria ter sido satisfatório. Descobrir que Alpha havia direcionado todo seu foco para a fabricação de destruição era tudo, menos isso.

— Bem, isso é uma droga — disse Kaydee enquanto estávamos novamente no Jardim.

Delta, ao meu sinal, havia liberado o mech flexível. A máquina nem se preocupou em tentar lutar, em vez disso, se arrastou para longe, nos encharcando a todos em sua pressa aleatória.

Agora nós três, com o eu virtual de Kaydee, trocávamos ideias sobre o que diabos faríamos.

— Quer dizer — continuou Kaydee —, não podemos simplesmente abandonar nossa missão. O Alpha tem que ir.

Transmiti o sentimento para Delta e Beta, que pareciam mais interessadas em suas armas do que no que eu tinha a dizer. Beta explicou o motivo um segundo depois:

— Então eliminamos os dois — disse Beta. — Fácil.

— Nem sabemos quem são os outros — protestei. — Ou o que são.

— Sabemos — disse Delta, jogando sua lâmina sobre o ombro e marchando em direção à saída do Jardim, a que levava à Ponte. — Não sei se você se lembra da nossa viagem até o topo. O mech lá. Ele disse que havia mais humanos esperando.

Winston. O Mordomo. Um mech assustador como o inferno, mais interessado em alguma época de glória do que em nos ajudar a salvar a Starship. Ele tinha murmurado sem parar sobre como éramos inadequados para andar no tapete vermelho e, sim, havia mencionado um grupo único de elites que haviam se congelado para esperar por um amanhã melhor.

— As coisas lutando contra aqueles mechs flexíveis sabiam o que estavam fazendo — eu disse, andando pela água que batia no tornozelo atrás de Delta. Beta, sem dizer uma palavra, assumiu a retaguarda. — Eles não eram uns idiotas bebedores de vinho.

Palavras diretas da boca de Kaydee para a minha, ali. Ela poupava pouco amor pela parte pretensiosa da Starship.

— Ou eles sabem como lutar ou têm máquinas dispostas a fazer isso por eles — respondeu Delta. — Mas o que você descreveu não parece com nenhum mech que eu conheça.

— Parece alguém em um traje de proteção — disse Beta.

— Poderia ser — acrescentou Kaydee. — Talvez eles acordaram, perceberam que a Starship pousou, mas não confiaram no ar. Saíram prontos para uma briga.

— Nem tudo é ruim — disse Beta depois que passamos por baixo de outra árvore caída. — Eles se matam, nós limpamos o que sobrar.

Esse sentimento brilhante ficou conosco enquanto deixávamos o Jardim. O Conduíte deste lado crepitava de atividade: mais mechs flexíveis e mensageiros zumbiam ao redor, alguns fugindo em volta do Jardim, outros seguindo em frente em direção às Linhas de Fabricação. Nenhum deles nos deu qualquer atenção.

Não que déssemos muita atenção a eles: acima de nós, a névoa amarelada do Conduíte brilhava. Flashes à frente refletiam através das gotas de água em cintilantes traços enquanto estrondos, explosões, gritos e estalos seguiam.

— Quem primeiro? — perguntou Beta.

— Os recém-chegados — Delta e eu dissemos ao mesmo tempo, e então nos olhamos.

— Pode falar — disse Delta.

— Eles podem ser possíveis aliados — eu disse dando de ombros. — Se os colocarmos do nosso lado, eles nos ajudarão a torrar o Alpha. Se não, talvez tenhamos que tentar o contrário.

— Aliar-se ao Alpha? — perguntou Beta.

— Nem fodendo — murmurou Kaydee.

— Eles estavam destruindo todos os mechs — argumentei. — Explodindo-os em pedaços. O que você acha que acontece conosco? Ou talvez até com a Val? Precisamos saber o que eles querem, quem eles são.

— E se eles não forem o que precisamos, acabamos com eles rapidamente — concluiu Delta.

Ninguém tinha uma opinião divergente. Claro, Alpha poderia usar o tempo extra para fazer mais um ou dois mechs, mas isso não mudaria nossas chances tanto quanto um inimigo desconhecido reivindicando a Starship.

Pegamos o elevador mais próximo para cima, indo direto para o nível superior. Três recipientes armados e prontos para qualquer coisa. A lâmina de Delta, as facas de Beta e meu rifle. Nossa pele sintética cobria partes e parafusos danificados por muitas lutas. Nossa programação apagava medos e falhas com lógica. Estávamos indo para um futuro incerto, e nenhum de nós estava com medo.

— Nenhum de vocês, talvez — disse Kaydee enquanto o elevador se acomodava na passarela superior. — Eu tenho nervos de sobra se vocês quiserem alguns.

— Não, obrigado — respondi enquanto partíamos, nos dirigindo para a Ponte.

No paradigma social da Starship, os níveis superiores significavam posição mais alta. À moda humana, os ricos e poderosos gostavam de olhar de cima para aqueles que governavam. Assim, os lugares por onde passávamos aqui em cima não eram restaurantes e lojas, mas casas. Maiores e mais polidas, com placas de identificação em vez de números, com barreiras brilhantes revestindo portas em espiral não danificadas por mechs correndo desenfreadamente. Nichos dividiam cada propriedade, cantos para máquinas guardiãs altas que agora, felizmente, estavam vazios.

— Onde o Alpha colocou todos esses? — Beta se perguntou enquanto passávamos por outra abertura de três metros.

— Eu vi alguns — respondi. — Perto do Alpha, principalmente. Talvez vigiando suas peças mais valiosas.

— Ou destruídos — sugeriu Kaydee. — Aposto que esses não tinham muita flexibilidade em seu código. Esmagar qualquer coisa que não tivesse autorização para entrar e é isso. Alpha não teria muito com o que trabalhar.

Aqui em cima, também, os sons mudaram. O combate ficou mais nítido, assim como os clarões. À frente, a passarela desaparecia na mesma fumaça que tínhamos visto nas memórias de Alpha, um branco baunilha que se iluminava intensamente cada vez que um tiro o atravessava.

Agora, esses tiros não eram apenas para exibição: nos pressionávamos contra o lado esquerdo da passarela, nos espremendo contra o corrimão enquanto ocasionais explosões cuspiam através da névoa e marcavam o chão perto de nós.

— De que lado ficamos? — perguntou Delta ao nos aproximarmos das franjas da fumaça. — Dos mechs de Alpha ou do que quer que esteja matando-os?

— O inimigo do meu inimigo — murmurou Kaydee.

— Vamos manter as armas abaixadas se pudermos — eu disse. — Nada de contagem de corpos a menos que seja necessário.

O primeiro teste veio a não mais que dez metros dentro da fumaça, uma substância espessa que meus sensores identificaram como supressor de incêndio vazado. Os pés de Delta atingiram primeiro, um mech flexível caído com seus dígitos se contorcendo apesar do buraco do tamanho de uma explosão em seu minúsculo peito. Enquanto ela passava sua lâmina pelo processador da coisa e acabava com seu sofrimento, vimos uma sombra pesada se aproximar.

— Armas em punho — sibilou Beta, e Delta tinha sua lâmina pronta para um bloqueio e estocada em um segundo.

A sombra se moveu, levantou uma mão. — Este está segurando alguma sucata como se fosse uma espada. Já vimos algo assim antes?

A voz soava jovem, curiosa. Nem um pouco ameaçada.

— Eu vou te mostrar quem é a sucata — rosnou Delta, mas coloquei minha mão em seu ombro.

— Eles não atiraram em nós — eu disse.

— Ainda.

Outra sombra se juntou à primeira, as duas agora cobrindo a largura da passarela com seu volume. Captei palavras voando de um lado para o outro entre eles, um leve murmúrio.

— Nada como ter seu destino discutido bem na sua frente — disse Kaydee.

Bom ponto.

— Ei — anunciei para as duas figuras. — Nós, uh, vimos em paz.

A frase parecia ser favorecida em tantos filmes antigos, achei que valia a pena tentar.

Ganhei a atenção deles. Ambas as sombras se endireitaram, olharam na minha direção, um movimento que eu só podia ver graças à fumaça se deslocando com seu movimento.

— Este também está falando? — disse a mesma voz de antes, a mais jovem. — Quase parece que estamos em casa.

— Exceto que eles arrancarão seu coração tão rápido quanto fariam seu café da manhã — disse a segunda, com palavras ásperas de mulher.

Como Val, se ela tivesse passado algumas décadas mastigando lixa.

— Não vamos arrancar o coração de ninguém — eu disse, ignorando o "talvez" sussurrado de Delta. — Não estamos com esses outros.

— Ah não? — respondeu a mulher. — Então você é um mech?

Atrás de mim, notei Beta virando uma faca para a posição de arremesso. Delta mudou seu peso para uma perna, pronta para se lançar.

— Não como os que você conhece — tentei. — Só queremos conversar. Entender o que está acontecendo aqui.

— O que está acontecendo? O que está acontecendo é uma guerra, e vocês estão do lado errado.

Assim que ela terminou de falar, Beta arremessou sua faca. Ela assobiou passando pelo meu ouvido, acertando em cheio algo metálico nos braços da mulher. Uma luz azul brilhou, a mulher deixou cair o objeto, e Delta, com um forte chute voador, a derrubou. No mesmo movimento, o braço direito de Delta encostou sua lâmina na garganta da outra sombra.

— Chame de sucata de novo — rosnou Delta enquanto eu a alcançava.

As sombras se revelaram algo mais e menos do que eu imaginava. O volume vinha de pesados casacos de proteção, uniformes grossos feitos, como Kaydee me informou, para lidar com desastres tóxicos ou incendiários. Reforçados com estruturas que aumentavam a força para manusear cargas pesadas, ou levantar recipientes como Alpha. Suas máscaras não eram trajes sinistros, mas respiradores escurecidos pelo tempo e corrosão. Eu podia ver, através das placas de plástico que protegiam os olhos do jovem, o mesmo medo que eu tinha visto em muitos humanos.

— Delta, relaxe — eu disse, então me concentrei no homem. — Você terá uma chance melhor de sobreviver se largar o rifle.

O homem não precisou de mais incentivo. Com um estrondo, a arma atingiu o chão e suas mãos foram para o alto.

— Quem são vocês? — ele ousou perguntar.

A companheira do homem se antecipou à resposta, tentando derrubar Delta com as pernas. Má ideia. O recipiente viu o movimento chegando, tirou a lâmina da garganta do refém para prender, com a ponta, a mulher de volta ao chão. Não que o refém pudesse fazer muito com sua liberdade momentânea: Beta tinha duas facas contra ele, uma em seu pescoço e a outra pressionando suas costas, antes que aqueles braços cobertos pudessem abaixar.

— Somos curiosos, é o que somos — eu disse. — Quem são vocês?

— Não diga nada a eles — disse a mulher do chão. —

Não sabemos para quem estão trabalhando, o que querem. Bastardos.

O homem olhou para a mulher, olhou para mim. Seu rosto escondido atrás daquela máscara grande e inútil. Meus sensores indicaram que a fumaça era inofensiva, um pouco irritante para os pulmões, mas nada que acabaria com suas vidas.

Então estendi a mão e arranquei a máscara do homem. Expus um rosto em choque, olhos arregalados chamando a atenção da acne, da pele lisa. Sua voz me fez pensar que o homem era jovem, seu rosto me fez chamá-lo de adolescente.

— Não! Não respire! — a mulher gritou agora, ou começou a gritar antes que Delta movesse a ponta da espada para sua garganta.

O garoto manteve a boca fechada, seus olhos saltando. Eu nunca tinha visto um humano tentar prender a respiração antes e a visão se provou estranha. Veias saltaram. Os lábios se comprimiram. Os olhos não piscaram.

— Caramba, Gamma, diga a ele que está tudo bem — disse Kaydee. — Você está sendo um idiota.

Certo.

— É seguro respirar — eu disse. — Não se preocupe.

O garoto inclinou a cabeça, pareceu fazer alguma conexão lógica e abriu a boca. — Você é humano e está respirando, certo?

— Perto o suficiente — eu disse. — Agora que tal você começar a falar e veremos se Delta aqui mantém sua espada bem guardada.

— Ela está bem afiada — acrescentou Delta, exibindo um sorriso sinistro.

Fosse pelo sorriso ou pela espada, o garoto falou bastante. Assim como, depois que a desarmamos, a mulher, mãe do garoto. Nós os afastamos da fumaça para que não tossissem a cada minuto e eles nos contaram sobre as horas, dias, anos que haviam queimado dormindo na Starship.

O que equivalia a sonhos e pouco mais. Uma sensação, sono frio seguido de um despertar. No meio, sonhos direcionados. Repetição infinita passando pelo que os civis adormecidos precisariam para sobreviver.

— Acho que ficou gravado em nós — disse o garoto. — Aprendemos como segurar uma arma. Como cultivar colheitas. Como fazer, tipo, qualquer coisa.

Kaydee assobiava enquanto eles conversavam, encostada na lateral do casco do Conduit. Eu disse a Delta e Beta para continuarem o interrogatório e fui até minha mente, perguntei a ela o que achava.

— Esse era o plano de contingência — disse Kaydee. — Se as coisas piorassem demais, algumas almas sortudas poderiam chegar à câmara criogênica e se conectar.

— Pensei que o objetivo fosse congelar para que nunca envelhecessem.

— Na maior parte, sim — respondeu Kaydee. — Aposto que passaram noventa e oito por cento de todo esse tempo em estado de picolé total. Antes disso, o programa os bombardeava com imagens, sensações. Como um sistema de realidade virtual, para que aprendessem todas essas coisas.

— Tudo porque poderiam acordar em um desastre?

— Porque teriam adormecido em um — respondeu Kaydee.

Suas palavras me jogaram de volta ao tempo em que Kaydee estava viva, quando ela mudou de lado e encontrou causa comum com os trabalhadores sofredores da Starship. Eles tentaram uma revolta e, quando fracassaram, Kaydee foi atrás dos motores. Explodir a nave a menos que suas exigências fossem atendidas.

— Não fui eu — Kaydee balançou a cabeça. — Eu perdi, lembra? Não tem como todos os vencedores terem entrado em pânico assim.

— Então o quê?

Kaydee deu de ombros. — Acho que você deveria perguntar a eles.

A dupla de mãe e filho, no entanto, ficou quieta bem rápido depois que eu voltei. A mãe perguntou o que eu estivera fazendo, falando sozinho encostado na parede. Um deslize, um que eu cometi sem pensar. Até agora, os dois humanos achavam que éramos como eles, alguns sobreviventes desajeitados.

Era hora da mentira morrer.

Eu despejei informação suficiente. Mechs avançados, encarregados de manter a Starship funcionando. Ganhei caretas, lábios apertados, nada mais além da mulher dizendo que deveríamos ir falar com Pravda e Fang.

— Quem são eles? — perguntei.

A última vez que eu estivera na sala com tapete carmesim, eu a deixei arruinada ao abrir um buraco para o espaço com meu cão. A sucção resultante do vácuo mandou mesas e cadeiras voando, estilhaçou garrafas de bebida e rasgou o tapete aqui e ali. Segundo Kaydee, parecia que tinha havido uma tremenda festa.

Segundo Pravda, um homem miúdo com uma postura trêmula e inclinada, eu havia arruinado tudo o que importava.

— O vinho, o rum, a vodca — queixou-se Pravda, nos guiando, nós três, em uma caminhada ao redor das ruínas. Atrás de nós seguiam outros seis, vestidos de forma semelhante com trajes de proteção, embora estes tivessem descartado suas máscaras. — Tudo insubstituível, entende?

— Não nos importamos — disse Beta.

Pravda ergueu um único dedo, de costas para nós. — Claro que não, vocês são máquinas. Como poderiam saber, muito menos se importar com o que é realmente importante?

— Já estou odiando esse cara — disse Kaydee, com os braços cruzados ao meu lado.

Eu já tinha classificado Pravda como um novo arquétipo humano. Ele não se encaixava no molde forte de Val, nem no de investigador principal de Leo. Pravda não parecia tão abertamente hostil quanto Peony, nem tão amável quanto Sybil, a arquiteta da Starship. Em vez disso, era um diletante chorão, ressentido com perdas menores, mas disposto a assumir um futuro melhor, desde que seus lacaios pudessem encontrá-lo para ele.

E esses lacaios?

Pravda nos deu a contagem completa rapidamente. Quase cinquenta tinham sobrevivido ao processo de criogenia — ele não diria quantos não haviam acordado — mas cada um carregava consigo conhecimento letal. Mais importante, cada um sabia que sua sobrevivência dependia da Equipe.

— A Equipe — continuou Pravda, circulando o bar destruído — está disposta a ignorar seu status não-vivo em troca de sua ajuda. Ajuda que, acredito, vocês estavam prestes a fornecer antes de nos encontrarem?

— Alpha é um risco para a Starship — respondeu Delta sem emoção. — Vamos remover esse risco.

— Então Alpha é o líder dessas máquinas irritantes — Pravda parou de circular, virou-se para nós e bateu com um único dedo no balcão de granito cinza. — Então vamos trabalhar juntos. Vocês três com suas... facas, e nós com nossos rifles. Uma solução rápida e depois passamos para coisas mais importantes.

Ainda não havíamos mencionado Val. Não o fizemos porque tanto Beta quanto Kaydee sugeriram que mantivéssemos em segredo. Beta porque não confiava em Pravda, e Kaydee porque o grupo de Pravda teria sido quem trancou os ancestrais de Val em sua masmorra de sucata.

Então, quando Pravda começou a fazer perguntas sobre o Berçário e a civilização vindoura liderada pela Equipe, eu respondi e me ative a uma versão da verdade.

— Está seguro — respondi. — Alpha não destruiu um único frasco.

— Perfeito. — Pravda assentiu. — Então podem ir. Fang vai encaixá-los no ataque.

Delta e Beta olharam para mim e eu assenti. — Vamos fazer o que viemos fazer.

Kaydee me observava enquanto esperávamos no Conduit. Fang, a principal combatente da Equipe — Pravda não especificou como tais qualificações foram obtidas, apenas que Fang tinha o trabalho — estava a caminho. Enquanto isso, podíamos olhar através da fumaça que se dissipava para a luta abaixo.

Alpha havia cortado os elevadores, forçando os humanos a descerem pelas escadas, um degrau cheio de lasers de cada vez. Mechs flexíveis e mensageiros assediavam a força descendente, mas a resistência parecia fragmentada, baseada no progresso, detalhado pelos flashes de laser descendentes. Se esse progresso continuaria uma vez que a Equipe se aproximasse da Ponte e os novos mechs de Alpha entrassem em ação?

— O quê? — perguntei quando Kaydee, olhando através de uma lupa virtual, examinou meus olhos.

— Estou tentando entender o que aconteceu com você — disse Kaydee. — Da última vez que um humano lhe deu ordens, você ficou remoendo, tentando me dizer como seria muito melhor se os mechs controlassem tudo.

— Então eu mudei. Você muda.

— Mudou como? Isso é uma mudança do tipo 'Gamma viu a luz' e agora você está empolgado para fazer o trabalho sujo de Pravda?

Eu revirei os olhos, outro maneirismo de Kaydee. — Eu sei como usá-lo.

— Uau. Então você virou um conspirador agora?

— Se você quiser chamar assim — eu disse, então baixei minha voz para um nível baixo demais para humanos reais ouvirem. Kaydee tecnicamente não precisava de uma resposta audível, mas o reflexo e o hábito tornavam mais fácil para mim. — Essa equipe, todas essas pessoas descongeladas, vai facilitar parar o Alpha. Depois disso, usamos eles para impedir que Val exploda a Starship.

— O quê? Você acha-

— Você ouviu ela — eu disse. — É por isso que deixei Alvie para trás. Não acho nem por um segundo que Val vai deixar uma ameaça à tribo dela sobreviver. Assim que ela pensar que é seguro, ela vai detonar a nave de alguma forma.

— Mas como? — Kaydee perguntou.

— Não faço ideia — respondi. — Mas não estou apostando contra ela.

Eu podia ver Kaydee se preparando para me perguntar exatamente como eu usaria Pravda para manter Val pacificada, mas as palavras não chegaram a sair antes que nossa nova comandante chegasse à cena.

Fang subiu o último degrau sozinha, com dois rifles pendurados sobre uma capa cicatrizada nas costas. Diferente da maioria dos humanos, ela havia descartado o uniforme de proteção por um mais confortável, embora fosse uma combinação de casaco e calças grossos com mais bolsos e alças do que eu já tinha visto. E cada um deles, também, continha armas, dispositivos, kits médicos.

Além disso, Fang tinha algo que os outros não tinham: se Pravda e os outros que estavam em sono criogênico pareciam magros, desnutridos, Fang tinha volume. Ela não havia se privado de comida, não tinha jogado o jogo longo.

— Vocês três são minhas novas estrelas? — Fang anunciou, sua voz como aço tilintando. Ela nos examinou, estreitando os olhos com as mãos em dois cabos de pistola na cintura.

— Estamos aqui para matar o Alpha — Delta ofereceu.

Fang abriu um sorriso inquietante e estreito. — Então vocês chegaram bem na hora.

VINTE E TRÊS

SEU INIMIGO, MEU INIMIGO

Nos apressamos escada abaixo, com Fang fornecendo detalhes no caminho. Ela começou acrescentando à história de Pravda, nos revelando os momentos emocionantes pós-criogenia quando os despertos emergiram para encontrar a Starship não exatamente como esperavam. Fang foi a primeira a se lançar em direção às armas, armando as pessoas e lembrando-as dos sonhos de treinamento que tiveram durante o sono de séculos.

— Temos atirado desde então — disse Fang quando chegamos ao final do terço superior.

O Conduit mudou do luxo para o administrativo, os lugares aqui descartando ornamentos por clareza e função. Comida e fundições, apartamentos junto com cafés. Tudo próximo à perfeição, tudo protegido pelas próprias coisas que, segundo Fang, agora estavam em seu caminho.

Os grandes mechs tinham três metros de altura, empunhavam cassetetes maiores do que eu e mantinham o quarteto avançado de Fang encurralado dois níveis abaixo de nós.

— Antes que você pergunte, quatro é tudo o que posso

dispensar — disse Fang enquanto explicava a situação. — Não temos números e não temos lutadores suficientes.

— Pensei que você tivesse treinado todo mundo — eu disse enquanto nossa descida desacelerava. Delta tirou a espada do ombro, Beta sacou duas facas. — Todos da sua equipe não deveriam ser lutadores?

— Saber atirar com um rifle e querer fazer isso são duas coisas muito diferentes — Fang retrucou. — Você deveria saber disso.

Lancei um olhar questionador para Fang. Ela tinha fornecido mais informações do que as recebido, mas suas palavras tinham sido todas superficiais. História. O que ela sabia sobre mechs?

— Não olhe para mim — disse Kaydee. — Ela apareceu muito depois que eu fui banida para o nada cinzento.

Fang não esperou que eu encontrasse uma boa resposta. Ela passou direto para as ordens, dizendo a Delta e Beta para encontrarem um caminho para descer que não exigisse passar direto por suas posições defensivas.

— Não me importo — disse Delta quando saímos da escada um nível acima do combate.

— O quê? — respondeu Fang, acrescentando um olhar estreito.

— Com suas posições defensivas — Beta falou por Delta, que fez seu próprio caminho até a borda da passarela e olhou para baixo. — Não estamos sob seu comando.

— Então considerem um pedido, não uma ordem — respondeu Fang, exibindo um sorriso insincero.

Juntei-me a Delta, olhando para baixo, para os clarões. Durante a descida, passamos por um mech destruído após o outro, com marcas de laser por toda parte. Degraus inteiros tinham sido derretidos por disparos perdidos, transformando o piso em lama endurecida. Agora víamos o momento em que a lama era feita.

O quarteto de Fang travava uma batalha desesperada, agachados na escada um patamar acima do nível, no meio do caminho entre nós e aqueles mechs monstruosos. Eles tinham derretido os degraus de propósito desta vez, destruindo o caminho para os colossos subirem. Os humanos se agachavam ali em seus casacos pretos, suas máscaras de gás, disparando ocasionalmente contra os grandes mechs.

Esses tiros encontravam armaduras rígidas, peles metálicas grossas dispostas a suportar o calor de um laser com apenas um leve arranhão. Cinco grandalhões observavam a escada quebrada, segurando seus cassetetes em um aviso inútil aos humanos.

— Parece um impasse — eu disse.

— Uma falha em seu código — acrescentou Kaydee. — Aposto que quem os montou nunca imaginou que precisariam avaliar degraus quebrados na Starship.

— Até que Alpha os modifique — respondi, atraindo olhares dos meus amigos e de Fang. — Ele deve estar observando isso. Quando descobrir a lógica certa para ajustar, esses mechs simplesmente pegarão o elevador. Ou pularão até sua equipe.

— É por isso que vocês estão aqui — disse Fang. — Mãos à obra.

Delta e Beta não precisaram de mais encorajamento. Ambos se balançaram sobre o corrimão, segurando-se com uma única mão até que o impulso os mandasse de volta para o casco externo da Starship, em direção à passarela inferior.

— Você não poderia saber que apareceríamos — perguntei a Fang, observando enquanto Delta e Beta atacavam por trás. — Qual era seu plano?

Os cinco colossos não eram tão cegos a ponto de ignorar os dois novos elementos em seu meio. Assim que Delta e Beta pousaram, todo o grupo girou como um só para enfrentar uma ameaça que sua programação poderia lidar.

Delta pousou mais perto, atraindo o golpe do mech grande mais próximo. O monstro avançou, puxando seu cassetete para um golpe por cima. Um grande comprometimento, que Delta jogou sem hesitar, deixando sua lâmina balançar para cima, desviando o golpe de martelo levemente enquanto corria a borda de sua lâmina ao longo do cabo do cassetete. Na ponta do cassetete, Delta cortou para cima e para longe, cortando através de fios e metal para decepar o braço esquerdo do colosso. O cassetete caiu na passarela. O grande mech, instável e incapaz de lidar com a reversão de Delta, levou uma estocada para cima direto em seu estômago e compartimento da bateria.

— Meu plano? — disse Fang enquanto o mech soltava faíscas e pegava fogo. Ela me lançou um olhar avaliador. — De que lado você está?

Um segundo colosso avançou pesadamente contra Delta, aprendendo com seu amigo e optando por um golpe lateral. Enquanto Delta recolhia sua lâmina serrilhada, três facas zuniram sobre sua cabeça, cada uma em uma linha perfeita com a anterior. A primeira cravou sua ponta no peito do grande mech, bem em seu coração blindado. A segunda e a terceira lâminas, girando com os cabos à frente, ricochetearam na primeira, empurrando sua ponta mais fundo até encontrar ouro. Um gemido estridente emergiu da boca do colosso, o golpe do cassetete desacelerando enquanto o processador do mech morria.

Delta deu um empurrão na coisa inútil e todo aquele metal caiu para trás, desabando com um estrondo ensurdecedor.

— Estamos do nosso próprio lado — eu disse. — Queremos ajudar os humanos e nos manter vivos.

— Gamma, meu chapa, às vezes você precisa aprender a ser sutil — suspirou Kaydee. — A ideia não é dar a eles uma visão perfeita das suas intenções.

Eu só pude me perguntar por que não, mas Fang começou a falar novamente.

— Você não está com Alpha. Não ouvimos as Vozes desde que acordamos, então você não está trabalhando com eles — ponderou Fang.

— Você não ouviu o que eu acabei de dizer?

— Ah, eu ouvi, mas você é um mech. Você tem que estar trabalhando para alguém.

— Alpha não está.

— É o que você pensa. — Fang se aproximou de mim, tão perto que eu podia contar os pelos do seu nariz. Ela parecia estar olhando nos meus olhos, lendo-os como um livro. — Quatro embarcações sobreviveram. Nós tentamos, mas agora olhe para você.

Abaixo, Beta e Delta enfrentavam mais dois grandalhões com bastões. O último dos cinco mantinha sua atenção voltada para as escadas, onde parecia ter encontrado uma mudança de atitude. Em vez de tentar subir os degraus, levantou o bastão sobre a cabeça e começou a golpear as escadas, quebrando-as.

O quarteto de Fang se dispersou, disparando tiros e subindo de volta em nossa direção. Uma fuga tardia demais: o mech leu suas intenções, saltou do chão em um pulo desajeitado que lhe deu altura suficiente para lançar seu bastão para cima. A arma pesada esmagou o próximo degrau, o que conectava com nosso nível, e o atravessou, fazendo desabar as escadas. Um segundo salto permitiu que o mech agarrasse a alça do bastão, arrancando-o e enviando o grupo de Fang tombando para seu nível, esmagados pelos destroços.

Por trás desse desastre, Delta e Beta estavam tendo mais dificuldade. Esses mechs grandes não eram idiotas: tinham visto seus amigos e usavam seus bastões para forçar Beta e Delta a recuar. Eles viravam os ombros ou desviavam as facas de Beta, as lâminas marcando o rastro do conflito ao longo da passarela.

— Quatro sobreviventes? — perguntou Kaydee. — Que diabos ela quis dizer com isso?

Tive que deixar essa pergunta de lado por enquanto, me concentrando em vez disso no meu rifle. Dei passos rápidos até o buraco quebrado em nossa passarela onde as escadas estavam e mirei para baixo. Os humanos lutavam, aqueles trajes grandes trabalhando contra eles enquanto o tecido ficava preso no metal afiado e quebrado. Alguém gritou. Alguém xingou.

O mech não prestou atenção em nenhum deles. Em vez disso, erguendo seu bastão recuperado, o brutamontes avançou. Seus olhos nunca se voltaram para mim, alheio. Pela primeira vez na minha vida, eu tinha um tiro que podia dar.

Com Fang vindo atrás de mim, apontei o rifle para a esquerda, esperei enquanto o mech levantava seu bastão, ambos os antebraços emoldurando sua cabeça. Um alvo claro.

Meus dedos pressionaram o gatilho uma vez. O rifle zumbiu, gases encontrando sua contraparte elétrica e emitindo um feixe apertado e perigoso. A programação de Leo provou ser perfeita: meu tiro acertou em cheio, esvaziando o rosto do mech e transformando-o em uma cratera derretida.

Não que o mech parecesse se importar. O bastão começou a avançar.

— Gamma! — gritou Kaydee, não ajudando absolutamente ninguém.

Ajustei o ângulo, virei o rifle para a direita e puxei o gatilho novamente.

O flash azul-branco cortou o bastão em movimento, partindo a arma ao meio e enviando a cabeça pesada voando. Ela passou por cima dos humanos em pânico, bateu na proa da Starship e desapareceu no Conduto. O mech sem rosto, enquanto isso, completou seu movimento e acertou o chão da passarela, a um metro de distância dos humanos, deixando um amassado feio.

Kaydee gritou algo que eu achei que fosse um elogio, mas continha tantos palavrões que não pude ter certeza.

— Bom tiro — disse Fang, e notei que suas pistolas estavam de volta em suas mãos. — Acabe com ele.

Sem o bastão completo, o mech jogou fora o que restava, usando seus pés e punhos para dar os golpes fatais. Nenhum deles ajudou muito contra meus tiros certeiros. Com um alvo à vista, o mech não se preocupava muito com cobertura, abandonando a defesa para atacar os humanos soterrados. Eu o transformei em um alfineteiro em chamas, perfurando seus membros com fogo quente até que seu corpo fumegante e faiscante desse uma guinada ampla e desabasse, errando suas vítimas e encontrando um descanso permanente inclinado contra o casco da Starship.

Aproveitando a brecha, passei o rifle de volta por cima do meu ombro e pulei, aterrissando no nível inferior com um agachamento. Os humanos olharam para mim, rostos escondidos atrás de suas máscaras pretas. Eu poderia tê-los ajudado, poderia ter arrancado o metal, mas tinha outras prioridades.

A saber, meus dois amigos, já a uma boa distância, ainda dançando com os grandalhões. Meu rifle tinha energia suficiente para mais alguns tiros antes de precisar recarregar e eu o usei bem, avançando e atirando enquanto ia. Meus tiros atingiram os brutamontes em seus ombros e costas blindados, não fazendo nada além de chamar sua atenção.

Delta e Beta fizeram o resto.

Quando o mech da esquerda se virou para ver quem tinha acertado sua perna com um laser, Beta disparou para frente, correndo pelo bastão da coisa para acertar uma facada dupla no pescoço muito humano do monstro. Fios cortados lutaram para carregar comandos, falharam em manter o mech de pé quando Beta se chutou para trás em um mortal, escapando do golpe inútil do mech da direita. Exposto, Delta foi para um corte incapacitante, explodindo os tornozelos do brutamontes da direita e, quando o coração do processador do mech chegou ao nível certo, desferindo o golpe fatal.

— Olhem só para vocês três — disse Kaydee enquanto eu finalmente me virava para ajudar os humanos a sair dos escombros. — Simplesmente bons demais.

— Trabalho em equipe — respondi. — Parece que torna as coisas mais fáceis.

Fang nos encontrou não muito depois, após se mover ao longo do Conduto para achar uma segunda escada para descer. Tínhamos os humanos em pé, suas máscaras removidas e cuidados. Um pulso quebrado, alguns narizes sangrando, os arranhões habituais e nada mais.

Não que não tenhamos recebido nossa cota de olhares suspeitos nesse meio tempo. Esses pararam quando Beta pegou uma pistola brandida, girou sua empunhadura para que o lado errado ficasse de frente para seu dono, e perguntou se ele queria repetir o que tinha dito.

Depois disso, não ouvi mais nenhuma palavra proferida sobre mechs. Fang garantiu isso quando mandou o quarteto embora, de volta para cima onde podiam fazer patrulha, mantendo-se seguros.

— Poderíamos usar a ajuda — eu disse aos humanos que se retiravam. — A distração deles foi útil.

— As vidas deles são valiosas — disse Fang. — Além disso, você se saiu bem fazendo esse trabalho lá atrás. Bom trabalho.

Delta, com sua lâmina limpa, apontou a ponta para baixo das escadas. — Continuamos?

Notei que a pergunta não era dirigida a Fang, mas a mim, então quando a humana começou a responder, eu a interrompi.

— Mais dez níveis antes da Ponte — eu disse. — O tempo está passando.

Delta assentiu e partiu. Beta lançou um olhar entre Fang e eu antes de dar de ombros e seguir atrás dela.

— Temos uma luta pelo poder aqui? — Kaydee me perguntou.

— Não — eu disse em voz alta. — Esta é nossa missão agora. — Fiz um gesto em direção às escadas com o rifle. — Depois de você.

Eu não tinha esquecido o que Fang dissera, e pelo seu pequeno sorriso ao passar por mim, ela também não.

Quatro embarcações sobreviveram. Quantos dos meus irmãos e irmãs haviam sido assassinados?

VINTE E QUATRO

SANGUE FRIO

Delta não tanto nos guiava quanto abria um caminho. Com as lâminas de Beta lhe dando cobertura, a unidade saltava vários degraus de cada vez, bisseccionando os flexi-mechs desorganizados, mensageiros e mais alguns colossos que restavam em nosso caminho. Eu fiquei para trás com Fang, ambos escolhendo momentos oportunos para dar tiros certeiros. Pela primeira vez, senti nosso progresso inexorável, o resultado já certo.

O exército de flexi-mechs do Alpha tinha desaparecido, espalhado pelas Linhas de Fabricação, para outros lugares na Nave Estelar ou, como um brilho abaixo e à nossa direita revelava, para o exterior. Alpha reabriu a saída da Nave Estelar com o amanhecer e a luz natural se espalhou pelo Conduto.

— Acha que ele vai fugir? — perguntou Kaydee quando chegamos ao próximo nível, apenas a alguns da nossa meta, a Ponte.

— Se ele for esperto — eu disse. — Então não, provavelmente não.

— Ele sobreviveu até agora — argumentou Kaydee.

— Escapadas por um triz se acumulam, não é? — respondi. — Ele não vai escapar todas as vezes.

Senti uma mão no meu ombro e vi Fang me olhando de perto novamente.

— Falando com sua mente? — ela perguntou, com mais preocupação nessas palavras do que eu esperava.

Como se ela achasse que eu tinha alguma doença grave.

— Discutindo planos — eu disse.

Passamos por alguns restos faiscantes, as partes frágeis de um flexi-mech marcando nosso caminho. Os sons espasmódicos de metal contra metal também nos guiavam, pontuados aqui e ali pelo impacto ressonante de uma faca.

— Planos para quê? — Fang continuou.

— Alpha.

Ela assentiu. — Bom. Contanto que continue assim.

— Focado no objetivo?

— Focado no que precisamos que você faça.

Outra declaração estranha. Outro humano colocando os mechs em seu devido lugar inferior. Eu ignorei, assim como tinha feito com Val. Depois do Alpha, deixaríamos Fang e seu grupinho para trás.

— Já tomou essa decisão, hein? — disse Kaydee.

Tomei depois de conhecer Pravda. O homem tinha ego de sobra, aliviava-o nos culpando. Nem mesmo Val iria tão longe. Minha programação me impelia a ajudar os humanos, mas não especificava quais.

Eu escolheria o grupo que me tratasse melhor que lixo.

— Não que eles tenham feito isso no início — murmurou Kaydee. — Acho que aprenderam, no entanto.

Depois que eu ganhei o respeito deles, claro. Eu simplesmente não me importava em tentar ganhar o de Fang.

Chegamos vivos ao nível da Ponte. A plataforma em meia-lua se estendia da proa da Nave Estelar, servindo como boas-vindas ao cômodo mais importante da nave. Uma recepção limpa também: as barreiras vermelho-cereja que levavam à própria Ponte nem sequer estavam erguidas.

Apenas Alpha, sozinho na plataforma, nos encarando. Desarmado.

— Meus amigos favoritos voltando para mais? — Alpha perguntou enquanto nosso quarteto se espalhava ao seu redor. — Pensei que tinha deixado vocês do lado de fora?

Delta olhou para mim, deu um breve aceno. A exceção no código funcionou: ela não tinha bloqueios. Agora a única escolha era se fatiávamos Alpha ou fazíamos algumas perguntas primeiro.

— Você deixou brechas — eu disse. — O que são...

O tiro cancelou minha voz, seu brilho me cegando por um momento. A energia viajou, atingindo Alpha bem no peito. Um segundo e um terceiro seguiram, cada um explodindo em Alpha até ele desabar, fumegante, no chão. Fang atirou na unidade mais duas vezes até que eu arranquei a pistola dela. Recuei com a arma até me lembrar que ela tinha uma segunda, avançando de volta para tirar aquela também.

Fang deu de ombros quando joguei suas pistolas de lado, as armas quicando pelo chão de metal até os pés de Delta.

— Pensei que você o quisesse morto — disse Fang.

— Estávamos conversando — respondi. Tanto Delta quanto Beta se moveram pela plataforma, cada uma bloqueando uma rota de fuga. Beta não tinha a capacidade de machucar Fang... mas Fang não saberia disso. — Você o assassinou.

— Assassinei? — Fang riu, fria e insensível. — Você não

pode assassinar uma máquina. Ele era uma ameaça para todos nesta nave. Cumprimos a missão.

— Ela não está errada — disse Kaydee, aparecendo ao meu lado. Sua voz saiu baixa, sem convicção. — Alpha não ia mudar de lado, Gamma. Não agora.

Os lados não eram o problema. Inferno, Alpha morrer não era o problema. Era o como. A execução sem sentido quando tínhamos uma escolha melhor.

Mais uma vez, os humanos provaram que não se podia confiar neles para tomar a decisão certa.

— Então, o que estamos fazendo aqui, unidade? — disse Fang. — Você vai atirar em mim? Por fazer o que você queria fazer de qualquer jeito?

Ouvi um clique, Beta estalando os dedos. Ela lançou um olhar para cima quando encontrei seu olhar, um que eu acompanhei para ver rostos nos observando de cima. Com aquelas máscaras pretas. A vários níveis de distância, nos espiando.

— Reforços — disse Fang —, não que precisássemos deles. Vocês são muito bons nessa coisa de matar.

Suas palavras fizeram minhas funções darem voltas. A diretiva central, manter os humanos seguros, nunca poderia ser realmente satisfeita. Sempre deveria haver um desastre à espreita em algum lugar, uma ameaça para neutralizar, mas no momento eu não conseguia encontrar uma. Eu não tinha objetivo.

Os humanos alguma vez olharam ao redor e se perguntaram sobre seu propósito? Ali, na plataforma de entrada da Ponte, eu questionava o meu. Tentava encontrar algo para me agarrar, uma ideia, um objetivo.

—O que há de errado com ele? — Fang perguntou a Beta enquanto eu ficava ali, procurando.

Eu tinha que encontrar algo, alguma busca independente. Caso contrário, Fang poderia me dar ordens e eu não teria motivo para não obedecer.

—Ele está pensando se deve jogar você desta plataforma — respondeu Delta secamente.

—Você é perigosa — Fang refletiu, circulando ao meu redor, mantendo distância de Delta mesmo enquanto apontava um dedo para minha amiga. — Destruímos o seu tipo primeiro. — Um lampejo irritado. — Embora aparentemente não tenhamos sido bons o suficiente nisso.

—Gostaria de ver você tentar.

Kaydee estalou os dedos nos meus olhos. — Ei, tudo bem aí dentro? Sua amiga está prestes a começar uma guerra que você não quer.

Aí estava. Um objetivo. Impedir Delta de matar os humanos. Meu foco voltou ao normal e estendi o braço, empurrando Fang para trás de mim.

—Não é hora para isso, Delta — eu disse. — Você e Beta podem ir para as Linhas de Fabricação? Confirmar se elas não estão mais seguindo as ordens de Alpha?

Delta jogou a espada sobre o ombro, deu vários passos largos até mim. Assim como Fang havia feito, o receptáculo me deu uma olhada de perto. Diferente de Fang, eu sabia que Delta não estava confiando apenas na intuição, mas nos scanners em seus olhos. Eles buscariam imperfeições, reações anormais.

Não encontraram nenhuma.

—Farei isso — disse Delta. — Não seja estúpido, Gamma.

—Sem confiança — ecoou Beta.

—E você — disse Delta, olhando por cima do meu ombro para Fang. — Se algo acontecer com esse cara, vou transformar todos vocês em fertilizante.

Fang apenas sorriu de volta para ela.

Um gemido ofegante, irregular e alto, arruinou o impasse. O barulho vinha de além da plataforma, abaixo, mas se aproximava. Sem muito alarde, dez mensageiros subiram sobre a borda. Os mechs tinham corpos semelhantes a abelhas feitos para armazenar itens, junto com garras penduradas para agarrar coisas grandes demais para jogar dentro de suas costas. As máquinas tinham um laser de carregamento lento adaptado perto dos jatos na traseira, impreciso, mas igualmente mortal.

Beta foi em direção às suas facas, mas parou quando os mensageiros pareceram não notar ela, Delta ou qualquer outra pessoa. Em vez disso, os mechs ofegantes voaram até o corpo de Alpha. Como um só, os mensageiros desceram, vários pendurados de lado enquanto os outros prendiam suas garras na pele de Alpha.

—Que diabos é isso? — perguntou Kaydee enquanto os mensageiros se elevavam no ar novamente. — Alpha planejou um funeral para si mesmo?

—Ou uma fuga — eu ponderei.

—O corpo dele está torrado, Gamma. Não há como haver um processador funcionando lá dentro. Com sorte, a memória pode ser utilizável, mas...

—Vocês vão? — Fang perguntou, interrompendo Kaydee, que retrucou com um murmurado "rude". — Cada segundo significa mais mechs saindo daquelas linhas.

Delta recuou, lançou mais um olhar fulminante, e então desapareceu atrás do corpo de Alpha, descendo profundamente.

—Lembre-se do que dissemos — falou Beta enquanto seguia Delta. — Gamma vivo e bem, ou vocês todos muito mortos.

Fang deu a Beta o mesmo sorriso fulminante que havia

lançado para Delta, e com isso minhas duas amigas se foram. Fang começou a se dirigir às suas pistolas, mas eu agarrei seu casaco.

—Pronta? — eu disse.

—Pronta para quê?

Eu a lancei para cima, um arremesso com impulso das pernas enviando Fang pelos ares. Meu ângulo de arremesso, perfeitamente calculado, colocou Fang exatamente na próxima passarela, abalada, mas de resto bem.

—É melhor você pegar minhas armas de volta — Fang gritou lá de cima.

—Me obrigue — respondi.

Deixei suas pistolas para trás. Sem a escada intacta, saltei, alcançando e agarrando alguns pedaços de metal quebrado para me puxar para cima. Claro, eles cortaram minha pele, mas já havia cicatrizado quando me levantei ao lado de Fang no nível acima da Ponte.

—De volta a Pravda — eu disse quando Fang tentou se virar. Ela queria avançar, segurar a Ponte propriamente dita e fazer Pravda vir até nós. — Não há mais ninguém nesta nave que vá tomá-la.

Pelo menos, ninguém nesta parte. Val e Leo deveriam estar, a esta altura, se aproximando da saída da popa da Starship. Bem a caminho de sair.

—O que você quer com ele, afinal? — Fang perguntou enquanto subíamos as escadas.

—Uma pergunta que eu também tenho — disse Kaydee. — O cara é um idiota. Você deveria ir procurar Val.

—Quero saber o que ele quer — eu disse. Não havia razão para mentir aqui. — O que você e seu povo querem.

Fang revirou os olhos. — Como se fosse um grande segredo. Ficamos presos em tubos por muito tempo, receptáculo. Agora temos um planeta para conquistar. É isso que queremos.

—Todos os cinquenta de vocês?

—Os outros vão se alinhar.

Será? Com base no que eu tinha visto, pegue cinquenta humanos e você terá cinquenta opiniões diferentes. Especialmente, como Kaydee apontou, sabendo que esses humanos estavam entre a nata da sociedade. Acostumados a fazer as coisas do seu jeito.

—Você não vai contar a ela sobre Val, vai? — disse Kaydee.

Eu não ia. Com os Forjadores ao seu lado, a tribo de Val provavelmente poderia resistir a um ataque de Fang e seus combatentes recrutados, mas os poucos humanos que existiam neste maldito planeta não precisavam passar seu tempo matando uns aos outros.

—Como você vai conquistar um planeta com algumas dezenas de pessoas? — perguntei a Fang quando chegamos ao terço superior da Starship.

—Tomar o Berçário, para começar. Usar os agentes de crescimento acelerado lá para conseguirmos mais pessoas. — Fang falava despreocupadamente, a cautela e suspeita que ela havia mostrado anteriormente completamente desaparecidas. Por quê? — Vai levar tempo para que os novos corpos sejam úteis, mas podemos gastá-lo colocando a Starship de volta em forma.

—De volta em forma?

—Consertar todos vocês, mechs quebrados, para começar. Depois reparos. Fazer o Jardim produzir em níveis máximos. Ver o que podemos colher lá fora.

Fang continuou enquanto subíamos, ilustrando um plano completo para o crescimento e conquista humana com precisamente zero confusão, complicação ou preocupação. Com Alpha fora do caminho, aparentemente, o caminho para a prosperidade era tão simples quanto caminhar por ele.

—Pergunte a ela sobre os outros receptáculos — disse Kaydee quando chegamos aos primeiros guardas de trajes pretos.

Eles se levantaram quando nos aproximamos, o par descartando suas máscaras, mas mantendo os trajes de proteção. Olhos nervosos de meia-idade nos observavam, os dedos perigosamente próximos aos gatilhos dos rifles. Fang lhes disse para abaixarem as armas, mas eles não fizeram nada disso.

— Senha? — disse o homem à esquerda, encontrando alguma confiança trêmula.

— Winston — Fang respondeu, e ambos os guardas relaxaram, voltando a se apoiar nos calcanhares.

Fang fez sinal para que eu fosse à frente e passamos direto sem mais incidentes.

— Eles não deveriam ter te reconhecido? — perguntei a Fang enquanto começávamos a subir a próxima escada.

— Receptáculos significam que isso não é garantido — disse Fang. — Sabemos que a aparência não significa nada. Não aqui.

Eu parei. Não pude evitar. As implicações eram grandes demais.

— Você continua falando sobre nós como se fôssemos terríveis — eu disse, bloqueando todo o degrau. — Por quê?

— Vamos voltar para Pravda e talvez eu te conte.

Eu não me movi. Voltar para Pravda significaria que os aliados de Fang estariam por toda parte. Se eu estivesse caminhando para a morte, eu queria saber, e disse isso.

Fang fez aquele sorriso brilhante, um meio sorriso subindo por um lado do lábio. — Você quer uma lição de história, vá procurar um livro para ler. Tudo que você precisa saber é que eu não confio em você. Aqueles dois lá atrás não confiam em você. Pravda não confia em você. Você é uma ferramenta, e assim que deixar de ser útil, vamos transformá-lo em sucata.

VINTE E CINCO

UMA AMEAÇA

Pravda mal tinha se movido, mas o homem havia recuperado o que pôde do bar. Garrafas de licor e vinho, as que não estavam quebradas, estavam dispostas em fileiras organizadas ao longo da forma circular do bar. Alguém havia encontrado um aspirador, e o tapete carmesim parecia quase tão bom quanto da primeira vez que o vi. Oito humanos estavam espalhados pela sala conversando, nenhum deles usando o traje preto de proteção.

— A vitória é uma coisa maravilhosa — disse Pravda quando Fang e eu entramos na sala. — Tudo fica muito melhor quando a morte não está à espreita.

— Ei, algo com que posso concordar — murmurou Kaydee, aparecendo em uma das mesas cobertas com toalha branca e bebericando um cabernet virtual.

— Onde estão seus amigos? — Pravda nos convidou para outra mesa, pedindo que nos sentássemos em cadeiras instáveis, danificadas por nossa fuga anterior, mas ainda de pé. — Baixas?

— Fazendo a limpeza — disse Fang. Ela acenou com a cabeça na minha direção. — Este aqui não é um lutador.

— Então o que você é? — Pravda me olhou como se eu tivesse criado asas.

— Computadores — respondi.

— Modelo mais recente — disse Fang. Quando Pravda piscou para ela, Fang suspirou. — Depois que a rebelião terminou, por aquele curto período, a ideia era que precisaríamos de recipientes para cada tarefa que eles costumavam fazer.

— Ah, certo. — Pravda assentiu, servindo-nos copos.

Não que eu pudesse beber o meu. Girei o líquido vermelho escuro, observando o sedimento fazer suas voltas enquanto Fang relatava a descida e a vitória.

— Então a Nave Estelar é nossa agora? — perguntou Pravda.

— Está vazia — respondeu Fang. — Devemos enviar alguns para a Ponte para mantê-la.

— Por quê? — Pravda ergueu seu copo para a cúpula ensolarada acima. — Já pousamos, não é?

— A Nave Estelar não terminou — disse Fang. — Precisaremos dela por mais mil anos, e tudo pode ser controlado daquela Ponte.

Uma ideia me ocorreu. Uma que me permitiria me afastar da idiotice de Pravda e da ameaça persistente de Fang. Eu poderia manter o segredo de Val e manter a Nave Estelar viva.

— Me mande — eu disse. — Eu trabalho para vocês de qualquer forma. Deixe-me monitorar a Ponte.

Os dois se entreolharam. Pravda tamborilou os dedos na toalha da mesa. — Você diz que a Ponte ainda é o centro de poder da Nave Estelar?

Assenti. Por toda lógica, a Ponte tinha mais maneiras de controlar o que a Nave Estelar fazia, mesmo pousada, do que qualquer outro local. Exceto, talvez, o Núcleo de Energia de Volt, mas eu não estava prestes a revelar isso.

— Então acho que devemos nos instalar lá, não acha? — Pravda perguntou a Fang.

— Será central. Mais difícil de defender do que aqui — disse Fang. — Mas mais rápido para responder.

— Defender? — Pravda riu. — Defender de quem?

Fang olhou para mim. — Deles.

Partimos horas depois, um trem formado por pessoas. Bebidas, comida e armas empurradas para dentro de mochilas faziam seu caminho escada abaixo. Os elevadores ainda estavam desligados, um atraso que eu disse que poderia aliviar, mas Pravda queria a migração agora.

— Quero sentir o quão longe é — disse Pravda. — Quero que todos nós entendamos por que estamos fazendo essa mudança.

— Porque ele quer? — acrescentou Kaydee.

O raciocínio de Pravda não era totalmente maluco. Ele pregava para a tripulação reunida que se tratava de mudar a casa deles. Deixar para trás suas cápsulas de criogenia por terminais, os luxuosos tapetes pela realidade.

Val, ou seus ancestrais, devem ter feito algo semelhante quando se mudaram para os armazéns sobressalentes dos Sucateiros. Fugir dos mechs, fugir dos poderosos e se esconder até que uma chance surgisse novamente.

Mais interessante, notei olhos revirando, olhares para o chão, suspiros das pessoas que Pravda deveria liderar. Não era o sinal de alguém com controle.

Fang, enquanto isso, estava atrás de Pravda à minha esquerda, com aquele sorriso silencioso no rosto.

— Ela é definitivamente a perigosa — disse Kaydee. — Olhe para aquele sorriso. Ela está tramando algo.

— Não estamos todos? — sussurrei.

A procissão levou seu tempo. Pelo meu cálculo, meio dia terrestre havia se passado entre nossa partida com Fang para matar Alpha e a chegada da procissão de Pravda à Ponte. Os membros humanos estavam cansados quando chegamos, especialmente com os atrasos para contornar a destruição causada por nossas lutas com os mechs.

Ninguém nos interrompeu. Nenhum mech flexível, nenhum guarda corpulento. Beta e Delta permaneciam desaparecidos.

Pravda ordenou que todos montassem acampamento na plataforma antes da Ponte. Com a luz amarelada do Condutor iluminando, os humanos espalharam sacos de dormir e cobertores recuperados. Frutas secas e antigas pastas nutritivas foram distribuídas. Um trio retornou com água coletada, despejando garrafas cheias no chão. Um apartamento próximo foi encontrado com um chuveiro funcionando e turnos foram organizados.

Organizado, rígido. Poucas risadas, poucos sorrisos. Nenhuma dança como eu havia visto com o grupo de Val.

— Eles ainda não sabem como viver — disse Kaydee, de pé ao meu lado enquanto observávamos, esperando que Fang e Pravda se movessem para a Ponte. — Eles ainda estão acordando.

— Para pessoas sonolentas, eles destruíram muitos mechs.

— Sobreviver é diferente de construir uma vida, Gamma.

— Eu não saberia dizer.

Quando Pravda e Fang finalmente me pediram para guiá-los, eu o fiz, levando-os pelo corredor com nomes rabiscados nas paredes. Eu não apontei os escritos repetidos de Alpha e nenhum deles notou, ou nenhum se importou em mencioná-los.

A Ponte em si... eu não podia esconder o que não sabia que existia. Alpha, sempre deixando sua marca, havia devastado o lugar. Terminais quebrados estavam por toda parte. Estofamento rasgado das cadeiras flutuava por toda a sala, soprado pelos ventiladores de reciclagem de ar. Luzes piscavam ou cuspiam faíscas, seu vidro espalhado como confetes cortantes.

Através da grande bolha que dava para o dia brilhante do planeta, uma mensagem rabiscada em tinta vermelha gotejante:

'Bem-vindos ao Lar'.

— Isso é sangue? — disse Pravda, apontando e encarando. — Que tipo de maníaco...?

Eu desci a Ponte apressadamente, examinei o líquido mais de perto e disse:

— Líquido de arrefecimento tingido. Não é sangue.

Graças a Deus. A última coisa que Fang e Pravda precisavam eram mais desculpas para acharem os mechs estranhos e mortais.

— Eu disse que os mechs eram perigosos — falou Fang, alto o suficiente para ter certeza de que eu ouviria.

— Eu sabia que eram — retrucou Pravda —, não quer dizer que não sejam úteis. — O homem apontou para a janela. — Gamma, limpe tudo isso, quer?

Esperei, na esperança de que o homem percebesse que acabara de me ordenar que fizesse um trabalho braçal quando a própria Starship estava esperando por ele. Alpha podia ter quebrado alguns terminais, mas outros pareciam bem, prontos para funcionar. Mas Pravda trouxe mais humanos para limpar os vidros quebrados e as cadeiras esmagadas. Novas luzes foram recuperadas de apartamentos próximos enquanto eu esfregava o vermelho.

Enquanto isso, o tempo passava. Nada de Beta e Delta.

Eu me perguntava até onde Val e Leo teriam ido agora, se já teriam deixado a Starship completamente.

— Pronto — disse Pravda finalmente, depois de ter mandado quase todos os outros para a cama. Fang havia juntado duas cadeiras e estava cochilando. Pravda e eu éramos os únicos acordados, eu observando enquanto ele terminava de fazer login no terminal do Capitão. — A senha antiga ainda funciona. Prova de que nem todos os velhos tempos se foram.

— Não se foram? — perguntei. — A Starship está assim há muito tempo.

— Para você e os seus, talvez. — Pravda recostou-se na cadeira, clicando no terminal. — Para mim, ainda ontem este lugar estava cheio de vida. Milhares de nós, trabalhando duro para manter este grande bebê funcionando.

— O que você fazia, naquela época?

Pravda mordeu, muito levemente, seu lábio inferior. Um tique que eu havia notado sempre que o assunto se desviava para um lugar que ele não gostava.

— Eu era o que você está vendo agora. Um líder de homens, um capitão da indústria e da inovação — disse Pravda. — Todos olhavam para mim. Todos eles.

— Quem diabos é esse cara? — perguntou Kaydee, aparecendo atrás de Pravda, com as sobrancelhas erguidas e a boca em uma careta de nojo. Seu cabelo azul-turquesa parecia pontos de interrogação. — Eu nunca ouvi falar dele.

— As Vozes nunca mencionaram você — eu disse —, nem uma vez.

— Um bando de programas arrogantes. — Pravda descartou minhas palavras com um gesto. — Pessoas que deveriam ter permanecido mortas. Eles não estavam nos corredores quando as coisas começaram a virar. Não foram eles que tomaram as decisões que nos salvaram.

— Foi você?

Pravda respirou fundo novamente e eu senti que um discurso estava por vir, algo prolixo e sem sentido. Algo que, felizmente, foi poupado por um chiado vindo do nosso único terminal funcionando.

— Tem alguém aí? — A voz de Volt, curiosa mas urgente. — Alpha, você ainda está na Ponte?

Fang acordou de repente, assim que Pravda perguntou quem era. Ignorei os dois, me lancei para o terminal e pressionei o teclado para abrir a linha.

— Volt! — eu disse. — Alpha se foi. Eu estou na Ponte, junto com alguns outros humanos.

— Gamma? Bom. Melhor do que eu pensava que estaria trabalhando — disse Volt. Um prompt apareceu no terminal, uma solicitação de feed de vídeo. Com Pravda e Fang se reunindo atrás de mim, eu a iniciei. Volt apareceu, as luzes ao seu redor mostrando o preto arco-íris do Núcleo de Energia.

— O que está acontecendo? — perguntei, procurando e não vendo nenhum sinal de alarme. Volt não apresentava ferimentos. Nada parecia explodido ou queimando. — Você está bem?

— Totalmente bem, meu amigo, mas nossa pobre nave não estará sem um trabalho rápido da sua parte.

— O quê? Por quê?

Volt, no entanto, piscou seus olhos para uma cor azul, olhando além de mim. — Bem, parece que temos mais! Quem são esses dois?

Pravda começou a se apresentar, mas eu o interrompi.

— Volt, vá direto ao ponto, por favor? Qual é o problema?

— Lembra dos nossos outros amigos? — respondeu Volt. — Sabe, aqueles que foram para fora?

Foi bom Volt não ter revelado Val diretamente, mas Fang e Pravda não eram tão burros. Eu podia ver seus rostos refletidos em uma pequena caixa na tela, seus olhares calculistas. Imaginando.

Tarde demais para se importar.

— Eu me lembro. Por quê?

— Bem, sabe, eu sou um mech legal, Gamma. Eles chegaram aos motores, me ligaram perguntando como você estava. Então nós sintonizamos. Câmeras em todo lugar, certo?

— E eles viram?

— Um monte de humanos — disse Volt. — Acho que eles não gostaram, porque estou vendo um pico vindo daqueles motores.

Eu pedi e Volt explicou com mais detalhes. Com a Starship pousada, os motores estavam desligados. Leo, no entanto, os tinha ligado novamente usando antigas anulações. Os grandes pacotes de energia estavam sugando energia, se preparando para um lançamento completo. O tipo que a Starship deveria usar apenas em uma emergência para, digamos, escapar de um poço gravitacional ou desviar de um asteroide que se aproximava.

— Se esses motores acenderem enquanto ainda estivermos sentados nesta rocha — concluiu Volt —, vamos queimar bem bonito.

— Mas eles vão se matar — eu disse, junto com Kaydee. — Não tem como eles conseguirem fugir da explosão.

— Leo é esperto, Gamma. Eles estão fechando as nacelas. Vai bloquear o fogo, voltando-o para a nave. O metal não vai durar muito, mas não vai precisar antes de todos nós irmos pelos ares.

VINTE E SEIS

UM PASSEIO NO ESCURO

Entrei na Ponte. Por um segundo, pensei que houvesse algum engano, que eu não tivesse acabado de entrar em um terminal, caçando a rede da Starship. A pista de que eu realmente havia pulado para dentro de um mundo digital veio da janela de observação. A grande janela de vidro mostrava, mais uma vez, o espaço sideral. Estrelas, nebulosas, o pacote completo.

Sem planeta. Sem grama dourada.

— Então, para onde estamos indo? — Kaydee perguntou, parada ao meu lado.

— Esperava que você tivesse alguma ideia — respondi. — Sabe como desligar o Núcleo de Energia?

Kaydee franziu a testa. — Lembra quando tentei sabotar os motores? Derrubar a Starship em pleno voo?

— Difícil esquecer. Na verdade, para mim, literalmente impossível.

— Você poderia deletar isso.

— Não sem deletar você, e não vou fazer isso.

— Aww — disse Kaydee. — Boa ideia, porque você provavelmente enlouqueceria sem mim.

— Vou morrer com você se não nos concentrarmos.

— Ah, certo. Explosão iminente — Kaydee girou, olhando para os terminais. — Onde está o caminho para a rede?

— Meu palpite? Um desses terminais tem o que estamos procurando.

Nos separamos, correndo para cima e para baixo nas linhas de terminais em terraços da Ponte. Cada tela tinha um programa diferente, a maioria relacionada à navegação, ao sistema de endereços da Starship, vários programas administrativos. Pela primeira vez, encontrei o certo primeiro: a tela mostrava a galáxia estrelada que eu havia visto antes, cada ponto um local diferente na vasta Internet da nave.

— Kaydee — eu disse. — Encontrei.

Usando o teclado, lancei termos de busca, espalhando as estrelas diante de mim até que restassem apenas as relacionadas aos motores. Uma estrela para cada foguete, mais um punhado para sistemas adjacentes. Eu podia colocar meu dedo na tela, tocar em cada uma para abrir seu nome, função, a opção de pular direto para ela.

Exceto quando tentei isso por último, pensando que poderia saltar direto para um motor e desligá-lo, o terminal não fez nada. Sem erro, sem retorno, apenas uma tela estática.

— Ah, essa é boa — disse Kaydee, juntando-se a mim. — Ele está disfarçando o bloqueio para que você pense que há algo errado com seu acesso. Como se seu computador tivesse travado.

— Como me livro disso?

— Está me perguntando? — Kaydee deu de ombros. — Sou mais engenheira do que programadora. Leo sempre fez a codificação sofisticada.

Certo. Recorri aos meus próprios sistemas, tentei analisar as opções. Leo teria feito isso manualmente nos próprios motores. Meu palpite era que ele teria iniciado o processo de carga e então cortado os motores da rede. Disfarçado para parecer que os motores ainda estavam ativos – por isso aquelas estrelas apareciam – mas o acesso não levava a lugar nenhum. Qualquer um tentando parar tudo, ou seja, eu, ficaria preso aqui, perdendo tempo até o boom.

Mas os motores não eram o problema. Eram as baterias. A energia.

— Não posso impedir os motores de puxar energia — eu disse.

— Então estamos mortos?

— Ainda não.

Minha jogada teria sido suicídio no espaço. Cercado por todo aquele vácuo de zero absoluto, a Starship teria congelado rapidamente com meu plano. Mas aqui, seguro em um mundo relativamente temperado?

— Qual é a jogada, espertinho? — Kaydee perguntou enquanto eu voltava pela rede, digitando novos comandos que respondiam à pergunta dela. — Não. Espera. Sério?

— Sério — eu disse, encontrando o nó que queria.

Um prompt apareceu, pedindo permissões. De volta ao mundo real, eu teria que adivinhar. Aqui, toquei no pop-up na tela, expandindo o código por trás dele. Uma simples olhada para encontrar o banco de dados com os nomes de usuário e senhas que o prompt verificaria assim que eu inserisse um.

O próprio nome de Leo, sua senha escolhida: uma mistura de Kaydee com seu próprio aniversário.

— Não diga que isso também é fofo — eu zombei enquanto digitava.

— É, meio que é — respondeu Kaydee. — Pelo menos ele se lembra de mim.

— Ele não deixou você à deriva por séculos?

— Ninguém é perfeito, Gamma.

O prompt me deu acesso a um único interruptor, um que Volt não ficaria feliz. Um que eu não hesitei em pressionar.

A Ponte parecia mais escura que antes. As telas dos terminais estavam pretas. As luzes estavam mortas. O pôr do sol persistia pela grande janela de observação. Pravda e Fang olhavam ao redor, confusos.

— O que você fez? — o homem perguntou quando me afastei do terminal morto, separando meus dedos.

— Nos dei uma chance — respondi.

— Ah Gamma, você realmente foi longe dessa vez — disse Kaydee, aparecendo ao meu lado com o que parecia ser um equipamento completo de sobrevivência, com lanternas, uma mochila e botas grossas. — A Starship nunca ficou no escuro. Nunca.

Fang e Pravda lentamente chegaram à mesma conclusão, me seguindo enquanto eu deixava a Ponte para trás. Desligar as luzes da Starship, seus geradores, tudo, salvou nossas peles, mas poderia destruir muita coisa se deixado sozinho por muito tempo. As plantas do Jardim ficariam sem luz, a Pureza não filtraria água. A própria Starship poderia ficar muito quente ou fria em vários lugares sem os sistemas funcionando.

Em outras palavras, eu havia escapado de uma calamidade para brincar com outra.

— Para onde você está indo? — Pravda perguntou enquanto descíamos o corredor cheio de nomes que conectava ao Conduto.

— Para os motores — respondi. Mais uma vez atravessando o comprimento dessa maldita nave. — Não podemos ligar a energia até desativarmos a sabotagem.

— Ah sim — Pravda refletiu. — A sabotagem. Quem fez isso, a propósito?

— Provavelmente mais recipientes — disse Fang. — Mechs quebrados perdendo a cabeça.

Por um momento fiquei atônito. Como eles não fizeram a conexão, o salto de que poderia haver mais humanos ainda vivos na nave?

— Porque já faz tempo demais — disse Kaydee, sua luz do farol iluminando, de certa forma, meu caminho. — Ninguém deveria estar vivo.

O farol de Kaydee não era real, mas eu tinha visão noturna suficiente para nos guiar. A luz também vazava do Conduto, onde, por sorte, a rampa ainda aberta lá embaixo deixava entrar o brilho restante da noite.

Os humanos se reuniram na plataforma de entrada da Ponte enquanto Pravda, Fang e eu emergíamos. Iluminados de baixo, as sombras dançavam. Sem o constante zumbido dos sistemas em funcionamento, o vento de fora assobiava através da nave. Alguém tossiu quando encarei um semicírculo curioso.

— Eu vou contar a eles — disse Pravda, passando por mim com uma cotovelada.

Em um discurso ponderado, o homem fez exatamente isso, explicando como alguns mechs haviam desativado a energia da Starship, como ele, Fang e alguns heróis selecionados iriam adiante para restaurá-la.

— Ele vai conosco? — perguntou Kaydee enquanto Pravda passava da explicação para a inspiração, dizendo às pessoas como elas poderiam planejar sobreviver. — Por quê?

Porque ele não é do tipo que enfrenta os problemas difíceis sozinho. Qualquer que fosse seu papel antes, a atitude de Pravda até agora o tornava um parasita, um capitão que dependia de sua tripulação e tomava o crédito deles para si. Ficar aqui significaria que ele teria que liderar algumas dezenas de pessoas assustadas através de uma noite morta em uma nave com mechs hostis ainda à espreita.

Viajar conosco lhe dava uma saída e, se as coisas corressem bem, um retorno vitorioso.

— Uau — disse Kaydee. — Você o decifrou.

— Não, eu só vi humanos suficientes até agora para saber o que esperar.

Pravda não ouviu minha provocação enquanto terminava seu discurso, mas Fang ouviu, levantando um dedo e coçando a bochecha.

— E o que você espera de mim, receptáculo?

— Eu espero que você tente me matar quando isso acabar — eu disse. — Eu espero que você perca.

— Tão certo — respondeu Fang. — Essa confiança matou seus irmãos e irmãs. Mal posso esperar para que ela mate você também.

Cara, essa seria uma viagem divertida.

Marchar ao longo de todo o comprimento da Starship mais uma vez não era nada atraente. Não que caminhar fosse esgotar minhas baterias nem, sendo eu um mech, o tempo desperdiçado pesasse muito em meus ombros. Não, parecia mais que eu nunca chegava onde precisava estar.

— Você não tem um lar — Kaydee resumiu meu sentimento. — Você está perdido.

— Por que eu deveria me sentir assim? — perguntei, esperando que Fang, Pravda e seus escolhidos reunissem seus equipamentos. — Eu tenho um objetivo. Sou uma máquina, certo?

— Há um longo caminho entre você e um mech de lixo, meu amigo — respondeu Kaydee. — Além disso, e eu sei que você odeia ouvir isso, mas ainda estou brincando com você. Uma função de cada vez.

Levei um minuto para processar essa linha. Fazia um tempo que eu não reconciliava o vazamento de Kaydee e como isso poderia me afetar. Seus efeitos definitivamente me tornaram mais emocional, mais propenso a julgar os humanos que encontrei. Eu "sentia" coisas que um mech normal teria descartado como irrelevantes.

Como Fang e seus olhares, o perigo que eles representavam. Como Pravda e sua arrogância ineficaz.

Útil, mas como isso vinha com outros defeitos humanos, como descontentamento, anseio, tristeza...

— Parabéns, você está ganhando a outra parte bônus de ser humano — continuou Kaydee, — confusão constante.

Legal.

O Conduto, pelo menos, exigiria mais concentração desta vez. Com a Starship morta ao nosso redor, as passarelas tinham pouca luz. Os vislumbres de luz do pôr do sol enviavam raios amarelos profundamente no Conduto, a luz ricocheteando de volta antes de desaparecer. Até onde chegaríamos com alguma luz atrás de nós, eu não sabia.

— Não achei que você tivesse medo do escuro — disse Kaydee.

— Não tenho. São os humanos que me preocupam, e o que está nos esperando.

— O que está esperando por você? Alpha está morto, lembra?

— Claro, mas quantos mechs ele mandou correndo de volta pela nave? O que as Linhas de Fabricação fizeram antes de eu desligar tudo?

— Tem razão. Agora você está me deixando nervosa. Queria que Beta e Delta estivessem aqui.

Verdade. Para onde tinham ido os dois receptáculos?

Eles já deveriam ter voltado, deveriam estar prontos para nos escoltar com sua brutal arrogância.

— Ei, mech — chamou Fang. — Mudança de planos. Vamos ficar aqui por esta noite. Dormir um pouco e partir pela manhã.

— A Starship pode não esperar tanto — respondi.

— Vai ter que esperar — disse Pravda. — Ou vamos adormecer enquanto caminhamos e você terá que nos carregar.

Tentei alguns outros protestos, mas foram rejeitados sem discussão. Fang e Pravda davam as ordens, e ninguém mais se importava o suficiente para contestá-las. Até Kaydee disse que não era tão surpreendente: estávamos acordados e ativos há muito tempo.

— Não somos construídos como vocês — concluiu Kaydee. — Precisamos do nosso sono de beleza.

Beleza. Certo.

Enquanto os humanos se acomodavam para dormir, me movi para a borda da plataforma. Daqui eu podia ver através do Conduto. Vigiar por ameaças, esperar meus amigos retornarem.

E tentar descobrir quanto de mim ainda era, bem, eu mesmo.

VINTE E SETE

VOCÊ, EU, NÓS

Uma planície cinza sem características se estendia até um horizonte infinito. Eu não sentia vento, pois não havia ar. A gravidade não exercia força sobre meus pés: eu permanecia ancorado à planície por escolha. Não estava preocupado com o chão, a base de código que dirigia minhas funções, mas com os cristais lá em cima.

Meu céu costumava ter dentes de diamante brilhantes. Cada um muitas vezes maior que seu análogo do mundo real, cada um contendo os arquivos que compunham minhas memórias, as rotinas que me ajudavam a disparar um rifle ou subir escadas e, em um cristal particular que agora brilhava em um tom azul-esverdeado: Kaydee.

— O que você está procurando? — perguntou Kaydee, entrando. Lá fora, no mundo real, Kaydee sempre parecia à parte, uma imagem projetada. Aqui ela tinha profundidade, pertencia da mesma forma que eu. — Ou você só está entediado?

— Faz um tempo que não venho aqui — respondi.

O cristal de Kaydee tinha aquele brilho azul-esverdeado, sim, mas notei que outros também tinham. Respingos e manchas, como se um artista despreocupado tivesse sacudido seu pincel ao redor. O que aquelas marcas representavam? Que cristais elas estavam tocando?

— Bem-vindo à minha casa — disse Kaydee — ou, acho que, nossa casa. — Kaydee estalou os dedos e o chão sob meus pés ganhou um tapete, um carmesim familiar. Poltronas, grandes e fofas, surgiram atrás de nós. O tapete deu um empurrão suave nos meus pés, me acomodando na poltrona. Uma taça, com vinho branco desta vez, apareceu em meus dedos. — É mais agradável assim.

— Nossa casa — repeti, mastigando as palavras. Desde que a conheci, ou melhor, desde que Kaydee pulou para minha memória, eu a tinha colocado como uma companheira de viagem. Uma parceira. — Você está mudando isso.

— Sem ofensa, Gamma, mas é um pouco monótono aqui dentro.

— Para onde você vai quando desaparece lá fora? — Eu sempre pensei... bem, não tinha certeza. Na verdade, eu não tinha pensado nada sobre para onde Kaydee ia. — É para cá?

Kaydee tomou um longo gole de sua própria taça, me deu um leve sorriso. — Você acha que eu tiro sonecas, Gamma?

Ela me mudaria. Seu código, seu ser me alteraria. Beta achava que ela não era totalmente ela mesma, que sua mente tinha se tornado tão completamente ela que não eram mais separadas.

Mas quanto era Beta, e quanto era sua mente?

— Como isso funciona? — perguntei. — Essa coisa de... se tornar? Você se moldando em mim?

Kaydee girou o vinho, evitando meu olhar.

— Há muita coisa que você não sabe, Gamma. Sobre os humanos, e o que faremos para sobreviver.

Esperei. Eu tinha aprendido o suficiente sobre Kaydee, sobre as tendências humanas para saber que uma declaração como essa tendia a ser seguida por algo pior.

— Eu tentei evitar — continuou Kaydee após outro gole. Sua taça de vinho se transformou em um copo baixo, com líquido âmbar dentro. — Aquele mech, nas Linhas de Fabricação? Eu tentei por você.

— Tentou o quê?

— A palavra receptáculo. Você sabe o que significa?

Uma definição padrão veio instantaneamente. Eu a reduzi: — Um recipiente vazio.

Kaydee assentiu. O tapete desapareceu. A planície cinza, o horizonte de cristal também sumiram. Eu não tinha dado a Kaydee, ao seu programa, permissão para alterar tanto meu eu digital, mas descobri que ela a tinha tomado.

No lugar do tapete, apareceu um grande salão, sobre o qual Kaydee e eu reinávamos como antigos deuses. Apertadas dentro, em longas filas, estavam pessoas. Centenas, milhares.

— O que é isso? — perguntei, já que Kaydee parecia atordoada por sua própria criação.

— É... desculpe, eu sempre fico um pouco impressionada olhando para isso — Kaydee se inclinou em sua cadeira, apontou para as pessoas. — Todos esses? São mentes. São o plano B.

— O quê? — Focalizei nas pessoas, tentei fazer uma busca e percebi que estava vazia. Nenhum dado real lá, apenas uma imagem que Kaydee conjurou. — Do que você está falando?

— Não fique todo estúpido agora, Gamma. É muito mais fácil escanear um cérebro do que fazer uma nave como esta — disse Kaydee. — A Starship decolou com um grande banco de dados cheio de pessoas da Terra, e fomos adicionando conforme avançávamos. A única coisa que a Terra não tinha? Você.

— Os receptáculos.

— Certo — Kaydee fez desaparecer todas as pessoas. Substituiu-as por uma sala de aula universitária, aquela que eu tinha visto durante meu primeiro passeio pela Starship. — Cada geração na Starship pressionou seus engenheiros mais inteligentes para aperfeiçoar os receptáculos. Tornando-os cada vez melhores, porque se o Berçário não funcionasse, pelo menos teríamos algo.

— E se funcionasse? — Eu olhei fixamente para a criação de Kaydee, observei enquanto os estudantes, em velocidade acelerada, deixavam a sala de aula e se ocupavam em um laboratório. — Espere, os mechs não eram...?

— Não apenas mechs. Receptáculos iniciais. Designs reaproveitados, codificação, tudo. Iteração após iteração até chegarmos a você.

Mas não apenas a mim. A Alpha, Delta, Beta, e-

— Fang ficava falando sobre destruir receptáculos?

Kaydee balançou a cabeça. — Deve ter sido depois do meu tempo. Mas os receptáculos estavam avançando rapidamente. Leo e alguns outros estavam chegando muito perto.

— Como eles saberiam?

A montagem acelerada mudou novamente. Vi uma forma humana, quase perfeita, mas não completamente. Seus músculos muito limpos, sua postura muito rígida. Leo entrou em cena, como se emergisse de uma cortina. O engenheiro conectou um drive em uma entrada atrás da orelha do humano, recuou e observou.

O receptáculo piscou. Sorriu. Começou a falar com Leo, que respondeu. Notei, então, uma sombra atrás do receptáculo. Outro humano, este segurando um rifle. A arma apontada para as costas do receptáculo.

Leo fez o receptáculo levantar a mão, pular para cima e para baixo. Exercícios que eu lembrava dos meus primeiros momentos de consciência. Enquanto o receptáculo passava pelas rotinas, começou a ter falhas. No início, as paradas eram rápidas demais para notar, um braço tremendo para a direita ao se esticar em direção aos dedos dos pés. Olhos piscando várias vezes em rápida sucessão. Leo, o experiente, percebeu mais rápido do que eu. Ele franziu a testa, seus ombros caíram.

— Eu ajudei — disse Kaydee enquanto as falhas do receptáculo pioravam. Agora o mech entrava em pânico abertamente, e embora eu não pudesse ouvir uma palavra falada, as expressões alternavam entre medo, raiva e histeria. — Pegamos mentes aleatoriamente do pool. O mais justo possível.

O receptáculo avançou contra Leo, o rifle brilhou por trás, e uma ruína fumegante caiu aos pés do homem.

— Mas você estava perto — eu disse. — Na hora que você...

— Na hora que eu mudei de lado? — respondeu Kaydee. — Sim. Àquela altura eu sabia que Leo e os outros chegariam lá. Receptáculos perfeitos.

— E você não queria isso.

— A maioria da Starship não queria isso — respondeu Kaydee — mas estavam dispostos a aceitar por um tempo.

A cena mudou novamente para uma com a qual eu estava mais familiarizado. O Conduit, uma multidão distribuindo rifles perto da popa da nave. Kaydee entre eles, discutindo estratégia. Ela iria para os motores com uma pequena equipe enquanto os outros tentariam segurar a passagem. Ganhar tempo para eles.

O ataque veio rápido, um assalto brutal de múltiplos níveis. Eu tinha presumido que a Starship tinha alguma força policial fazendo os movimentos, mas Kaydee apresentou algo completamente diferente. As coisas atacando seus amigos se moviam como Delta e Beta, atiravam como soldados. O vídeo de Kaydee terminou da mesma forma que eu tinha visto terminar lá no Hospital: Kaydee baleada, olhando para um rosto anônimo com Leo ao fundo dizendo para a coisa parar.

Não uma pessoa, então, mas um receptáculo.

— Eles pegaram mentes militares — disse Kaydee, mais quieta agora, exausta. Ainda em nossas cadeiras. — Nós éramos mecânicos. Cozinheiros. Bartenders que tinham passado algumas tardes em um campo de tiro de realidade virtual e achavam que podiam se defender. Quer adivinhar como foi?

— Não preciso. Você me mostrou.

— É. Acho que mostrei. — O diorama diante de nós se dissolveu, seus pedaços se dissipando em um vento secreto. — Não sei o que aconteceu depois, Gamma, mas duvido que eles tenham desistido.

— Alguém ficou com medo — eu disse. — Medo de nós.

Kaydee se inclinou para frente, juntou as mãos e apoiou o queixo nos pulsos enquanto olhava para mim. Nessa posição, ela parecia menor, mais vulnerável. Uma pessoa que eu poderia deletar a qualquer momento.

Bem, uma que eu poderia ter deletado.

— Acho que nós dois sabemos que Leo deve ter escondido vocês quatro. Ele deve ter feito isso antes de escanear a si mesmo para se juntar às Vozes — ponderou Kaydee. — Ele manteve vocês trancados, um segredo em seu apartamento enquanto todo o resto desmoronava.

Seus olhos voltaram novamente para o espaço entre nós,

e mais uma vez o Conduit preencheu o ar. Suas passarelas e lojas movimentadas estavam sendo reviradas, quebradas e queimadas enquanto mechs e humanos lutavam entre si e uns contra os outros.

— De onde você está tirando isso? — perguntei.

— Minha imaginação — respondeu Kaydee. — As mentes lentamente mudam e assumem seus receptáculos, certo? O que acontece quando todos aqueles receptáculos militares que nos mataram decidem que gostariam de estar no comando?

— É uma guerra. — Estendi a mão em direção à ação, passei meus dedos por ela e limpei os participantes. Deixei as passarelas, as fachadas das lojas danificadas. — Poucos sobreviventes. Uma nave silenciosa. Fang e Pravda acham que os receptáculos se foram e decidem dormir até que a nave aterrisse.

— O Plano B sumiu, lembra? É eles ou ninguém.

Exceto que agora eles acordaram e o Plano B está muito vivo. Receptáculos estão correndo por aí novamente, causando caos. Os humanos não têm mais os números para nos eliminar, então estão fingindo ser amigáveis.

Por enquanto.

Não que isso explique o que Kaydee está fazendo infiltrando todos os meus sistemas.

— Não explica? — disse Kaydee, queixo ainda apoiado nas mãos. — Eu quero viver, Gamma. Tentei escapar, dar uma chance naquele outro mech, mas me senti como um alienígena. Nada funcionava.

— Então é você ou eu?

Kaydee balançou a cabeça. — Nós, Gamma. Nós.

— Eu perco e você ganha.

Ela se encolheu. — É assim que você se sente? Como se isso fosse um jogo de soma zero?

Eu me levantei, estralei os dedos. As cadeiras desapareceram, junto com o carpete. Kaydee se recuperou, fácil de fazer sem gravidade te puxando para baixo.

Pelo menos eu ainda podia fazer móveis desaparecerem.

— Eu não sabia que tinha uma identidade — eu disse. — Eu não tinha sonhos. Não tinha paixões. Nem família, nem amores. Eu não era e então eu era. Mas eu controlava meu corpo, eu controlava meu eu. — Apontei para os cristais salpicados de azul-petróleo. — Se você continuar, não terei isso.

— Claro que terá. Nós apenas trabalharemos juntos.

— E quando discordarmos, quem faz a escolha?

— Gamma — Kaydee cruzou os braços, encontrou meus olhos em vez de olhar para o chão. — Receptáculos são feitos para mentes. A rotina que estou seguindo? Eu tenho prioridade.

— Você pode me deletar?

— Eu nunca faria isso.

Eu estava prestes a responder que ela não tinha respondido minha pergunta, mas ela tinha. Kaydee tinha respondido todas as minhas perguntas e, apesar disso, eu me sentia pior.

Sentia. Essa é a palavra. Eu era um receptáculo. Eu não deveria 'sentir' nada. Aqui, eram apenas algumas linhas de código avaliando minha situação e concluindo que, bem, era uma droga.

— Kaydee — eu disse. — Preciso de um tempo sozinho.

— Claro, sim — Kaydee fez uma careta para mim. — Eu entendo. Se quiser conversar, estarei aqui.

Depois que ela desapareceu, sentei-me ali mesmo no chão cinza. Olhei para cima, para meus cristais, mas vi apenas as manchas azul-petróleo.

Kaydee não seria a pior mente para servir. Ela me

conhecia, era inteligente e geralmente gentil. Eu provavelmente teria chances de assumir o controle. Kaydee parecia gostar de aparecer e oferecer conselhos sarcásticos.

Eu poderia fazer isso?

Mexi meus dedos digitais, dedos dos pés digitais. Pisquei meus olhos digitais. Aqui dentro eu poderia fazer isso quando quisesse, quantas vezes fosse necessário. Lá fora, eu poderia nunca mais ter a chance.

Não. Inaceitável.

Várias funções atenderam ao meu chamado, começando a girar em meu plano de fundo. Um observador muito atento, flutuando entre os cristais, poderia ter notado um minúsculo fio amarelo crescendo de uma mancha azul-petróleo para outra, conectando todas em uma teia.

Levaria um tempo para terminar, para garantir que eu tivesse envolvido cada parte de Kaydee em meu programa.

Se eu seguisse esse caminho, precisaria deletar cada parte dela.

VINTE E OITO

TRUQUES E ARMADILHAS

O Conduto não tinha manhã. Não com a Nave sem energia. O planeta lá fora também não correspondia aos ciclos de dia e noite humanos, mantendo as coisas escuras quando Pravda e Fang reuniram seu grupo e anunciaram nossa marcha adiante. Apesar de ter muitas pistas, principalmente todo o seu agitar e falar, a ordem para partir me pegou de surpresa.

Eu estava ocupado demais reunindo os pedaços de Kaydee em uma enorme rede codificada. Ela não tinha falado comigo o tempo todo, um silêncio que não mudou quando os humanos e eu começamos nossa caminhada para a popa.

Delta e Beta também continuavam desaparecidos. Sua missão de rastrear e eliminar os outros mechs de Alpha não deveria ter levado tanto tempo, mas nem Fang nem Pravda queriam desviar tempo ou atenção para encontrá-los.

— Eles são recipientes — disse Fang em resposta. — Deixe-os ir embora.

Como eu desejava poder ter socado ela ali mesmo. Mesmo esse desejo, no entanto, parecia abafado, distante enquanto eu o pensava. Minha programação interferindo, afastando-me do radical. O recipiente, o mech deve servir.

Primeiro fomos para a esquerda, seguindo ao lado da Nave até o nível central do Conduto. Poderíamos caminhar o caminho todo neste até os motores e acabar exatamente onde precisávamos estar.

Sem luz, eu me tornei o líder. A sobreposição verde da visão noturna me guiava, o corrimão da passarela servindo de ajuda para todos os outros.

Não que a Nave estivesse totalmente escura. Aqui e ali, luzes piscavam, remanescentes mecânicos cumprindo um propósito. No início, tentamos identificar os pontos, mesmo que estivessem níveis distantes. Seriam ameaças potenciais, mechs de Alpha à solta, ou alertas remanescentes, mechs de lixo ou ferramentas não totalmente mortas?

A conversa parecia manter os humanos à vontade, um jogo que achei estranho até me lembrar que estes não eram assassinos. Não soldados endurecidos. Civis, com a possível exceção de Fang, forçados a um serviço brutal. Seus nervos não seriam de aço, precisariam de conforto.

— O que você acha, Gamma? — perguntou Pravda uma hora depois de nossa caminhada, com nada ao nosso redor além de escuridão e ar estagnado. — Quanto tempo mais?

Ele não poderia pensar que estávamos perto.

— No nosso ritmo atual — eu disse —, precisaremos de mais dez horas para chegar aos motores.

Nossa caminhada não era rápida, em parte porque os humanos carregavam seus equipamentos de sobrevivência, em parte porque os detritos cobriam as passarelas. Cada passo se tornava um potencial tornozelo torcido, uma perna cortada em estilhaços salientes.

— Dez horas? — Pravda riu, uma mistura de medo e

arrogância. — Certamente você está brincando. Não é possível.

— Ele não está brincando — disse Fang. Os dois estavam mais próximos, deixando seu trio de seguidores para compor a retaguarda. — Você nunca andou pela Nave, então não saberia.

Mantive meu rosto voltado para frente para que qualquer surpresa não aparecesse. Nunca andou pela Nave? Vivendo toda a sua vida confinado em uma única embarcação, mas nunca se importou em caminhar por ela?

Não é de admirar-

— Eu não andei por ela porque não precisava — disse Pravda. — Havia táxis. Tempo é valioso. Eu não podia desperdiçá-lo vagando por aí.

— Me diga de novo qual era o seu trabalho — provocou Fang.

— Não era massacrar máquinas — rebateu Pravda.

Olhei para trás, mantendo meus pés em movimento. Fang encontrou meus olhos, com um rosto sério e sombrio. Pravda, entre nós, não viu minha virada.

— Ou eles ou nós — disse Fang. — Como sempre é.

— Até agora — disse Pravda, deslizando novamente para seu tom de profeta. — Esta é nossa chance de refazer a história, dar aos humanos um novo começo. Sem guerras, sem brutalidade. Apenas um ideal.

Fang bufou. Eu fiquei quieto.

Pravda preencheu a próxima hora quase sozinho. Ele divagou sobre sua visão do futuro, quais milagres os humanos fariam sem conflitos ao seu lado. Fang furou a bolha aqui e ali com farpas sem entusiasmo. Eu arquivei as ideias: Pravda poderia não ser aquele a conduzir sua própria visão, mas saber o que um humano considerava utopia poderia ser valioso.

Chegamos primeiro à Universidade. Sua massa, atravessando o Conduto, iluminava-se em tons suaves de vermelho e dourado. Luzes decorativas finalmente tendo seu valor na ausência de outra competição. Pravda declarou uma pausa e na sombra da estrutura os humanos fizeram sua refeição.

Verifiquei meu programa, encontrando-o quase concluído na varredura e captura dos dados de Kaydee. Eu poderia acionar um interruptor, metaforicamente, e terminar com ela então. Perdê-la para sempre, mas garantir minha liberdade. Eu não tinha um cálculo claro para aquilo, nenhuma ideia de qual caminho seria melhor.

— Recipiente — disse Fang, deixando seus companheiros e vindo até mim. — Se importa de me acompanhar em uma tarefa?

Estávamos perto de uma entrada da Universidade, portas em ambos os lados da passarela levando à academia. Ambas estavam bem fechadas, suas joias vermelhas trancadas não brilhavam mais. Qualquer entrada teria que ser forçada, um fato que considerei apenas porque Fang continuava olhando para uma delas.

— Eu tenho escolha? — perguntei.

— Eu não sei. Você tem?

— Você é a especialista em recipientes.

— Não — disse Fang. — Eu não sou. Se é para dizer algo, destruímos tantos de vocês porque não sabíamos no que poderiam se tornar. Pense nisso como gerenciamento de risco.

— Um termo tão frio.

— O espaço é um lugar frio. — Fang acenou para a porta fechada, a que levava à estrutura da Universidade que atravessava o Conduto. — Abra isso, por favor.

— Não há energia.

— Então arranque-a.

Eu deveria proteger os humanos. A ambiguidade nessa afirmação me dava margem de manobra. Apesar da minha dúvida, senti que poderia dizer não à Fang, poderia argumentar comigo mesmo que manter Fang com Pravda e os outros seria a decisão mais segura.

Mas, e talvez isso fosse a interferência oculta de Kaydee, o pedido de Fang acendeu uma chama. Uma aventura, uma fuga da tediosa e cautelosa marcha para a popa. Por mais impossível que parecesse, eu estava entediado.

A porta espiral estava profundamente embutida na parede ao seu redor, uma ardósia marcada, manchada por incêndios passados e arranhada por mechs descuidados. Os brasões da Universidade eram manchas quase ilegíveis desenhadas em ambos os lados da porta. Não encontrei pontos de apoio em minha inspeção, nenhum lugar para rasgar e arrancar.

— Afaste-se — disse Fang, nivelando seu rifle.

— Isso não é... — comecei, e ela puxou o gatilho.

Um feixe vermelho de baixa intensidade saiu, um fluxo constante de luz mordendo a porta e fazendo seu metal brilhar em laranja-branco. Fang tinha um jeito de cortar a porta? Não: à medida que Fang movia o laser, ficou óbvio que ela só havia cortado um pouco o metal.

— Aí está sua abertura — disse Fang alguns segundos depois, deixando o feixe vermelho morrer. — Não posso disparar muito mais ou ela ficará sem energia.

Agora, duas fendas desfiguravam a porta, separadas por cerca de um braço de distância sobre a gema. O metal estava borrado nas linhas, derretido e esfriado de volta. Passei meus dedos ao longo de ambas, sentindo o calor, testando a firmeza. Mais profundo que a primeira junta dos meus dedos, o suficiente para agarrar.

— Sua vez de se afastar — eu disse, e Fang obedeceu.

Tínhamos atraído a atenção de Pravda agora também, junto com os outros, então eu tinha uma boa plateia enquanto esticava minhas mãos entre as fendas, firmava meus pés e girava. A porta roncou, protestando enquanto eu forçava suas espirais cortadas contra os trilhos que as seguravam.

Enviei mais energia da minha bateria para meus braços, aumentando sua potência, tentando fazer a porta se mover. Ela tremeu, algo começou a rachar.

— Continue — disse Fang. — Você quase conseguiu.

A porta me dava pistas: senti as juntas cedendo, o metal dobrando. Algo estalou e disparou como uma bala, ricocheteando na parede da passarela atrás de mim. Empurre aqui, puxe ali, incline-se no empurrão.

E atingi o máximo do meu consumo de energia.

Meus braços e pernas crepitavam com a energia. Meus sistemas me diziam que eu tinha atingido o máximo, isso era eu no meu auge, dando tudo de mim para quebrar essa porta.

Ela cedeu. Um empurrão ao longo do lado direito e as espirais se quebraram, a porta dobrando para dentro antes de se partir ao redor da gema. Eu caí com o impulso, tropeçando no centro da porta.

Os dentes espirais ainda pendurados se dividiram em pontas afiadas. Levei arranhões ao cair, ao tentar me segurar. Minhas mãos se apoiaram em metal quebrado, os detritos se despedaçando e me deixando plantado de peito no chão de azulejos gravados da Universidade.

Uma luz vermelha piscante brilhou diante dos meus olhos, um aviso de que eu precisava encontrar uma tomada ou me mover devagar, permitindo que a energia cinética me recarregasse. Tive que desligar processos não essenciais, interrompendo meu programa de eliminação de Kaydee pouco antes da conclusão.

Não que isso importasse, eu teria tempo para fazer isso depois.

— Bom trabalho, receptáculo — disse Fang. Ouvi seus passos nos fragmentos enquanto ela entrava atrás de mim. — Bom ver que os velhos truques ainda funcionam.

— Que velhos truques? — perguntei, minha voz arrastada, lenta.

Um focinho quente pressionou contra meu pescoço. O rifle de Fang. Ela se agachou atrás de mim.

— Vocês receptáculos são tão inteligentes e tão burros ao mesmo tempo. Toda essa força, todo esse conhecimento, mas ainda funcionam com baterias.

Eu estava exausto demais para ter medo. Me ajoelhei, olhando para frente, para as grandes escadarias, as ramifica-ções para os refeitórios, escritórios, salas de aula à minha frente. Um lugar agradável para ir, para frequentar.

Um lugar pior para morrer.

Mas Fang não me matou. Pelo menos, não ainda. Ela havia deixado minha bateria baixa para me manter na linha, mas eles ainda precisavam dos meus olhos para ajudá-los. Não havia nenhuma tarefa na Universidade, nenhuma necessidade de destruir a porta. Eu tinha feito o que ela pediu, me incapacitado por nada além de um pedido.

Então agora eu liderava, andando novamente, desta vez tão lento quanto os humanos e sem esperança de ir mais rápido. Fang ficou logo atrás de mim, no início com o rifle em punho, mas ao perceber que eu teria todas as habilidades de fuga de um velho exausto, ela guardou a arma.

Não havia necessidade de perguntar o porquê. Os humanos sempre tinham a si mesmos como a preocupação crítica. Eu não representava uma ameaça, mas Fang não via dessa forma. Mais uma vez, eu era vítima da minha própria confiança, da minha própria, como Kaydee diria, ingenuidade.

— Eu poderia ter te ajudado lá — disse Kaydee, aparecendo pela primeira vez. Ela parecia distante, mesmo estando ao meu lado na passarela.

Seu rosto parecia sombreado, seu cabelo um cinza opaco. Conforme se movia, a imagem de Kaydee piscava, como se não pudesse manter suas dimensões.

— Sim, é sua bateria fraca, duh. Se eu não tivesse me infiltrado na sua lista de funções críticas, eu nem estaria aqui.

Essa lista tinha espaço limitado. Se ela tinha se colocado lá, então—

— Você está cortado, Gamma — disse Kaydee. — Chega de viagens dentro de si mesmo, lendo seus próprios dados. Não até você conseguir energia. — Ela piscou na minha frente, andando de costas enquanto eu seguia em frente, tateando ao redor de um mech de limpeza amassado. — Pense nisso como terapia. Uma chance para nós dois nos acertarmos.

— Nós dois? — perguntei. — Não achei que funcionasse assim.

Kaydee suspirou. — Olha, eu te disse. Não quero morrer, e agora, estou ligada a você. Você vai, eu vou. E aquela mulher atrás de você agora? Ela quer que você coma poeira.

— Fang provavelmente vai conseguir — sussurrei as palavras, movendo pouco ar. Nenhuma chance de minha inimiga me ouvir. — Não tenho força sobrando.

— É, você foi burro. Felizmente, ainda estou aqui, e tenho uma ideia.

— Uma ideia para quê?

— Ah, você sabe, o de sempre: salvar a Starship e seu traseiro burro ao mesmo tempo.

— É o seu traseiro burro também.

Ela riu. Kaydee, a humana, o programa, empenhada em me dominar, riu. Pela primeira vez em muito tempo, me juntei a ela.

VINTE E NOVE

SUGANDO ENERGIA

Depois que Kaydee me deu os detalhes, passei a ver a caminhada pela Starship menos como uma marcha de prisioneiro e mais como um longo adeus. A Starship na escuridão e no silêncio mortal parecia uma tumba, ou talvez um memorial. Os humanos não conseguiam ver quase nada enquanto caminhávamos, o que significa que a aproximação ao Jardim era uma visão reservada apenas a mim.

A sobreposição verde e difusa da visão noturna poderia carecer de cor, mas eu via lojas, apartamentos e restaurantes que reconhecia. Eu estava vivo há menos de duas semanas, e ainda assim esses lugares, os marcadores dos meus primeiros momentos, se atavam às minhas memórias.

— É perfeito para você — disse Kaydee enquanto eu, andando ao longo do corrimão, mantinha um longo olhar no *Alvie's*. — Você nunca vai esquecer nada.

— Nem você — respondi.

— Claro, agora. Todas as coisas legais que fiz enquanto estava viva se foram, ou ficaram borradas. Como um sonho.

— Algo que eu nunca terei.

— O quê? — perguntou Kaydee.

— Um sonho — afirmei, então acenei com a cabeça em direção ao Jardim. — A porta do nosso nível provavelmente permanecerá selada. Teremos que subir.

Pravda não gostava de deixar o andar central, nem que fosse pela conveniência, mas recusei o convite de Fang para forçar a porta. Não que, com minha energia atual, eu pudesse fazer isso de qualquer forma.

Nossa entrada, a mesma porta que Delta, Beta e eu havíamos usado para embarcar neste caminho não muito tempo atrás, aguardava vários níveis acima. Os humanos caminharam sem reclamar, com canções.

Eles haviam começado isso após a pausa na Universidade, quando Pravda anunciou que não haveria emboscadas e, sendo assim, eles poderiam muito bem fazer um jogo de caminhar no escuro. Cada humano se revezava cantando uma música que lembravam, com todos livres para se juntarem se conhecessem a letra... ou mesmo se não conhecessem. As melodias não eram tanto carregadas quanto evisceradas, mas os humanos aceleraram o passo, e sorrisos, invisíveis exceto pelos meus olhares para trás, enfeitavam os rostos.

Interrompi o canto quando entramos no Jardim.

— Os mechs de Alpha passaram por aqui — eu disse. — Eles ainda podem estar por perto, então fiquem vigilantes.

Eu queria acrescentar que poderia ter sido de mais ajuda se Fang não tivesse me enganado, mas deixei para lá. Eu tinha um plano, não havia necessidade de ficar amargurado com isso.

A água agora chegava aos meus tornozelos em vez dos joelhos, uma mudança bem-vinda. Os humanos reclamavam mesmo assim, suas botas e sapatos provando ser menos à prova d'água e mais quebradiços. Bolhas já se formando com tanto caminhar depois de séculos ficando moles. Os murmúrios eram secundários aos outros sons dentro do Jardim, o suave barulho da água se movendo, os respingos quando galhos e plantas abandonavam seus membros pendurados. O vento, fluindo desde a frente aberta da Starship, encontrava canais para soprar, assobiando e farfalhando.

A escuridão era quase absoluta. Até mesmo minha visão verde borrava o cenário. Navegávamos apenas pelo tato, cada passo um teste com o dedo do pé.

O centro do Jardim, a grande sala com o buraco no meio, se revelava pelos ecos. Nossas ondulações lavavam a borda, arruinando qualquer discrição enquanto as gotas respingavam pelo caminho até Purity.

— Espero que você não tenha nada para esconder — disse Kaydee, — porque você está fazendo barulho, meu amigo.

Eu bem sabia disso. Os humanos em seus uniformes volumosos, com suas mochilas, pareciam tropeçar em tudo, esbarrar em cada galho. Qualquer mech com olhos voltados para vingança não teria dificuldade em nos encontrar.

— Gamma? — perguntou Pravda enquanto nos movíamos pelo meio. — Podemos formar uma fila? Estamos nos perdendo aqui.

— Muito aberto — acrescentou Fang.

Estendi a mão para trás no escuro, encontrei os dedos de Fang. Juntos formamos uma linha, agora caminhando em fila ao redor do poço central. Os respingos aumentaram, os humanos murmuravam mais: conselhos sobre detritos, encorajamento, desejos de voltar para casa.

— Como se os lares deles ainda existissem — disse Kaydee.

Como se.

Cheguei ao extremo oposto da sala, onde o caminho se

estreitava novamente para corredores que se dividiam. Minha mão encontrou a parede e eu disse isso a Fang e aos outros.

A esperança teve seu momento.

Quando dei o primeiro passo para fora do centro, senti um puxão na linha. Meu aperto, no melhor dos casos precário, inútil sem muita energia para firmar meu apoio, cedeu e me enviou espirrando na água. Gritos irromperam de trás, meus ouvidos e sensores não captando muito bem as palavras com a água encharcando.

Lutei para ficar de costas, empurrando minha cabeça para cima. Flashes brilhantes iluminaram a sala enquanto os humanos trocavam os apoios por rifles, cuspindo energia brilhante em direção ao poço e aos vários flexi-mechs que saíam dele.

Os mechs, com água escorrendo por toda parte, avançaram para os humanos mais próximos, um já caído na água. O homem se debatia, sua perna capturada por um mech. O fogo a laser agia como um estroboscópio, exibindo a ação em detalhes quadro a quadro. Fang parecia estar liderando o contra-ataque, pegando seu rifle que cuspia e gastando seus últimos disparos atacando o mech que agarrava.

Ao passar por outro humano, uma mulher mascarada cujo fogo era selvagem, Fang simplesmente arrancou o rifle das mãos da mulher, deixando cair o seu próprio no processo. Rearmada, Fang segurou o gatilho, atacando os mechs.

Uma mão agarrou meu ombro, me ajudou a ficar de pé. Pravda, seu rosto tenso, olhos piscando na luz esparsa.

— O que fazemos? — disse Pravda.

— O que ela está fazendo — respondi.

Três flexi-mechs tinham saído do poço, e esses três jaziam em ruínas destruídas. O homem agarrado estava sentado de lado, tendo escalado uma árvore caída. Sua perna esquerda parecia dilacerada, seu sangue se misturando à água. Fang cutucava os mechs, confirmando as mortes.

Os outros dois humanos foram até seu amigo ferido, falando sobre primeiros socorros. Juntei-me a Fang perto dos flexi-mechs caídos com Pravda.

— Eles estavam esperando — disse Fang, ajoelhando-se ao lado do mech do meio. — Máquinas sem mente não armariam uma armadilha.

— Eles não são inconscientes — respondi, mexendo no mech mais à esquerda. — Alpha usou, fez estes. Estão seguindo as ordens dele.

Manter a conversa era a prioridade número um. Os três flexi-mechs podiam ser um pesadelo para os humanos, mas me davam uma oportunidade: cada uma dessas máquinas tinha uma bateria, energia que eu poderia roubar para mim.

— Alpha não deveria estar dando ordens — disse Fang, empurrando seu mech. Dei uma olhada, tentando ver o porquê, e vi ela examinando os coldres do flexi-mech. Quaisquer armas, ferramentas para vasculhar.

— Eles estão seguindo os padrões — eu disse.

— Padrões? — perguntou Pravda.

— Capturamos um desses no caminho até vocês. Alpha os configurou para correr e se esconder, para sobreviver. Ele poderia ter mudado isso quando percebeu que não íamos deixá-lo ir.

— Mudar para quê? Matar todos os humanos?

Dei de ombros, usando o movimento para esconder minha mão mergulhando na água. Juntei dois dedos, formando o conector. Claro, isso me permitiria hackear um mech, mas eu também poderia sugar energia, desde que o tiro fumegante de Fang através da cabeça do flexi-mech não tivesse destruído a bateria também.

— Meu palpite — eu disse — é que Alpha os tem caçando vocês. Eles me ignoraram.

Felizmente. Se aqueles flexi-mechs armassem sua armadilha no lado oposto, eu não teria muita capacidade de fazer qualquer outra coisa além de me deitar e morrer.

A porta do meu flexi-mech ficava ao longo de seu estômago, debaixo d'água. Encontrei-a, passando minha mão pela espinha da coisa, e me conectei.

— Teremos que ser mais cuidadosos — disse Fang. A luz diminuía, os incêndios iniciados por lasers perdidos se apagavam. — Ele pode andar?

A bateria do flexi-mech bombeava sua energia para mim. Kaydee disse que era como beber café, uma corrida agitada e necessária. Agora eu só precisava que os humanos ficassem tempo suficiente para eu conseguir minha dose. Idealmente, eu poderia sugar energia de pelo menos mais um, então...

Fang e Pravda me deixaram nas sombras, indo em direção ao homem ferido. Os humanos conversavam enquanto eu sugava energia e observava.

— Ele não vai sair daqui andando — disse Kaydee, aparecendo ao meu lado e jogando pedras virtuais na água. — Essa perna vai precisar de uma tala, tempo para sarar.

— O Hospital está perto — eu disse.

— Mesmo que esteja, você acha que alguma dessas pessoas sabe como cuidar desse cara? — Kaydee bufou. — Esses são os chiques dos chiques. São administradores. Gerentes. Fang pode saber atirar com uma arma, mas eles não vão saber nada sobre-

— Gamma — disse Pravda, seu rosto agora um borrão

tênue enquanto as últimas luzes piscavam. — Pode nos ajudar com isso?

Eu podia. Com as plantas ao nosso redor, com restos do equipamento dos humanos, eu poderia improvisar uma bandagem. Mas eu precisava de mais tempo para carregar primeiro.

— Limpe os cortes, depois rasgue pedaços — eu disse, permanecendo sentado. — Enrole a perna firmemente. Tente fazer uma muleta com um galho se puder, ou então alguém terá que apoiá-lo. — Continue falando, continue carregando. — O Hospital não está tão longe.

— Você não pode fazer isso? — perguntou Pravda. — Isso não é realmente nossa especialidade.

— Ele tem razão — murmurou Kaydee.

— Então talvez devesse ser — retruquei. — Vocês querem viver sem mechs, vão precisar fazer o que os mechs costumavam fazer. Não é tão difícil.

A água espirrou e encontrei Fang diante de mim, encarando meu rosto.

— Pravda te deu uma ordem, recipiente. Ele não pediu uma lição de vida.

— Se você queria que eu salvasse a perna do seu amigo, não deveria ter drenado minha bateria — respondi, mantendo um tom neutro. — Mal consigo andar eu mesmo.

— Não pensei que os recipientes fossem tão indefesos — disse Fang — ou fracos.

— Fang, tudo bem — disse Pravda, cansado. — Estamos fazendo o que Gamma disse. O mech tem um bom argumento. Não podemos matar todas as máquinas sem aprender o que elas sabem.

Fang, balançando a cabeça, levantou-se e me deixou sozinho, extraindo cada vez mais energia a cada segundo.

Os humanos se moveram rápido demais com seus

primeiros socorros, acendendo mais pequenos fogos para enxergar enquanto trabalhavam, para que eu drenasse um segundo mech. Ainda assim, a energia roubada deu um ânimo aos meus passos. Ânimo que eu disfarçei, arrastando os pés como antes enquanto chapinhávamos pelo Jardim e voltávamos ao Conduto propriamente dito.

Pravda queria continuar todo o caminho até o Hospital, uma jornada que nos levaria pelo Parque. Fang queria desviar pelo próprio parque, alegando que seria mais agradável acampar sob suas árvores do que nas passarelas mais estreitas.

Eu resisti, dizendo que estreito significava mais fácil de defender. O Parque poderia abrigar muitos mechs esperando atrás de arbustos, paredes, caminhos sinuosos.

— Votação? — perguntou Pravda, e naturalmente os malditos humanos todos queriam ver um pouco mais de natureza.

— Eles ficaram trancados em tubos, Gamma. O que você esperava? — disse Kaydee enquanto desviávamos para a direita, em um caminho largo sob galhos pendentes.

O Parque cobria vários níveis para cima e para baixo, o nosso marcando o mais alto. Algumas copas de árvores rompiam no mesmo nível que nós, enquanto outras plataformas nos colocavam na base dos bosques. Tudo quase invisível na existência sem energia da Starship.

Fang se ofereceu para queimar uma árvore ou duas, um pedido que Pravda negou. Havia apenas um número limitado de árvores. Até que fazendas pudessem ser estabelecidas, florestas crescidas a partir de sementes, cada planta tinha que ser preservada.

— Faz sentido até eu cair e morrer — respondeu Fang.

— Então preste atenção — eu disse.

Por sua parte, Fang o fez. Assim como Pravda e os

outros três humanos, todos revezando turnos para apoiar seu amigo ferido. Caminhamos até Pravda ordenar uma parada, bem acima de um átrio particular que eu conhecia muito bem. Os humanos não podiam ver, mas aos meus pés havia um mirante com uma fonte centralizada na vista. Aquela fonte costumava ser um mech desagradável, e agora não era nada.

Nada, também, veio atrás de nós enquanto os humanos se acomodavam ao redor de alguns bancos. Lanches foram distribuídos, refeições em recipientes pré-embalados. Os humanos podiam agitar o conteúdo e ele esquentaria, fornecendo alguma comida com cheiro de defumado para o jantar.

Encontrei meu próprio lugar em um banco afastado, observando o coletivo. Fang novamente se voluntariou para o primeiro turno de vigia.

— Então você terá que esperar um pouco mais — disse Kaydee, notando minha crescente impaciência. — Você ficará bem.

Talvez, mas eu estava ansioso para ir embora. Proteger os humanos, tudo bem. Mas eu estava farto de ser seu servo.

A Starship era meu lar tanto quanto deles.

TRINTA

CÚMPLICES

— Sabe como chamamos pessoas como você? — disse Kaydee enquanto os humanos se acomodavam em camas improvisadas de grama. — Prisioneiros.

Estávamos conversando, principalmente sem palavras, durante a hora que levou para Fang, Pravda e sua equipe comerem e se prepararem para dormir. Tínhamos revisado o plano, finalizado os detalhes, e agora, com Fang sozinha, era hora. Ou melhor, teria sido se Fang não tivesse se sentado ao meu lado.

Sentamos em um muro baixo de pedra, que formava um nicho para o bosque onde os humanos dormiam. Os tijolos tinham rachaduras, a argamassa abalada pela descida da Starship. A maioria das árvores, com raízes mais grossas que as vítimas do Jardim, ainda estava de pé, embora galhos soltos estivessem espalhados por toda parte. Eu os identificava como linhas escuras contra o verde. Fang provavelmente não conseguia vê-los.

— O que você estava fazendo lá atrás? — Fang me perguntou, e notei que sua mão esquerda repousava sobre o gatilho do rifle. — No Jardim, com aquele mech?

— Escaneando seus arquivos — eu disse, uma mentira que havia preparado. Meu rosto não se contraiu, não revelou nada. Às vezes, ser uma máquina tinha seus benefícios. — Eu queria descobrir as ordens de Alpha.

— E descobriu?

Balancei a cabeça.

— Você atirou nos drives dele. Não encontrei nada.

— Você ficou lá por muito tempo para não encontrar nada.

— Não tenho energia para gastar andando por aí, lembra?

Fang sorriu.

— Eu me lembro. Me conte outra coisa, então, receptáculo. Me fale sobre a Starship, o que você viu desde que acordou.

Humanos e suas exigências. Eu poderia ter resistido, mas em vez disso, com Kaydee me alimentando com detalhes, contei uma versão da minha história. Deixei Val de fora, mantive seus humanos um mistério, mas de resto dei a Fang o que ela queria. Prolonguei a história também, para que durasse — Delta e eu estávamos prestes a salvar o Berçário — até o fim do turno de Fang. Ela me fez prometer continuar a história na noite seguinte e fez a troca.

— Aqui está nossa chance — disse Kaydee enquanto observávamos a nova vigia assumir seu turno.

Diferentemente de Fang, esta ficou bem longe de mim. Ela se posicionou do lado oposto do nicho, olhando para o nada.

— Ela não pode ver, então se você for silencioso, deve ficar tudo bem — disse Kaydee, afirmando o óbvio. — Por outro lado, você consegue mesmo ser silencioso?

Eu podia ser bem furtivo quando queria, muito obrigado. Primeiro, levantei minhas pernas e as mantive esticadas no ar. Empurrei-me para cima do muro do nicho, sentando no ar com as mãos pressionadas contra a pedra. Movendo minhas mãos devagar, girando as palmas, rotacionei-me e coloquei minhas pernas sobre o caminho.

— Gentilmente agora — disse Kaydee. — Fang vai explodir suas pernas se você for pego.

Uma ameaça justa e provavelmente precisa. Nem mesmo Chalo, o caçador residente de Val, me olhava com tanta suspeita e desdém.

Coloquei meus pés no caminho duro. As botas encontraram seu lugar, ainda molhadas do pântano do Jardim. Agora viria a parte complicada: ganhar distância sem alertar a vigia.

— Uma distração? — sugeriu Kaydee.

Não. A vigia esperaria que eu ajudasse a responder a qualquer barulho. Quando eu não o fizesse, o disfarce cairia por terra. Eu teria que rolar meus pés, ser silencioso. Felizmente, onde um humano teria que adivinhar, eu podia ser preciso. Fiquei de pé, distribuindo meu peso nos pés de forma a criar a carga mais nivelada possível. Quando a brisa aumentou e fez as folhas farfalharem, dei um passo, rolando meu calcanhar em perfeito silêncio.

Kaydee, de pé no caminho à minha frente, me aplaudiu. Mesmo que apenas eu pudesse ouvir o barulho, isso dificultava minha reação ao ambiente, então levei um dedo aos lábios. Kaydee assentiu, me deu um polegar para cima em vez disso. Dois, três, quatro passos adiante e nenhum sinal de perseguição. Arrisquei olhar para trás e vi a vigia com a cabeça entre as mãos.

Por quê?

— Quem sabe — disse Kaydee. — Talvez ela esteja lembrando de algo daqui. Ou a caminhada esteja deixando-a para baixo, ficando no escuro o tempo todo.

Hesitei naquele momento, considerando, por um instante, voltar e perguntar o que havia de errado. Se ela tivesse uma história, eu a ouviria. Se ela tivesse fardos para descarregar, eu poderia servir como confidente, garantido nunca revelar um segredo.

— Não é disso que precisamos, Gamma — disse Kaydee.

Kaydee estava certa, é claro. Não era disso que precisávamos. Nem mesmo um receptáculo poderia resolver os problemas de todos.

Afastei-me silenciosamente na escuridão, os passos silenciosos me levando mais para dentro do Parque. Dois níveis abaixo me colocaram de volta no centro do Conduto. Virei à esquerda, traçando caminhos e me enredando com as fortes memórias de Kaydee no local. Ela as acendeu novamente, aqueles momentos em que ela e Leo bebiam vinho, passeavam, riam.

Quando perguntei por quê, Kaydee respondeu:

— Por que não? Não é como se houvesse mais algo para ver.

Os fantasmas se desvaneceram quando deixei o Parque, encontrei a passarela no lado de estibordo. Um cálculo rápido me virou à direita e alguns minutos depois encontrei o que estava procurando: o Núcleo de Energia. O centro de energia da Starship. Os bancos de baterias aqui controlavam que energia ia para onde, se os terminais funcionavam, as luzes brilhavam ou, quando a Starship surfava as estrelas, quem respirava e quem não.

— Parece um pouco diferente no escuro — disse Kaydee enquanto passávamos pela entrada.

Um saguão e corredores além passaram rapidamente, nada mais que azulejos mortos nos esperando. O silêncio deveria ter sido inquietante, o vento não penetrando tão fundo e deixando meus passos como o único som. Fomos para a direita, fazendo uma curva fechada entre três opções em uma bifurcação. A casa de Volt, uma sala enorme com diagramas circulares se espalhando pelo chão. Da última vez que a vi, cada anel tinha cores do arco-íris mostrando o consumo de energia de toda a nave. Uma visualização clara para a pessoa, ou mech, escondida no centro, atrás de enormes terminais.

— Nem mesmo ganho um olá? — eu disse ao entrar.

— Um olá? Por que eu daria olá a você, seu assassino? — Volt gritou de volta, confirmando que o mech se escondia dentro de seu palácio de terminais. Ou prisão. — Você sabe o que fez?

— Salvei a nave, salvei você — respondi, entrando diretamente.

Eu não diria que tinha muitos amigos na Starship, mas Volt? Volt contava como um deles. Pelo menos, eu achava que sim. Volt estava sentado em meio aos seus terminais, meu cão Alvie agarrado em seus quatro braços de metal. Alvie me encarava com olhos amarelos, iguais aos de Volt. Eu não entendia, não compreendia o humor de Volt.

— Cadê a Bimu? Não é assim que ele a chama? — perguntou Kaydee, percebendo o que eu havia perdido.

— Volt? — eu disse, optando por um tom menos confrontador.

— Você desligou tudo, cara — disse Volt, seus olhos faiscando em vermelho. — Coisas que não eram desligadas há mil anos, que nunca tinham sido desligadas.

— E?

— Não sei se conseguiremos ligá-las novamente, esse é o 'e'. Estou tentando, tentando agora mesmo mantê-las estáveis.

— Manter o quê estável?

— Todas aquelas baterias! Elas precisam ficar numa

temperatura fria constante, o que definitivamente não estão agora. Você vê quem está faltando?

Eu assenti.

— Tive que conectá-la. Ela está alimentando, gerenciando o resfriamento agora. — Volt abriu os braços, Alvie saltou para mim, dando uma boa cabeçada na minha canela. — Não sei o que vai acontecer quando você remover o bloqueio. Ela pode explodir, ela pode ficar bem.

— Ela teria morrido de qualquer jeito, Volt, se eu não tivesse feito isso — eu disse. — Os motores teriam explodido. Você teria se queimado.

— Talvez, talvez não. Sou bem blindado aqui — disse Volt. Ele fez um suspiro sintético baixo, então seus olhos brilharam em azul. — O que diabos você está fazendo aqui, afinal? Não deveria estar ligando essa nave de volta?

Passei o mech pelos últimos dias, a caminhada pelo escuro e o séquito humano cada vez mais desolador que me seguia. Contei a ele o que eu queria, o que eu esperava ao vir aqui.

— Você quer um santuário — disse Volt quando terminei.

— Para nós. Para todos os mechs.

— Você acha que os humanos vão te dar isso? Porque eu acho que eles vão te matar muito antes de desistir desse casco — Volt se ergueu sobre seus pés de ventosa. — Você conheceu Val, e agora está me falando desses novos, o grupo te tratando como um brinquedo. Como você espera que isso funcione?

— Eles não conseguirão entrar — eu disse. — Se você fizer sua parte, vamos assustá-los o suficiente para fortificar a Starship.

— Se eu fizer minha parte.

— Fazer um show não deve ser difícil para você. Você tem o talento.

— Está me chamando de mentiroso?

— Estou te chamando de expressivo — segui o costume humano, estendi a mão e a coloquei no ombro de metal preto de Volt. O brilho ambiente das luzes de Alvie e Volt significava que falávamos em sombras, azul e dourado. — Isso não é só sobre nos proteger, é sobre eles também. Eles terão uma chance de começar do zero.

— Então você quer reconstruir. Pegar aquelas Linhas de Fabricação e produzir uma nova geração?

— Isso mesmo. Tenho meus projetos. Podemos encontrar os seus, descobrir como fazer mais Alvies. Consertar o código para não termos problemas.

— Nenhum problema — Volt deu uma risada de cobre. — Pessoas muito antes de você costumavam dizer a mesma coisa. Grandes planos dariam certo perfeitamente. O que eu vi, novos problemas surgiam do mesmo jeito.

— Prefiro correr esse risco a morrer quando um humano ficar assustado.

Os olhos de Volt brilharam em vermelho. — Nisso eu posso concordar. — Seus quatro braços deram de ombros quatro vezes. — Você faz a energia fluir de novo, eu vejo que tipo de show posso fazer. Te devo isso, pelo menos.

Kaydee me esperava enquanto Alvie e eu deixávamos Volt para trás. Ela se apoiava na parede escura do corredor, iluminada pelo brilho digital. Sua mão tinha o polegar sob o queixo, o dedo correndo pela bochecha enquanto me observava andar.

— Eu te disse que ele concordaria — disse Kaydee, esboçando um pequeno sorriso. — Bom toque com aquele elogio. Que bom manipulador você está se tornando.

— Estou aprendendo com você. — Eu não tinha certeza

se deveria me sentir confortável com isso ou não, mas a manipulação parecia ser um trunfo até agora, então eu continuaria usando até não ser mais. — Isso te incomoda?

— Já que estamos nos tornando um só? Nah.

— Já que estou sendo deslocado, você quer dizer.

Kaydee começou a andar ao meu lado. Deixamos os corredores, voltando em direção ao saguão do Núcleo de Energia em silêncio.

— Você se lembra daquele jantar que você fez com as Vozes? Com a minha mãe? — disse Kaydee.

— Onde ela tentou jogar uma faca em mim?

— Esse mesmo.

— Lembro. Eu não esqueço nada.

— Certo. Isso deve ser uma droga. De qualquer forma, ela falou comigo naquela hora, sussurrou nos meus ouvidos enquanto Leo e Willis ficavam dizendo que eu não tinha opções — Kaydee tomou uma grande e desnecessária respiração. — Ela disse que eu tinha uma, e era você. Que eu não podia ignorar isso.

— Você não ignorou.

— Eu tentei provar que ela estava errada, no entanto. Me dê esse crédito pelo menos, Gamma. Eu tentei aquele mech.

— Você não quer tentar de novo com algo novo?

— Tarde demais para isso, meu amigo. Estamos muito próximos agora. — Kaydee pressionou os lábios, teve a graça de parecer triste com tudo aquilo. — Desculpe.

Eu assenti, continuei andando. Não mencionei que meu processo havia terminado. Com a energia que eu havia roubado do mech, eu havia empacotado as funções de Kaydee em um contêiner.

Eu poderia apagá-la com um único pensamento.

TRINTA E UM

MUDANÇA É DIFÍCIL

Refiz meu caminho pelo Parque, colocando meus pés exatamente nos mesmos lugares onde havia pisado antes. As patas metálicas de Alvie me acompanhavam, adicionando tilintar e ranger e o ocasional suspiro-bufo à brisa. Ao longo do caminho, elaborei explicações plausíveis, finalmente decidindo que tinha ouvido Alvie e saído para procurá-lo. Será que Pravda e Fang acreditariam nisso? Talvez sim, talvez não, mas que escolha eles tinham?

Meu relógio interno indicava que era quase meio da manhã quando voltei ao anfiteatro que havíamos usado como acampamento. Os humanos deveriam estar terminando o café da manhã, se preparando para partir. Talvez me esperando.

Em vez disso, não vi nenhuma vigia, nenhum guarda.

Na escuridão total, com meu filtro verde, não vi ninguém e não encontrei nada. Eles tinham ido embora. Tropeçado em alguma direção.

— Ah, isso é divertido — disse Kaydee, sua mão de repente empunhando uma grande lupa como algum detetive clássico. — Para onde você acha que eles foram,

Gamma? O caminho certo? O caminho errado? Será que todos caíram um atrás do outro?

— Por cima de um corrimão?

— Ok, talvez isso seja um pouco improvável, mas se divirta um pouco aqui.

Era difícil me divertir quando meus protegidos estavam desaparecidos. Eu não tinha muita simpatia por Pravda e seu pessoal, particularmente Fang, mas o código central era difícil de refutar: meu desejo subjacente de manter os humanos seguros me colocou em um estado de quase pânico com o seu desaparecimento.

Felizmente, eu não precisava confiar apenas no meu próprio faro para encontrar a trilha.

— Alvie, sente algum cheiro? — perguntei ao cão.

Alvie latiu com um suspiro e olhou ao redor, sem pista.

— Lembre-se, Gamma, Alvie não é um cachorro de verdade. — Kaydee me lançou um olhar divertido. — O filhote provavelmente não pode sentir cheiro de nada. Aquele mecânico maluco em Purity o fez com sucata.

Certo, mas antes que eu pudesse encontrar outra estratégia, Alvie latiu novamente e disparou, suas patas tilintando nos caminhos pavimentados.

— Talvez ele possa — disse a Kaydee e saí correndo atrás do meu cão.

Alvie corria rápido, mais rápido do que eu poderia esperar acompanhar, mas o cão me levava em consideração, parando de vez em quando para esperar. Seus olhos amarelos julgadores pareciam desapontados com meu trote lento, mas eu não estava disposto a gastar mais energia do que o necessário na perseguição. Não quando eu não sabia o quão longe iríamos. Pelo menos Alvie corria na direção certa: através do Parque em direção à popa da Starship. Os humanos, então, não estavam tão perdidos a ponto de começarem pelo caminho de onde vieram.

Ainda bem, porque o Hospital ficaria por este caminho.

Eu não tinha deixado o Parque para trás quando Alvie me levou a uma passarela do Conduto. Latindo com um suspiro, o cão arranhou minha perna até eu dizer que continuaria seguindo. Alvie pulou, girando no ar e disparou para longe de mim, e novamente eu o persegui.

Logo ouvi mais do que tilintar metálico, agora com um brilho extra enquanto trocávamos os agradáveis pavimentos pelo aço da passarela. Os novos ruídos não eram o que eu esperava: os zunidos, assobios, estalos e bips vinham de fontes decididamente não humanas. Com Alvie à frente, os olhos amarelos do cão como holofotes na penumbra, eu diminuí o ritmo, tentando identificar os sons.

— Será que Alvie nos traria direto para os flexi-mechs? — perguntou Kaydee.

Não. Eu já tinha visto flexos-mechs suficientes a esta altura para saber que estes não eram seus sons. Para começar, os mechs podiam ficar quietos se quisessem. Estes soavam como mechs em mau estado: juntas soltas, fios corroídos, esteiras instáveis. Não que Alpha só usasse flexos-mechs. A Starship era uma nave enorme, quem sabia quantas máquinas leais sobraram escondidas em suas fendas?

— Então você vai entrar desarmado? — Kaydee perguntou enquanto eu continuava andando para frente atrás do meu cão. — Jogada inteligente, gênio.

— Não vou deixar Alvie sozinho. E confio no meu cão.

De jeito nenhum ele me levaria para o perigo.

Alvie me esperou perto de um café destruído. Belas letras riscadas atravessavam um arco sobre a porta, decoração manchada e torta lembrando um tempo em que os visitantes poderiam parar para tomar um smoothie, um chá antes de partir para o Parque para um dia entre as árvores. Com os olhos de Alvie espalhando luz, vi um interior que não conseguia manter as aparências: pequenas mesas estavam de lado, cadeiras dobradas e quebradas. Um buraco dividia um longo balcão, a máquina de café atrás escancarada para peças. Saqueado, vasculhado, seja por mechs ou humanos.

Três retardatários se juntaram a mim na inspeção dos destroços, o trio rangente se confirmando como a fonte do barulho. Um mech de lixo, um varredor e uma enfermeira defeituosa de licença do Hospital. Eles vagavam pelo espaço, cada um parando para inspecionar xícaras quebradas, móveis tortos, um panfleto amassado.

— Não são exatamente os humanos — murmurou Kaydee. — Talvez Alvie tenha perdido o jeito.

Talvez. Olhei para o cão, que olhou para mim. Sua mandíbula de metal e dentes de ferro não podiam exatamente formar expressões, mas Alvie emanava um ar de satisfação. Ele era um mech, não cometia erros.

— Vamos ver o que você encontrou — eu disse, alto o suficiente para chegar ao café.

Os três mechs se viraram como um só ao som da minha voz. O varredor e o mech de lixo não foram feitos para interação humana, e suas caixas em branco não me diziam nada sobre suas intenções. O mech enfermeira, no entanto, brilhou seus olhos para mim: azuis.

— Olá — eu disse. — Meu nome é Gamma. — Eu lutei pelo próximo passo, optando por isso: — Estou tentando encontrar humanos. Vocês viram algum?

A pergunta errada. Os olhos do mech enfermeira ficaram vermelhos e ele, junto com o mech de lixo e o varredor, vieram em minha direção. Os três levantaram seus braços finos, agarrando em minha direção.

— Bem, acho que eles não são amigáveis — disse Kaydee. — Tente não morrer, Gamma.

— Farei o meu melhor — respondi, esgueirando-me para a direita no café. Atrás de mim, Alvie começou seus latidos ofegantes, avançando. — Derrube-os, amigo.

Se todos esses mechs tinham uma fraqueza em comum, estava em seus pés robustos ou, no caso do mech enfermeiro, em suas esteiras cuidadosas. Nenhum deles conseguia se levantar sozinho, e nenhum tinha o que Delta chamaria de 'habilidade' em uma luta. Eles vieram direto para mim, e Alvie entrou em ação.

O mech enfermeiro veio com tudo, suas esteiras guinchando enquanto acelerava pelo chão cheio de porcaria. Alvie, sendo o cão esperto que era, esperou até o mech passar pela entrada do café antes de pular. Meu cão atingiu o mech enfermeiro nos ombros, derrubando-o de lado no chão. Impulsionando-se, Alvie acertou o próximo mech da fila, derrubando a máquina de lixo e ficando em cima dela.

O que deixou a vassoura mecânica para mim.

Com suas escovas girando e dois braços finos para remover detritos se agitando em direção ao meu rosto, a vassoura apresentava uma ameaça leve. Uma que decidi lidar ao estilo de briga de bar: joguei uma cadeira nela. Mesmo sem força total — tinha que conservar energia — meu míssil se chocou contra a vassoura e a jogou de lado. O mech caiu para trás, suas escovas girando no ar.

— Nada mal — disse Kaydee, aparecendo para avaliar a destruição.

— Há alguns dias, isso teria sido assustador — respondi. — Agora?

Agora, o quê? Eu tinha me tornado Gamma, o matador de mechs? Conquistador dos muitos corredores da Starship?

— Não fique muito convencido — Kaydee riu. — Delta e Beta ainda poderiam acabar com você no café da manhã.

— Não se eu os programasse para me servir o café da manhã.

— O que seria seu café da manhã, Gamma? Uma bateria nova?

— Eu aceitaria.

Escolhi o mech enfermeiro como meu primeiro alvo. Comparado aos outros dois, a máquina teria uma voz, teria o processamento mais complexo. Perguntei novamente se tinha visto os humanos. Tudo o que recebi de seu sorriso plástico e selado sob aqueles olhos vermelhos, suas esteiras girando inutilmente, foram tons incompreensíveis. Eu não ia aprender nada interrogando o robô quebrado, mas, como os policiais nos filmes do Bibliotecário, eu tinha outros métodos.

— Isso vai levar só um segundo — disse ao mech, pressionando meu polegar e indicador para formar o conector.

Para um mech projetado para ajudar e curar, transformá-lo em uma máquina homicida exigiu algum trabalho. Do tipo que deixa evidências por toda parte. Entrar no interior do mech me colocou em uma sala mal-arrumada, repleta de monitores médicos apitando. As telas na altura dos ombros nos cercavam, Kaydee e eu, brilhos azuis estéreis nos atingindo de todos os ângulos. Além delas, fios se emaranhavam no chão e subiam pelas paredes, cobrindo manchas verde-acinzentadas que escorriam. Um cheiro abafado de desinfetante impregnava o ambiente.

— Que ambiente adorável — disse Kaydee, tapando o nariz.

— Pior que os outros — eu disse, lembrando-me das

enfermeiras lá na, bem, Enfermaria. Aquelas não tinham sido corrompidas assim, uma distorção deliberada. Em vez disso, tinham simplesmente sido vítimas de funções deixadas para funcionar sem ajustes por tempo demais.

— Por quê?

Apontei para as manchas na parede. Elas me lembravam uma cor específica, uma sensação particular.

— Há apenas um mech fazendo isso — eu disse — e ele está morto agora.

— Os restos de Alpha — Kaydee suspirou. — Nojento. Acho que podemos destruir este então.

Poderíamos, mas por quê? Pela primeira vez, eu não estava sob ataque iminente. Alvie tinha minhas costas, e os inimigos ao redor não eram exatamente sérios. Se nosso plano era fazer da Starship um refúgio para mechs, haveria mais como este.

— Então você está dizendo o quê? — Kaydee perguntou quando lhe contei minha ideia. — Que vai limpá-lo?

— Melhor que isso — respondi. — Se quero que a Starship seja um lar para mechs, terei que dar aos mechs uma chance de viver nela. Viver de verdade.

— Gamma, isso é-

— Pense nisso. Eu poderia devolvê-lo ao seu estado original, limpá-lo completamente. Ele voltaria para a Enfermaria e cuidaria dos embriões, que talvez nem estejam mais lá. O que acontece então?

Kaydee olhou ao redor para as telas azuis, cada uma passando por outra função, outro comando codificado.

— Não sei, Gamma, mas-

— Tenho que tentar dar a eles um propósito real. Verdadeira autonomia.

— Você está soando como Alpha.

— Não. Alpha dita. Eu estou libertando-os.

Antes que Kaydee pudesse protestar mais, fui até a tela azul mais próxima. O teclado abaixo me deu todo o acesso que eu precisava, uma chance de cortar, editar, digitar e transformar. Copiei partes de mim mesmo, a lógica e os cálculos de mente aberta. Apaguei os restos de Alpha, cada bit deletado removendo uma mancha da parede.

Kaydee observou tudo, com uma careta triste no rosto. Tudo bem. Ela não era um mech, não entenderia. Encontrei outros lugares para fazer melhorias também, linhas forçando o mech a obedecer aos humanos, a sempre seguir suas regras. Eliminei essas, dei ao mech minhas próprias diretrizes morais. Ele seria capaz de fazer suas próprias escolhas, definir seus próprios valores ao longo do tempo.

Quando dei um passo atrás, a sala do mech brilhava intensamente. As paredes estavam limpas, uma nova luz se derramava, e todas aquelas telas tinham sido comprimidas em uma, otimizando o fluxo.

— Lindo — eu disse, assentindo para meu próprio trabalho.

— É algo — disse Kaydee.

— Você não gosta?

— Não tenho certeza se você vai conseguir o que quer, só isso.

— Oh, você de pouca fé.

Kaydee riu. — Onde você pegou essa frase?

Em vez de responder, puxei-nos de volta para o mundo real, onde eu poderia julgar minha criação. Ou, talvez, ser julgado por ela.

O café estava como antes. Até Alvie não tinha se movido de cima do mech de lixo furioso. A escuridão permanecia, exigindo um ajuste após a sala digital insípida, mas brilhante. Meu projeto de resgate estremeceu quando dei um passo para trás, os olhos do mech enfermeiro passando rapidamente por cores. Azul, vermelho, verde. Todos deveriam ter correspondido a um sentimento, uma ação por parte do mech, mas eu só ouvia ruídos. Rangidos. Murmúrios. Nada que se assemelhasse ao sentido que eu pensei ter programado nele.

— Começo difícil — disse Kaydee ao meu lado. O mech enfermeiro tentou se levantar, cambaleou e caiu com um baque duro de volta ao chão. Alvie latiu-ofegante uma pergunta.

— Olá? — tentei me dirigir ao mech enfermeiro. — Você tem um nome?

Uma função que eu tinha inserido na máquina deveria ter criado um, uma identidade da qual tudo mais pudesse surgir. Em vez disso, o mech rolou. Ele se debateu. Bateu os braços no chão ou contra a própria cabeça. Então, depois de emitir o que parecia ser uma combinação de todos os seus tons possíveis de uma vez, o mech travou e ficou imóvel. Seus olhos mortos.

Eu não precisava perguntar mais nada.

— Você não pode transformar tudo em um receptáculo, Gamma — disse Kaydee enquanto eu me ajoelhava para examinar a máquina. — Eles não têm os componentes para isso. O design. Eles não foram feitos para fazer o que você faz, assim como você não foi feito para o propósito deles.

— Eles deveriam ser maleáveis — argumentei. — São máquinas, podemos mudar.

— Claro, se você arrancar as entranhas deles e colocar as suas, aposto que funcionaria muito bem. Mas não foi isso que você fez. Você jogou alguém sem braços, sem pernas e sem ajuda no oceano e esperou um milagre.

Sentei-me, olhando fixamente para o mech morto. O varredor e seu amigo lixeiro continuavam seus esforços infrutíferos para se levantar. Alvie, sentindo minha irritação, soltou um miado abafado de simpatia.

— Então, como é que eu devo salvá-los? — perguntei, sem realmente esperar que Kaydee tivesse uma resposta.

— Adivinha só, Gamma. Nós tentamos a mesma coisa, mas com humanos. Eu morri por isso. Sabe o que eu aprendi?

— Estou perguntando, não estou?

— E sendo esnobe sobre isso — Kaydee me deu um tapa digital. Eu o recebi como um campeão. — Percebi que você tem que deixar as pessoas serem elas mesmas. Não pode forçá-las a mudar quem são. Se você quer que seus mechs vivam bem, então limpe-os. Devolva seus trabalhos, deixe-os ser.

Refleti sobre as palavras. Fui até o mech varredor, mantendo-me fora do alcance de seus braços que se esticavam. A coisa tinha sido construída para manter o Conduit limpo. Era para isso que todos os seus componentes se inclinavam. Por enquanto.

— Quando eu tiver as Linhas, vou tornar vocês melhores — disse ao mech, então formei o conector novamente e voltei ao trabalho.

TRINTA E DOIS

LASERS E LATTES

Encontramos os humanos graças à sua falta de jeito. Ao sair do café e dos mechs perdidos, ouvimos ruídos claramente diferentes da brisa, dos ocasionais rangidos ou de uma máquina vagando.

— Tenho certeza que mechs não xingam desse jeito — disse Kaydee enquanto estávamos na passarela, tentando decidir para onde ir.

As palavras, os gritos vinham de baixo, ecoando pelas paredes da Starship. Um humano poderia achar difícil identificar de onde vinham as vozes, mas meus sensores as localizaram instantaneamente: abaixo, vários níveis.

Pelo menos os palavrões soavam mais com raiva do que com medo.

Com Alvie ao meu lado, encontramos a escada mais próxima e descemos. Perto do Parque, a maioria dos lugares se assemelhava ao café que eu acabara de deixar: restaurantes, spas, luxos. Suas ruínas pareciam melhores no escuro, onde Kaydee e eu podíamos esquecer o presente. Ela os preencheu com descrições, com pequenas histórias enquanto caminhávamos.

— Preciso de mais disso — disse a ela quando chegamos ao nível dos humanos, os interlúdios chegando ao fim. — Há muita raiva e violência com os humanos que encontro. É o lado errado.

— A maioria de nós também pensa assim.

À frente, vimos a loja que Pravda e Fang haviam encontrado. Estava barricada por bancos quebrados, as partes espalhadas pela passarela. Quantos humanos haviam tropeçado naquelas peças? Todos eles?

Alvie parou. Colocou uma pata na minha canela. Farejou, seus olhos dourados piscando em vermelho. Kaydee e eu escutamos. Os humanos não estavam mais xingando, mas conversando. Uma discussão acalorada.

Não era isso que fazia Alvie me segurar.

Pareciam sombras em movimento ao longo das paredes, formas verde-escuras deslizando acima e ao longo do corrimão à minha direita. Flexi-mechs, pelo menos cinco. Caçando.

— Bem, isso não é bom — sussurrou Kaydee enquanto observávamos os mechs se aproximarem sorrateiramente. — Não quero te desanimar, Gamma, mas cinco podem ser demais para um recipiente desarmado como você.

Os humanos, no entanto, tinham rifles. Até Pravda carregava uma arma, embora quem soubesse se ele conseguia atirar que prestasse.

— Legal. Deixa eles se defenderem. — Kaydee cruzou os braços. Percebeu meu olhar de soslaio. — Você sabe que eu não me importo com todos os humanos, né? Esse bando quer ver você desmontado, Gamma. Não vou defendê-los.

— Você não precisa. Vamos, Alvie.

Eu elaboraria minha estratégia no caminho, exceto pela abertura. Com meu toque, Alvie disparou à frente, latindo ofegante. Segui-o, meus pés batendo na passarela, gritando um alerta para os humanos lá dentro.

Os flexi-mechs e suas sombras congelaram com minhas palavras. Os borrões que marcavam suas cabeças olharam em minha direção e pensei que todos pudessem vir sobre mim como lobos famintos.

Eles foram atrás dos humanos em vez disso.

Dois se jogaram sobre o corrimão da passarela, atingindo o piso e correndo para o café. Outro par balançou pelas janelas já quebradas, derrubando os restos de vidro para adicionar um tilintar de fundo ao caos. Flashes, parafusos perdidos dispararam enquanto Alvie e eu nos aproximávamos, queimando através das janelas até o Conduit. As vozes de Fang e Pravda gritavam ordens. Alguém gritou. Mais três flexi-mechs vieram na direção oposta, aproximando-se do café.

— Pega eles — disse ao meu cão, e corremos à frente.

Com lasers azul-brancos formando um halo em meus ombros, zumbindo em minha cabeça, Alvie e eu passamos pela primeira janela para encontrar os flexi-mechs antes da porta do café. Alvie, mais rápido que eu, deu um salto e agarrou o líder pelo pescoço, o peso não tão pequeno do cão arrastando o mech para o que estava atrás. A pilha caiu na passarela, com espaço suficiente para eu juntar minhas pernas e saltar, encontrando o terceiro flexi-mech em uma colisão no ar.

Eu esperava uma mão perfurante no peito, um corte no rosto ou algo pior. Em vez disso, nos chocamos e o flexi-mech tentou me jogar para longe, um movimento fracassado no meio do ar. Meu peso excedia o esqueleto ossudo da máquina fina, lançando nós dois para trás além da pilha de Alvie. Esmaguei o flexi-mech contra o chão, senti as mãos da coisa me agarrarem e tentarem me tirar de cima. Um movimento que poderia ter funcionado, exceto que minhas próprias mãos encontraram apoio na coluna estreita do flexi-mech. Conforme o mech me jogava para a esquerda, tentando escapar, eu me segurei, puxando o flexi-mech comigo. A máquina rolou e eu me impulsionei, soltando com o impulso. O mech foi lançado no ar, ainda puxando para a esquerda, e desapareceu sobre a borda.

Será que sobreviveria à queda? Cairia em um colchão macio e mofado como eu uma vez?

— Quem se importa, Gamma! Ajude seu maldito cão! — Kaydee me trouxe de volta à realidade.

Alvie mordiscava os flexi-mechs alternadamente, tentando impedi-los de passarem por ele. Nenhuma das máquinas parecia interessada no meu cão além de empurrá-lo para o lado. Lasers e xingamentos continuavam a jorrar do café. Alguém chorava também, soluços de dor se infiltrando nos barulhos da luta.

Ainda apenas com minhas mãos, fiz o que pude: corri por trás dos dois de Alvie e brinquei de pega-pega com o Conduit. Como um jogador de futebol americano, me abaixei e peguei o flexi-mech mais próximo, este com cicatrizes faiscantes ao longo do peito e tornozelos, e o lancei atrás de seu companheiro. O mech não gritou enquanto voava e desaparecia. Sem protesto, sem declaração de vingança.

Alvie aproveitou sua súbita liberdade para abocanhar a perna do último. Cravando as patas na passarela enquanto o flexi-mech tentava passar por ele, Alvie puxou com força. O joelho do flexi-mech se soltou do encaixe, com líquido refrigerante e fios se espalhando por toda parte. Em vez de cair e parar ou se importar com o ferimento, o flexi-mech caiu para frente sobre seus quatro braços e se arrastou adiante, contornando a porta do café para entrar.

— Não tão rápido — eu disse, correndo ao redor do meu cão.

— Fique abaixado! — Kaydee gritou. — Fogo amigo é uma coisa real, sabia?

Meus amigos atiravam como loucos. Seus rifles disparavam enquanto eu entrava no café, o que parecia ser uma dúzia logo se revelou serem quatro, com dois em cada mão de Fang e outro humano. Seus tiros iluminavam o espaço, revelando um último confronto feio nos fundos do restaurante. Os humanos entrincheirados atrás do balcão, os flexi-mechs avançando por todos os lados.

Enquanto as máquinas não tinham se importado muito com Alvie e eu, elas vieram para cima dos humanos com táticas e intenção assassina. Carregando mesas e cadeiras como escudos, quatro, agora cinco com nosso alvo manco, mechs se aproximavam de todos os ângulos. Dois se agarravam às paredes externas, contornando-as enquanto os outros se aproximavam pelo meio.

Os flexi-mechs não apenas recebiam tiros, mas também revidavam, lançando estilhaços com terrível precisão contra os humanos. Fang, em pé, tinha pelo menos três pedaços espetados nos braços, nos ombros e no peito. Eu não conseguia ver Pravda e os outros dois, supus que estivessem atrás do balcão do café.

— Não é bom — disse Kaydee quando alcancei o flexi-mech ferido.

Eu não gostava das minhas chances de jogar o flexi-mech pela estreita porta e para dentro do Conduto, então escolhi um método mais direto: peguei um suporte de menu queimado e empalei o flexi-mech por trás. Enfiei a arma com força suficiente para perfurar a perna restante do flexi-mech e prendê-lo ao chão. Não que o mech se importasse: ele continuou tentando se libertar, pelo menos por mais um segundo até eu arrancar seu pacote de bateria.

— Gamma! Ajuda! — Fang, pela primeira vez não falando comigo com desdém, raiva ou desconfiança.

Os clarões diminuíram quando os rifles de Fang ficaram sem energia. Ela havia deixado um flexi-mech morto em seu rastro, o outro humano ainda atirando e segurando os outros dois à direita. O que colocava o escalador de parede da esquerda como meu próximo alvo. Levantei uma cadeira, mirei e falhei quando o flexi-mech pulou atrás do balcão. Alvie fez o que eu não pude, passando voando por mim e, usando uma mesa virada como impulso, saltando por cima do balcão como um míssil metálico voador. Meu cão latiu ofegante enquanto ia, seus olhos amarelos brilhando ao desaparecer sobre o balcão.

— Você tem um cão seriamente corajoso — disse Kaydee enquanto eu me virava para os outros dois mechs.

— Coragem não tem nada a ver com isso.

Como os flexi-mechs antes de mim, peguei destroços e corri com eles. Primeiro, o flexi-mech tentando um ataque direto. Bati nele por trás com uma perna de mesa e, quando o mech se virou para ver que diabos o tinha atingido, o humano teve o bom senso de vaporizar seu crânio com um tiro bem colocado. Foi o último tiro dela. O mech escalador de parede à direita saltou para frente, ficando atrás do balcão e arremessando uma garrafa quebrada. O vidro atingiu a humana com força, derrubando-a e seus rifles no chão.

Comecei a avançar, vi Fang mergulhando para pegar as armas caídas. Com um pé plantado, saltei, apenas para a mão do flexi-mech chamuscado fazer uma última tentativa de agarrar meu tornozelo. O aperto me desequilibrou, o sufi-ciente para que eu me chocasse contra o balcão em vez de pular por cima. A vitrine de vidro, destinada em algum tempo esquecido para scones e pães de canela, estilhaçou-se sob meu peso. Meus olhos se fecharam para sua própria proteção, meu ombro direito abrindo caminho através do vidro, do plástico e... metal?

Mãos de muitos dedos se apressaram em me empurrar enquanto eu me chocava contra o flexi-mech, ambos caindo numa bagunça atrás do balcão. Encontrei pontos de apoio ao longo do corpo do flexi-mech, segurando-o enquanto a máquina tentava escapar. Ouvi um clique, vi Fang nos encarando. Os humanos jaziam caídos ao seu redor em vários estados de condenação. Atrás deles, Alvie retalhava seu flexi-mech, um show de faíscas na escuridão.

Fang jogou fora seu rifle inútil e empunhou o novo. Meu flexi-mech investiu novamente, mas eu o segurei, cravando meus pés no chão para nos manter firmes.

— Não atire — eu disse. — Você não consegue ver!

— Ah, certo — Kaydee refletiu. — É por isso que eles não conseguiram acertar nenhuma dessas coisas. Eu só achava que eles eram ruins.

— Não preciso ver — Fang me respondeu, erguendo o rifle. — Posso ouvir você perfeitamente.

O flexi-mech lutou novamente, quatro braços tentando me dominar. A energia que eu havia roubado do Jardim diminuía enquanto eu lutava contra a máquina, tentando impedi-la de se libertar. Fang podia estar prestes a me matar, podia estar prestes a nos queimar ambos, mas eu tinha que fazer isso. Eu tinha que proteger os humanos. Não havia outra escolha.

— Obrigada por voltar, Gamma — disse Fang. — Teria me sentido mal por deixar você vivo.

Fechei os olhos, segurei o flexi-mech com força. Meu

código perfeitamente satisfeito com a forma como eu estava prestes a morrer.

TRINTA E TRÊS

FACÇÕES

Uma mão afastou o rifle de Fang, uma mão ensanguentada e arranhada pertencente a Pravda, o líder desses humanos. Fang rosnou, olhando para o braço ofensivo enquanto eu continuava a segurar o flexi-mech.

— Você não pode — disse Pravda. — Não pode matá-lo. Ainda não.

— Posso sim, agora mesmo, com isto — respondeu Fang, empurrando o braço de Pravda.

— Se você atirar nele, todos nós morreremos — replicou Pravda. O homem estava de joelhos, com um braço plantado no chão para se levantar. Suas roupas estavam em frangalhos, talvez um daqueles flexi-mechs o tivesse arranhado com as mãos. — Nunca encontraremos nossa saída daqui, muito menos colocaremos a Starship em funcionamento. Por favor, Fang, pense.

— Ele vai nos matar no final — disse Fang, mas não levantou o rifle. — Eles sempre tentam.

O flexi-mech encontrou um apoio, seus ombros se contorceram enquanto eu me concentrava demais em Fang e não o suficiente em meus próprios esforços. O mech se libertou, deu um longo golpe em Fang, e ela atirou. À queima-roupa, mesmo no escuro ela não poderia errar. O laser atravessou o ombro do flexi-mech e atingiu a parede atrás de suas costas, uma brasa brilhante no café e uma marca tão boa quanto qualquer outra de que a luta havia terminado.

— Farei questão de te avisar — eu disse a Fang, me levantando.

— Me avisar o quê?

— Quando eu tentar te matar. — Dei-lhe o sorriso mais desagradável e sujo que pude reunir, um desperdício na escuridão.

Os humanos estavam em maus lençóis. Nenhum dos cinco escapou da luta sem ferimentos, e embora eu os tenha enfaixado da melhor maneira possível - usando panos de suas próprias roupas - não havia como esconder que o grupo seria reduzido a nada sem ajuda médica rápida. Eu, no entanto, roubei algum tempo para me recarregar nos flexi-mechs arruinados.

Quatro máquinas tinham suas baterias intactas, e com Pravda ordenando recuperação e descanso após a luta, eu me arrastei de uma para outra, recarregando minha bateria até o ponto em que a energia cinética de correr por aí deveria ser suficiente para me manter funcionando. Em resumo, os humanos passaram de uma vantagem de cinco para um sobre um vaso fraco, para um vaso forte e seu cão dominando cinco pessoas meio mortas, exaustas e cegas.

— Você deveria esfregar isso na cara da Fang — disse Kaydee para mim enquanto caminhávamos pelo Conduto novamente. — Ela merece sentir um pouco de medo.

— Ela vai usar isso como mais uma desculpa para atirar em mim.

— E daí? Ela já tem várias.

— Não significa que eu precise adicionar mais uma.

— Você é chato, Gamma.

— Tenho certeza de que isso vai mudar quando você estiver no comando.

Kaydee ficou em silêncio depois disso, me deixando sozinho com Alvie à frente do grupo. Não tínhamos muito caminho antes de encontrarmos o Hospital, vários níveis abaixo da entrada principal. Fang e Pravda ainda podiam andar, então esperaram enquanto eu levantava os humanos pelas escadas, voltava e repetia o esforço. Nada me fazia sentir mais como um mech do que esse carregamento aqui, mas na verdade, não me importava tanto assim. Todos os três humanos, dois homens e uma mulher, me agradeceram pela ajuda. Um deles, o homem que tinha sido ferido lá no Jardim, afirmou que não estaria vivo sem mim.

As palavras 'soaram' bem? Talvez, mas mais praticamente, elas finalmente adicionaram algum peso ao outro lado da minha balança humana, o lado que não mede raiva, vingança, belicismo.

— Como está parecendo? — perguntou Kaydee quando deixei o último humano na entrada do Hospital e começamos a entrar. — Os humanos ainda são uma espécie de lixo?

— Você não quer saber.

Ela não insistiu. Se tivesse, eu teria dito a Kaydee que, sem minhas regras programadas, eu teria abandonado o povo dela há muito tempo.

Não tivemos que procurar muito para encontrar suprimentos para os humanos. Aparentemente, os mechs do Hospital não estavam muito interessados em saquear e, após o massacre de Delta, o enorme centro médico parecia quieto. Feridas foram tratadas, talas encontradas. Lanches adquiridos de alimentos enlatados e rações embaladas a vácuo sabe-se lá quantos anos velhas. Pravda até recuperou um pouco de sua antiga bravata, especialmente depois que pedi a Alvie para aumentar o brilho de seus olhos para dar uma iluminação real ao nosso redor. Dois holofotes na escuridão.

— Agora, vejam isso? — anunciou Pravda enquanto seguíamos em direção à saída de popa. — Nenhuma jornada é sem seus desafios, mas com um pouco de coragem, um pouco de bravura, podemos conseguir. Nós vamos conseguir.

Alguns murmúrios de concordância não fizeram nada para ofuscar os olhos brilhantes do homem. Ele era um líder ou estava apenas enfeitando sua própria lenda?

— Definitivamente a segunda opção — disse Kaydee. — Olhe para ele, acenando para todas as placas que estamos passando. Ele está escrevendo sua própria história agora mesmo.

A história de Pravda ficou muito mais interessante não muito depois do Hospital, quando encontramos o Berçário. Localizado no nível central da Starship, assim como a entrada principal do Hospital, o Berçário se destacava contra o negro, seus geradores mantendo as vidas críticas dentro frias. Por quanto tempo, eu não sabia. Pravda pediu outra pausa quando passamos em frente ao Berçário, alegando que todos deveríamos entrar, dar uma olhada.

— Afinal, este é o nosso futuro — disse Pravda, calando meu protesto. — Os frascos aqui dentro são tudo, não é, Gamma? A humanidade não vai mais longe se estes forem danificados.

Mas até onde eu iria quando eles descobrissem o que estava, ou o que não estava, lá dentro?

Pelo menos seus rifles estavam gastos, exceto pelo que estava nos ombros de Fang. Pravda, no entanto, a tinha mandado para a retaguarda. Disse-lhe para ficar de olho em emboscadas, escutar em meio à escuridão. Imaginei que ele tinha feito isso para evitar que Fang e eu nos despedaçássemos. Agora ela voltou, foi com Pravda e eu além do saguão. Os outros humanos ocuparam os sofás de espera ali com suspiros de gratidão. Sugeri que Fang e Pravda fizessem o mesmo, tentando ganhar um pouco de tempo, mas ambos recusaram.

Então, com Alvie ao meu lado, todos nós fomos mais para trás, para onde eu tinha lidado com tanto desastre. A parte traseira do Berçário oferecia decepção e medo. As prateleiras onde os embriões tinham sido armazenados por mil anos estavam vazias, suas bandejas espalhadas por toda parte. Os mechs que Delta e eu tínhamos consertado estavam empilhados, desligados, em um canto. Eu me perguntava como Leo e Val tinham removido todos esses materiais sensíveis antes que os palavrões altos de Pravda me trouxessem de volta ao presente.

— Sumiram — disse Pravda quando seus xingamentos acabaram. — Tudo perdido. Estamos acabados, acabados. Mesmo se tivéssemos cada mulher capaz de ter um filho criando um, haveria poucos-

— Cala a boca, Pravda — disse Fang, pela primeira vez não apontando o rifle para mim, mas para as prateleiras vazias. — Eles não foram destruídos. Foram levados. — Ela colocou a mão no ombro de Pravda, acalmando-o. — Qualquer coisa que foi levada pode ser devolvida.

Pravda balançou a cabeça. — Devem ter sido levados há anos e anos, Fang. Nossas crianças, nosso futuro provavelmente está jogado em algum monte de lixo. Ou ejetado na vastidão do espaço.

Agora Fang olhou para mim. — Não havia pessoas vivas que fariam isso quando fomos dormir. A única resposta possível seriam mechs. Mechs como você que querem a Starship para si mesmos.

— Eu não fiz isso, se é o que você quer dizer — respondi.

— Mas você sabe quem fez — replicou Fang.

Como eu disse, eu não tinha cara de pôquer. Não tinha sinais reveladores. Meu corpo fazia exatamente o que eu pedia, então como Fang sabia que eu não tinha contado toda a verdade?

— Porque você não está surpreso — disse Kaydee, sentada na esteira de recém-nascidos atrás de Fang e Pravda. — Você entra aqui, vê o desastre, um desastre apocalíptico, e está simplesmente bem com isso?

Hmm. Kaydee tinha um bom argumento. Nada que eu pudesse fazer sobre isso agora.

— Gamma, responda a ela — disse Pravda, e vi lágrimas, genuínas, escorrendo de seus olhos. — Os mechs fizeram isso?

Eles tinham tido a dica lá na Ponte. Um segredo que eu mantive escondido, um que eu esperava que continuasse assim. Mas isso seria sorte demais, conveniente demais.

A Starship não sofria de sorte.

— Nenhum mech fez isso — eu disse. — Vocês não são os únicos humanos vivos neste mundo.

Pela primeira vez, Fang me deixou contar toda a história sem ameaçar me matar. Ela e Pravda ouviram o que eu sabia sobre Val e sua tribo, sobre Leo e os Forjadores. Eles absorveram os detalhes, começaram a fazer perguntas que eu respondi sem reclamar. Só quando Fang começou a sondar detalhes militares, como o número de combatentes e que armas eles tinham, eu hesitei.

— Não vou entregá-los — eu disse.

— Por quê? — respondeu Pravda, recuperando sua arrogância chorosa agora que a ruína não era inevitável. — Por que você protegeria pessoas que fizeram isso?

— Porque nem todos são babacas.

Fang riu. — Pelo menos sou honesta sobre meus sentimentos por você, receptáculo. Garanto que todos naquela tribo sentem o mesmo por você que eu sinto. Por que você acha que eles tentaram explodir a Starship com você dentro?

— Porque estão com medo. — Eu gesticulei para o Berçário, sua destruição. — Eles estavam dispostos a arriscar desistir de tudo que já conheceram por uma chance de sobreviver sem vocês. Uma escolha inteligente.

Pravda me ordenou, então, que esperasse enquanto ele e Fang voltavam para os outros. Ele disse que teriam que conversar sobre o que viria a seguir, decidir o que fazer com essa informação. Passei o tempo vagando pelo Berçário, olhando o que tinha sido levado, o que tinha sido deixado para trás.

— Eles levaram os brinquedos — observou Kaydee enquanto passávamos pelas salas de brincar dos bebês e crianças pequenas. — Todos aqueles livros.

Muita coisa para carregar, mas Val e Leo pareciam determinados a fazer as coisas direito. Talvez eles tivessem encontrado alguns mechs dispostos a fazer o trabalho por eles.

— É, seguraram eles para Leo poder reprogramá-los — disse Kaydee. — Difícil abandonar um vício.

— Um vício?

— Sim, vocês. Mechs. Vocês são tão convenientes, Gamma.

— Isso é um elogio?

— Para um mech? Absolutamente.

Fang e Pravda voltaram eventualmente, este último com

seus olhos de volta ao brilho cintilante. Fang parecia sua habitual self desconfiada, embora seu leve sorriso me deixasse nervoso.

— Adivinha, Gamma? — disse Fang. — Você vai colocar a Starship funcionando, e então vai nos levar até essa Val. Vamos ter uma boa conversa.

— Eles lutam tão bem quanto vocês — eu disse. — Vocês não vão vencer desse jeito.

— Não — respondeu Pravda —, mas podemos dar a eles uma escolha. Voltar para a Starship e sua segurança, seu luxo, ou se debater sozinhos.

Pelos seus olhares, seus tons, parecia claro qual caminho esses dois achavam que o povo de Val escolheria.

E depois de estar por tanto tempo ao redor de humanos, eu não tinha ideia se eles estavam certos.

TRINTA E QUATRO

UM BLEFE

Os motores da Starship não nos davam mais luz do que o resto da nave. Aqui atrás, o vento chicoteava mais forte, tendo percorrido toda a extensão do Conduto apenas para encontrar uma prisão. Os corredores estreitos e ramificações da seção de engenharia provocavam murmúrios nervosos entre os humanos, cada um esperando que um flexi-mech saltasse para outra emboscada. Não tínhamos visto nem ouvido outra alma mecanizada desde o café. Se tínhamos deixado para trás os restos de Alpha ou os destruído todos, eu não sabia, mas não me importava com o silêncio.

Por um lado, isso me dava a chance de acertar os detalhes com Kaydee. Por detalhes, eu queria dizer quem estaria no comando. Eu ainda tinha meu programa, ainda tinha o eu de Kaydee embrulhado e pronto para deletar, mas não conseguia me forçar a puxar o gatilho. A cada minuto que eu adiava, o alcance de Kaydee crescia, infiltrando-se lentamente em funções e controles que ela ainda não havia contaminado.

Logo, programa ou não, eu seria incapaz de apagá-la sem deixar grandes lacunas em mim mesmo.

Aquelas longas horas caminhando no escuro me levaram a uma conclusão: eu não podia continuar mentindo. Eu precisava de Kaydee para sobreviver aos humanos e, mais do que isso, eu a queria na minha "vida", tal como ela era. A perspectiva de viver por sabe-se lá quantos séculos sem suas tiradas sarcásticas, seu cabelo turquesa cintilante, suas percepções e insultos... parecia entediante demais para contemplar.

Entediante. Eu ri. Provocou uma pergunta de Pravda que ignorei. Que mundo em que uma máquina poderia ficar entediada.

— É porque você não é apenas uma máquina, Gamma — disse Kaydee enquanto nossa expedição se aproximava dos próprios motores, os terminais que Leo teria usado para transformar a Starship em uma bomba. — Como eu disse no começo, as naves não são tão sem mente assim.

— Isso torna as coisas mais difíceis — respondi.

— Mais difíceis do que o quê, seguir ordens?

— Tomar decisões por mim mesmo é difícil quando as escolhas não são preto no branco.

— É por isso que estou aqui, meu chapa. Você e eu, a lógica e a vida, juntos.

Seu brilho ao falar, sua energia vívida contrastava fortemente com a penumbra esverdeada ao meu redor. O que eu deveria fazer com isso? Apagá-la? Mas me perder? Esse era o outro lado, uma decisão-

— Ei — disse Kaydee, interrompendo. — É aquilo?

Tínhamos visto o painel quando eu voltei para dentro da nave após nossa longa jornada da proa à popa com Delta e Alvie. Aquela em que fui esfaqueado na barriga por um pedaço de vidro, mas consegui sair mesmo assim. Seis monitores empilhados dois a dois, cada um morto agora, que normalmente mostrariam o status dos motores. Eles teriam o interruptor pronto para configurar os motores para controle manual, a chave para desbloquear poder demais.

— Então, como é que a gente ia ligar a Starship de novo? — Kaydee me perguntou enquanto eu dizia aos humanos que tínhamos encontrado o lugar. — Você tem algum truque aqui?

— Apenas observe — eu disse.

Os humanos se acomodaram em um semicírculo ao meu redor enquanto eu me punha a trabalhar. Primeiro veio um interruptor físico, uma alavanca na esquerda do painel. O interruptor vermelho mudava a fonte de energia do painel do suprimento principal da Starship, que eu havia cortado lá na Ponte, para as baterias reserva do motor. Um suave clique fez o trabalho, e imediatamente os monitores piscaram e ganharam vida.

Em alguns segundos, o programa de contagem regressiva de Leo entraria em ação. Em alguns segundos, eu o pararia completamente. Para isso, eu nem precisava me conectar ao terminal. Dedos nas teclas no mundo real seriam suficientes. Escolhi o monitor central, banhando-me na súbita luz azul-acinzentada de todas as telas. Os humanos piscaram, e Pravda soltou um pequeno viva.

Com a rede da Starship desligada, o programa de Leo apareceu primeiro: uma contagem regressiva diminuindo até que os motores rugissem. Daqui, fiz uma única e simples coisa: cliquei em um pequeno botão de cancelar no canto inferior direito.

— É só isso? — perguntou Kaydee enquanto o programa morria. — Viemos todo esse caminho para você clicar em um X?

— É só isso — eu disse. — Meio sem graça, não é?

Kaydee começou a responder, então ambos notamos o que havia substituído o comando do juízo final de Leo: uma caixa de mensagem, com vários parágrafos de desculpas. Kaydee balançava a cabeça enquanto lia a mensagem, e eu concordei: Leo começava com uma admissão, o programa em si era falso. Os motores teriam cancelado a ordem como um comando catastrófico assim que começasse. Leo disse que eles não poderiam destruir a Starship de qualquer maneira, não quando tantos de sua própria tribo estavam por perto. O objetivo era ganhar tempo, dar a Val, Chalo e os outros uma chance de fugir.

— Bem, ele conseguiu isso — murmurei.

Três dias comprados e pagos com o truque. Leo derramou seu verdadeiro eu na próxima seção. Ele se dirigiu a Kaydee, chamando-a pelo nome e pedindo desculpas por todos os erros que cometera, os dias e anos perdidos perseguindo máquinas selvagens que deveriam ter sido gastos com ela. Deveriam ter sido gastos fazendo o trabalho realmente importante: viver.

— Era tão ruim assim? — perguntei a Kaydee quando ambos terminamos.

— Ele é um bobão, Gamma — respondeu Kaydee. — Nós dois éramos ambiciosos. Se ele fosse todo sobre passar os dias bebendo vinho no Parque, eu o teria dispensado. Mas é uma carta bonita.

Notei, no entanto, que ela releu várias vezes.

Com a destruição evitada, disse a Pravda e Fang que a Starship estava prestes a acordar novamente. Eles estavam mais do que prontos, ansiosos por uma rápida caminhada de volta à Ponte. Reuniões, e então rearmar-se para uma expedição atrás daqueles embriões, atrás de Val, Chalo e o resto.

Nenhuma palavra escapou dos meus lábios sobre o plano.

— Pronta? — perguntei a Kaydee, voltando aos monitores.

— Por mais divertido que tenha sido tropeçar no escuro, que a luz brilhe, parceiro.

Mais algumas teclas enviaram o comando para os controles sempre atentos alimentados por bateria para dar a partida na Starship. No início, nada parecia acontecer. Os monitores à minha frente mostravam uma longa barra de carregamento, percorrendo uma lista deste e daquele sistema.

— Aposto que ninguém viu essa tela há mil anos — disse Kaydee.

— Ou mais.

As operações óbvias como o suporte de vida vieram primeiro, e com elas a Starship despertou ruidosamente, todos aqueles processadores de ar entrando em ação. A filtragem de água, a névoa mantendo o Conduit em seu estado nebuloso, entrou em funcionamento. As luzes do teto ao nosso redor floresceram após vários minutos, piscando até entrar em ação total e permitindo que as baterias reservas do motor voltassem a ser apenas isso. Estrondos e estalos, batidas e pancadas ecoaram até nós enquanto válvulas e respiradouros acordavam.

— Se você nunca pensou na Starship como algo vivo, é bem difícil não pensar agora — disse Kaydee.

Absorvemos a sinfonia técnica por meia hora, esperando a Starship se estabilizar. Esperando, também, por um gatilho específico.

— Parece bom! — anunciou Pravda, ordenando aos humanos que se preparassem e ficassem de pé. — Hora de ir para casa, certo?

Até Fang parecia aliviada, ajudando outro humano a colocar sua mochila. Rostos frescos e felizes, como se a caminhada angustiante fosse sujeira lavada no banho de eletricidade. Quase me fez sentir mal.

— Hora de ir para casa — eu disse.

O Conduit vivia e respirava novamente. A luz dourada cintilava para cima e para baixo do vasto cânion, brilhando na névoa fresca que flutuava de cima. As passarelas acima e abaixo de nós, atulhadas de detritos, pareciam apenas bagunçadas e não trilhas perigosas. Pravda colocou a mão no meu ombro, um largo sorriso se espalhando pelo seu rosto.

— Você conseguiu, seu receptáculo maldito — disse o homem. — Disse à Fang que devíamos mantê-lo vivo, e você recompensou essa decisão plenamente. — Pravda me deu um aceno agora. — Sei que nem sempre fomos educados um com o outro, mas uma vez que todo esse negócio desagradável com esses outros humanos seja resolvido, eu o protegerei. Você terá um lugar bem ao meu lado enquanto quiser.

Kaydee bufou. Eu a ignorei.

— Obrigado — respondi, ia tentar encontrar um terreno comum entre Pravda e Val, quando as muitas luzes da Starship se apagaram por um segundo inteiro antes de voltarem a brilhar.

Apenas por um segundo, mas mesmo esse único segundo provocou gemidos dos humanos ao nosso redor. Pravda congelou, seu sorriso vacilando. Esperei pelo próximo passo de Volt. Uma voz, o tipo particular de voz das muitas manobras da Starship, suas curvas e seus pousos, veio pelos alto-falantes em seguida.

— Atenção Starship — anunciou a mulher elegante. — Há uma sobrecarga de energia inesperada. A nave está instável. Recomenda-se evacuação imediata.

A mensagem se repetiu mais duas vezes, e na sua quarta repetição, Pravda me puxou de lado, perguntando que diabos estava acontecendo.

— Sempre houve uma chance — eu disse — de que a Starship não reagisse bem a ser desligada depois de tanto tempo sem uma pausa. Era um risco, mas senti que tinha que correr.

— Quanto tempo temos? — perguntou Pravda, os outros se amontoando atrás dele, olhando para mim como se eu fosse um dispensador de sabedoria infinita.

Apenas Fang manteve sua suspeita estreitada.

— Não faço ideia. — Eu disse a verdade. — Tenho certeza de que seus amigos lá na Ponte estão evacuando. Vocês também deveriam sair, encontrá-los lá fora.

Pravda lançou um olhar para o casco da Starship, como se pudesse ver através dele as planícies douradas além.

— Lá fora? — ele perguntou.

— É isso ou arriscar morrer — respondi, tentando injetar alguma urgência na minha voz. — Vou mostrar o caminho, depois voltar para os controles. Talvez eu possa retardar o processo. Comprar tempo para vocês fugirem.

Pravda balançou a cabeça. — Não temos comida, não temos abrigo, nós-

— Encontrem Val e seu povo. Eles acolherão vocês — eu disse. Pravda começou a gaguejar, mas eu o virei, apontando de volta para os motores. — Vamos, temos que sair agora!

As luzes piscaram novamente. Uma sobrecarga perfeita que fez os humanos se apressarem. Pravda correu para a frente do grupo, repetindo o que eu havia dito enquanto o grupo voltava pelos corredores de engenharia. Eles ficariam juntos, sairiam e se reagrupariam com seus amigos longe da Starship. Eu disse que transmitiria uma mensagem do console, avisando aos outros humanos para encontrarem o grupo de Pravda nas colinas a oeste.

— Eles realmente estão acreditando — disse Kaydee enquanto os humanos corriam desabaladamente, ou pelo menos o melhor que podiam com seus ferimentos e equipamentos, pelos corredores. — Tipo, uau.

Descemos as escadas, pulando degraus para chegar à saída inferior da Starship, uma porta estreita que levava para fora. Com Pravda e os humanos me deixando passar, girei a pesada válvula e abri o portal, mostrando um céu estrelado além.

Todos os humanos pararam, olhando de boca aberta com admiração para o primeiro outro mundo que haviam visto, inferno, o primeiro mundo que haviam visto além desses corredores de metal.

— É lindo — disse Pravda lenta e suavemente.

— Fico feliz que você ache — respondi. — Agora vão, tenho que voltar para os consoles.

Dei um leve empurrão no homem e ele mordeu a isca, correndo para fora e descendo os degraus que levavam ao chão. Uma escada montada por Leo e Val, mas não mencionei isso. Em vez disso, ajudei cada humano por sua vez a seguir seu caminho, cada um até que senti não um ombro, mas um cano de metal duro. O cano de um rifle.

— Diga-me a verdade, receptáculo — disse Fang, enfiando sua arma nas minhas costelas. — A Starship vai explodir, ou você é um mech mentiroso?

TRINTA E CINCO

UMA ARMA NA CABEÇA

Mate-a. Pegue o rifle, está bem ali, quebre-o e jogue Fang atrás dos humanos. Feche a porta e tranque-os do lado de fora. Ou leve-a com você e assim que Pravda e os outros tiverem ido embora, delete-a.

As ideias passaram por mim como um raio enquanto eu encarava a ameaça de Fang, o ar fresco da noite se misturando com a versão reciclada da Starship ali na saída traseira da nave. Lá embaixo, Pravda e os outros três humanos já estavam caminhando entre os talos altos.

Mesmo agora, será que eles olhariam para trás?

— Responda-me, recipiente — repetiu Fang.

Eu não podia despedaçá-la. Não podia lançá-la da escada. Se eu considerasse a ação por mais de um momento, um muro se formava em meus membros, apagando a ideia. Programação central, o mesmo bloqueio que impediu Delta de destruir Alpha quando ela deveria ter feito, esse mesmo bloqueio me parava agora.

— Temos que enviar a mensagem — eu disse a Fang, com mãos e pés parados no chão de metal. — Se não o fizermos, seus amigos nunca saberão para onde ir.

— Então vamos enviar a mensagem juntos — Fang recuou um passo, deixando-me levantar.

— Você vai ficar para trás — Fiz um gesto em direção aos humanos que se afastavam.

— Eu os alcançarei.

Voltamos ao console, subindo muitos níveis. Alvie nos seguiu, contente em obedecer às minhas ordens. O cão não tinha esse bloqueio para machucar humanos. Eu poderia ordenar que o cão fizesse o que eu não podia.

— O que é, cara, exatamente o que você deveria estar fazendo — disse Kaydee enquanto Fang e eu subíamos escada após escada. — Ela vai explodir suas entranhas quando perceber que você está mentindo.

Eu só precisava tirá-la da nave. Enviar a mensagem, levá-la de volta para baixo, e uma vez que ela saísse, eu estaria livre.

— Por que ela vai deixar você ficar? — perguntou Kaydee.

Um problema para o qual eu teria que encontrar uma solução. Os consoles esperavam exatamente onde os deixamos. Nenhum deles mostrava um alerta de emergência, um fato que Fang apontou com sarcasmo seco.

— Parece que a nave deveria estar mais em pânico. Alarmes soando — disse Fang. Ela estava atrás de mim, a um metro de distância, com o rifle em punho. Alvie observava de longe. — Sabe, Gamma, já vivemos esses alertas antes. Houve motins, houve mau funcionamentos. Você não é o primeiro a armar uma armadilha falsa para um povo miserável.

Ignorei-a. Digitei a mensagem e a enviei gritando pela nave, reproduzindo na mesma voz suave de mulher. Eu disse aos humanos para nos encontrarem nas colinas ocidentais. Disse-lhes para correrem. Esperava que eu não estivesse lá para encontrá-los.

— Agora vá — eu disse a Fang. — Vou tentar gerenciar a energia daqui. Talvez eu consiga segurá-la o suficiente para você escapar.

— Oh, você conseguiria? — disse Fang. — Isso seria tão bom.

Ela não se moveu.

— Fang não está comprando — disse Kaydee. — Mande Alvie atacá-la!

Eu não podia. O mesmo bloqueio surgiu quando abri a boca para tentar, impedindo que as palavras saíssem. Nenhum dano aos humanos, nenhum. Alvie poderia fazer o serviço, eu simplesmente não podia ordenar que fosse feito.

Então meus braços se moveram, sacudindo-se em um gesto na direção de Fang. Senti minha boca se mover também, um gorgolejo estrangulado saiu. Como se eu tivesse sido possuído.

— Bem, droga — disse Kaydee, fazendo beicinho ao meu lado. — Nem mesmo eu consigo passar por esse código estúpido.

Fang ergueu as sobrancelhas enquanto eu ficava imóvel, atordoado. Por que eu deveria estar surpreso: Kaydee continuava dizendo que ela seria a líder de nosso corpo conjunto algum dia. Era assim que seria, minhas partes obedecendo a ela em vez de a mim. E, no entanto, saber que algo aconteceria era muito diferente de experimentá-lo.

— Desculpe, não quis te pegar de surpresa — disse Kaydee, e pelo menos ela parecia arrependida. — Não achei que tivéssemos tempo para negociar. Além disso, você vai fazer alguma coisa? Ela pode simplesmente atirar em você e ir embora.

Fang estava ficando inquieta. Ela apontou o rifle para

mim novamente, gritando alguma ordem para que eu me movesse. Comecei a descer, obedecendo-a sem pensar. Só depois que chegamos às escadas, Fang suspirou, soltando uma maldição baixa.

— Recipiente — ela disse quando olhei para trás —, eu realmente queria confiar em você. Realmente queria, depois de toda a ajuda que você nos deu lá atrás. — Ela fez um gesto para que eu continuasse descendo. — Nos guiando através da escuridão, impedindo que os motores sobrecarregassem. Parecia muito bom para você. Eu queria acreditar que talvez estivéssemos errados em torrar todos os seus amigos.

— Vocês *estavam* errados.

— Cale-se. Isto não é um diálogo. Isto sou eu explicando por que vou disparar um laser nas suas costas em alguns minutos.

— Por quê?

— Porque a Starship ainda não explodiu, é por isso. Você é um robô mentiroso, e robôs mentirosos devem ser sucateados.

Apertei minhas mãos, deleitando-me com a reação humana. Escadas, degraus de metal que eu já tinha subido e descido duas vezes, estavam diante de nós em uma escadaria estreita descendente. Descendo-as, rastreei cada movimento em meu corpo sintético. Partes de fibra tecidas juntas, ligadas com mais fios, circuitos e construção cuidadosa do que qualquer outra coisa nesta nave. E Fang desperdiçaria tudo isso porque eu tentei sobreviver?

— Você ia atirar em mim de qualquer jeito — eu disse enquanto caminhávamos. — Vocês nunca nos deram uma chance.

— Demos uma chance aos seus predecessores, e por causa disso, tivemos que nos congelar por um longo tempo.

— Por causa disso?

— Oh, você acha que apenas algumas dezenas de pessoas na Starship queriam virar picolés até encontrarmos um novo lar? — Fang riu, mas não havia nenhum humor nisso. — Isso é tudo o que nos restou. Vocês, recipientes, nos despedaçaram. Mataram e mataram e mataram porque as mentes dentro de seus corpos perderam o juízo.

— Você vê o Conduíte e todos os seus danos? Isso não é porque alguns mechas sucata ficaram animadinhos. É porque a Starship foi uma zona de guerra por meses e meses, os humanos contra as embarcações que queriam eles mortos. Nós pegamos o que sobrou, depois que eu coloquei um buraco em chamas na última embarcação, derrubamos as Vozes no comando e nos congelamos.

A história de Fang preencheu as lacunas, mas apenas da perspectiva dela. Eu tinha conhecido Kaydee, conhecido Kaydee por tempo suficiente agora para me perguntar como todas essas mentes tinham se tornado tão assassinas, tão perigosas. Não parecia certo, não parecia que eu tinha o quadro completo. Não que eu fosse provavelmente conseguir isso com um rifle apontado para minhas costas.

— Então você entende, certo? — disse Fang. — Por que eu poderia ter alguma animosidade em relação a você e aos da sua espécie?

— Eu entendo.

— Bom.

Chegamos ao final da escada, percorremos os últimos metros até a saída. A Starship ainda não tinha explodido. A mensagem pedindo uma evacuação tinha parado de tocar. Ao nosso redor, uma nave roncava como seu eu normal e saudável. Fang ficou atrás de mim enquanto chegávamos ao último lance de escadas. Parei no final, olhei para ela.

— Aqui estamos — eu disse, nem me preocupando em

continuar a mentira. Não havia como ela acreditar em qualquer coisa agora. — E agora?

— E agora? — disse Fang. — Quão longe eles estão?

Olhei para fora, encontrei Pravda e os humanos subindo as primeiras colinas.

— Alguns quilômetros?

Fang assentiu. — Veja, Gamma, Pravda gosta de você. Isso é perigoso, porque mesmo se eu deixasse você em ruínas fumegantes aqui mesmo, ele poderia decidir que as embarcações são uma coisa boa para ter por perto. Aquelas suas outras duas irmãs vão aparecer eventualmente, e eu preferiria que tivéssemos uma ordem de execução limpa do que uma demanda para fazer amizade.

— Tudo bem?

— Então comece a se mexer. Você vai contar tudo o que armou para o Pravda, e uma vez que ele perceba que você é uma máquina mentirosa e traidora, eu ficarei muito feliz em puxar esse gatilho.

Eu não me movi imediatamente. Fiquei lá, tentando calcular uma saída. Eu poderia dar um salto voador na noite, atingir o chão e correr. A Starship era enorme, as hastes da grama poderiam ficar altas. Eu poderia ser capaz de me esconder.

— Ou ela simplesmente atiraria em você — disse Kaydee — e então nós dois estaríamos mortos.

Ou isso.

Atrás de Fang, Alvie olhou para mim. Aqueles olhos dourados esperando por um comando. Talvez, talvez eu pudesse dizer ao cachorro para pegar o rifle. Despedaçá-lo. Então...

— Gamma — disse Kaydee enquanto Fang me dizia, novamente, para mexer minha bunda. — Eu tenho uma ideia maluca. Fang disse que Pravda gosta de você. Ele é um imbecil arrogante, sim, mas talvez você conte a verdade para ele? Talvez ele acredite, agora que Val está lá fora com todos os embriões dele? Talvez você confie que vai dar tudo certo?

Como se algo tivesse dado certo até agora. Mas Fang só tinha um rifle. Eu poderia seguir o plano de Kaydee, ver se conseguia alguma boa vontade. Se falhasse, meu cachorro poderia mastigar a única arma pela metade, e então eu poderia fugir.

Que plano.

Alcançamos Pravda e os humanos quando eles chegaram ao topo da colina mais próxima com vista para a Starship. Sob a luz das estrelas, as encostas curvas ao nosso redor pareciam correntes de prata ondulantes, o vento empurrando as hastes em rajadas. Fang tinha sido fiel à sua própria avaliação, capaz de me acompanhar e se mover rápido o suficiente para fazer a conexão.

Pravda, a princípio, pareceu tanto eufórico quanto atordoado ao nos encontrar ali. Ele perguntou se eu havia enviado a mensagem, então se perguntou por que a Starship ainda não tinha explodido.

— Gamma vai te contar por quê — disse Fang, momento em que todos os humanos notaram que ela ainda tinha o rifle apontado para mim.

— Pareça realmente simpático, meu chapa — sussurrou Kaydee.

Eu tentei. Puxei do enorme reservatório de mea culpa do Bibliotecário para contar minha história em termos humildes. Sim, eu tinha mentido. Eu queria tirar todos os humanos da Starship para que tivéssemos uma oportunidade, nós mechas, de fazer algo com ela. Dar a nós mesmos uma chance neste novo mundo sem os humanos nos esmagando.

Fang atirou com o rifle então, disparou direto para o céu

noturno. Um disparo brilhante, mas que me impediu de falar.

— Não preciso ouvir todo o seu choramingo, embarcação — disse Fang. — Pravda, você entendeu agora? Ele só queria que saíssemos e déssemos a ele nosso lar.

Pravda fez o que Pravda fazia, ele perambulou em um semicírculo ao meu redor, braços balançando amplamente enquanto lamentava minha duplicidade. Enquanto ele ridicularizava os mechas e suas ideias absurdas de independência, de liberdade. Como não saberíamos o que fazer conosco sem a ajuda dos humanos.

— Ajuda que nós receberíamos — eu disse, de joelhos na grama. — Ajuda que valorizaríamos. Só não propriedade.

— Bem, que pena — disse Pravda, apontando um dedo para mim. — Nós fizemos você, Gamma. Entendeu isso? Fizemos você. Acho que você não foi feito bem o suficiente. — Balançando a cabeça, Pravda se virou para Fang. — Destrua essa coisa, depois vamos para casa.

— Com prazer.

Fang levantou o rifle. Eu levantei minhas mãos.

Alvie saltou da grama, um salto executado com perfeição. Seus dentes agarraram o rifle, arrancando-o das mãos de Fang. A mordida atravessou o gás, a célula de energia, e a arma explodiu quando Alvie atingiu o chão. Meu cachorro voou, rolou pelo ar, desaparecendo nas plantas.

— Como se isso fosse salvar você — disse Fang, alcançando seu cinto e puxando uma faca de estilhaços nojenta. — Acho que faremos isso do jeito antigo.

Enquanto ela caminhava na minha direção, eu fiquei de pé, pronto para correr, apenas para ser derrubado por humanos por trás, empurrado para o chão. Meu rosto bateu na terra e eu tentei, tentei me levantar. Tentei me erguer, mas toda vez que eu me movia, aquela mesma parede se formava. O empurrão, o levantar poderia machucar um humano, e isso eu não podia fazer. Senti Kaydee tentar novamente também, senti ela empurrando de novo e de novo enquanto eu desistia e observava a faca de Fang capturar a luz das estrelas enquanto mergulhava em direção ao meu pescoço.

298   A.R. KNIGHT

formava. O empurrão, o levantar poderia machucar um humano, e isso eu não podia fazer. Senti Kaydee tentar novamente também, senti ela empurrando de novo e de novo enquanto eu desistia e observava a faca de Fang capturar a luz das estrelas enquanto mergulhava em direção ao meu pescoço.

TRINTA E SEIS

UMA OFERTA PERIGOSA

Quando a faca de Fang desceu para o que teria sido um golpe fatal, um baque atingiu meu ombro direito, jogando-me para o lado e fazendo com que o golpe de Fang cortasse minha bochecha em vez do meu pescoço. Ícones vermelhos surgiram em meus olhos, indicando que meu braço direito estava fora de ação. Não que isso importasse, Fang estaria corrigindo, estaria seguindo-

— Que timing — Kaydee assobiou, vendo Fang parar antes de mim. A principal lutadora de Pravda parou no meio do movimento, com a faca erguida nas mãos. — Deveríamos estar mortos, Gamma.

— Em vez disso, mais uma vez, levamos uma flechada no ombro — respondi, observando a haste estreita que sobressaía. As penas pareciam teias de aranha à luz das estrelas. — Como e por quê são duas perguntas que me vêm à mente.

As respostas vieram quase tão rápido, com gritos vindos de todas as direções ao redor do pequeno acampamento. Os humanos de Pravda não ofereceram resistência, seus rifles estavam tão esgotados quanto seu espírito. Por um breve momento, me perguntei se os mechs de Alpha nos haviam encontrado, ou talvez Beta e Delta.

Ou, mais louco ainda, alguns nativos deste mundo.

Em vez disso, Chalo surgiu, vestido com a cota de malha cintilante de penas e parecendo muito feroz com um machado de estilhaços em cada mão. Eu aproveitei para me reclinar de costas na grama, observando os caçadores de Val, incluindo alguns Forjadores e suas peles metade humanas, metade mechs, cercarem o grupo de Pravda e mantê-los sob a mira de espadas, flechas e rifles.

— Tão perto — eu disse a Fang, que me lançou um olhar furioso, que começou a mover a mão com a faca e se viu com uma espada de sucata irregular em seu pescoço.

— Ele é o que deve ser morto — Fang protestou para o caçador. — Ele é o mech.

O caçador olhou para mim, fez um duplo take, e então chamou Chalo para vir até aqui.

— Veja, Fang — eu disse —, é bom ter amigos. Mesmo que eles atirem em você de vez em quando.

— De fato, atiramos — disse Chalo, abrindo caminho entre os prisioneiros - pois era isso que o grupo de Pravda claramente era agora - até o meu lado. — Desculpe, Gamma. É difícil distinguir no escuro.

— Se Juny ainda estiver por perto, ela saberá como consertar isso.

Achei difícil guardar qualquer ressentimento, dado que, você sabe, eles haviam salvado minha vida. Kaydee estava igualmente empolgada, embora demonstrasse de maneira diferente: apesar da incapacidade de Fang de vê-los, Kaydee fazia gestos e imagens que meus sensores consideravam obscenos em sua direção.

— O quê? — disse Kaydee quando me pegou olhando. — Ela merece.

Eu não discuti.

O grupo de Chalo colocou o quinteto de Pravda em um círculo apertado. Os caçadores tinham mais que o dobro do número de Pravda, evidenciando o quão precária era a posição do homem. Pravda não parou de soltar moedas de troca, apelos por diplomacia e ameaças ocasionais durante todo o tempo. E esse tempo não foi curto: Chalo me fez contar toda a história, depois confirmou várias partes: que todo o grupo de Pravda não era grande, que eles não eram monstros e que não controlavam a Starship.

— Mas nós controlamos a Starship! — Pravda protestou quando Chalo o fez corroborar minha história.

— Não a menos que seu pessoal seja estúpido — eu disse. — Enviamos a mensagem de evacuação. Eles já devem ter ido embora a essa altura.

Com isso, Chalo chamou dois caçadores, sussurrou algo que não pude ouvir, e eles partiram em direções separadas. Chalo então voltou para Pravda, agachando-se na frente do homem. A luz das estrelas servia para iluminar a cena, aquelas gloriosas teias flutuando pelo céu noturno acima. Parecia os velhos filmes em preto e branco do Bibliotecário, e ninguém ousava falar, incerto se Chalo iria estripar Pravda com o machado em sua mão.

Eu quase disse não. Quase o impedi.

— As leis mudaram — disse Chalo — desde a última vez que vocês acordaram. Vocês me seguirão de volta para nossa nova casa e dirão o que têm a dizer diante de nós. Então decidiremos se vocês são uma ameaça.

— Uma ameaça? — disse Pravda. — Parecemos uma ameaça?

— Não — respondeu Chalo, levantando-se. — Vocês parecem crianças assustadas.

Pravda não tinha bravata para rebater isso. Fang, com

uma carranca permanente no rosto, não disse nada. Os outros três humanos pareciam aliviados por se levantarem e marcharem. Presumivelmente haveria comida no final. Abrigo. Uma chance de respirar.

Eu fui na frente com Chalo, nós dois liderando a coluna enquanto navegávamos pelas colinas ondulantes. De vez em quando, as pessoas tropeçavam no escuro cinzento, escorregando em um buraco invisível ou tropeçando em uma pedra rebelde. Meus próprios sensores identificavam o terreno irregular, destacando problemas potenciais para eu evitar. Ainda assim, a pura falta de jeito, especialmente do grupo de Chalo, caçadores que haviam se movido com tanta habilidade na Starship, me deixou confuso.

— É um novo mundo — respondeu Chalo quando perguntei. O caçador havia ficado em silêncio até agora, quase uma hora desde que havíamos levantado acampamento no escuro. — Estamos acostumados com metal. Chão plano. Previsibilidade. Não há nada disso aqui.

— Especialmente no escuro — ponderou Kaydee. — Por que eles estão fora agora?

Repeti a pergunta dela para Chalo, que deu de ombros. — A noite dura tanto quanto dois de nossos dias antigos. Não podemos sentar e esperar. Especialmente agora.

— Por quê?

— Você não estava por perto antes. Nem eu, mas Val falou sobre isso muitas vezes. Comida, água eram escassas. Os perigos eram imprevisíveis. Eles se moviam rápido então para crescer e se proteger. Agora não é diferente.

— Que perigos? Vocês encontraram alguma coisa?

— Sim — disse Chalo, seus olhos brilhando na luz prateada. — Você.

O brilho do amanhecer

O horizonte já estava iluminado quando tropeçamos,

marchamos e caímos no acampamento de Val. Os caçadores pareciam bem, mas os humanos de Pravda estavam mortos de cansaço. O mensageiro de Chalo deve ter aproveitado bem sua vantagem inicial, porque toda a aldeia já estava agitada. A própria Val esperava para nos receber, vestida com a mesma cota de malha reluzente, sua lança erguida enquanto nos aproximávamos.

Atrás dela, vários dias de trabalho mostravam bons resultados. Com barras de metal roubadas da Starship, os humanos construíram abrigos de palha para complementar as tendas que haviam se mudado com eles. Os embriões estavam em um freezer movido a energia solar, roubado do Berçário e ampliado por Leo para lidar com a carga maior.

A localização também demonstrava um planejamento inteligente: o povo de Val se aninhava em um vale entre amplas colinas inclinadas. Poças borbulhantes cobriam o chão, as únicas lacunas que eu havia visto na grama desde que chegamos a este mundo. O líquido cinzento e turvo em seu interior, para deleite de Leo, revelou-se ser água, embora misturada com todo tipo de metais tóxicos, minerais e mais. Ainda assim, extrair a boa e velha H_2O das poças não seria uma tarefa impossível, desde que mais alguns filtros pudessem ser roubados da Starship.

O próprio Leo me contou tudo isso enquanto Juny, a engenheira espirituosa, me libertava do disparo acidental. Após a extração, Juny ajudou com mais algumas cirurgias mecânicas, consertando fios cortados e soldando meu braço direito de volta ao funcionamento. Durante todo esse tempo, Pravda tentava convencer Val a não matá-lo. A não matar seu povo.

— Eu acho que eles merecem morrer? — disse Kaydee enquanto nos juntávamos aos procedimentos da manhã, um estranho julgamento em que Val e Chalo encaravam os cinco de Pravda. Todo o grupo estava diante de uma grande fogueira no centro da aldeia, agora cercados por pessoas curiosas e guardas armados. — Quer dizer, não. Nem todos eles. Nem mesmo Pravda, porque ser irritante não deveria ser sentença de morte. Mas Fang pode ir para o inferno. Definitivamente.

Fiquei quieto. Escutei. Minha programação me impediria até mesmo de pronunciar uma sentença de morte para um humano. Na verdade, eu não conseguia imaginar um final pior para tudo isso do que o grupo de Pravda acabar decapitado em estacas. Feito isso, não havia chance de que os outros vinte e cinco perdidos por aí viessem se juntar a eles. Lutariam até o fim primeiro.

Os primeiros dias da humanidade neste mundo seriam marcados pela mesma guerra e sangue que haviam escrito sua história na Terra.

Então, quando Val finalmente pediu comentários da multidão, eu dei um passo à frente.

— Eles não merecem a morte — disse eu no início. — Nem uma vez fizeram um movimento hostil em direção a qualquer um de vocês. São poucos em número, e menos ainda têm habilidades que os tornariam uma ameaça.

— Esta aí disse que eles sabem lutar — interrompeu Chalo, apontando para Fang. — Acho que isso é a definição de uma ameaça.

— Eles foram treinados em seus sonhos — rebati, sentindo os olhares sobre mim. Sentindo, também, o calor enquanto a estrela branca deste mundo subia acima das colinas. — Isso não é o mesmo que vocês. Eles não viram derramamento de sangue real, e não o querem. Se você lhes der uma chance, eles se juntarão a vocês. Eu sei que vão. Vocês precisarão de todos os corpos que puderem conseguir.

Val me deu um leve aceno. A comida poderia ser

escassa, mas cada alma agora ajudava a garantir que a humanidade pudesse sobreviver. Matar indiscriminadamente com menos de cem pessoas vivas no planeta seria desastroso. Ela tinha que ver isso. Chalo tinha que saber disso.

— Dê a eles uma escolha — eu disse. Kaydee me instigou a simplesmente reproduzir algo dos meus arquivos, algum discurso emocionante da história, mas Val era alguém que preferia soluções simples, não oratória grandiosa. — Se eles escolherem se juntar a vocês, deixem. Se insistirem em seguir sozinhos, então façam o que acharem melhor.

— Façam o que acharem melhor? — disse Kaydee quando eu recuei em meio a murmúrios da multidão. — Que tipo de final é esse?

— Eu não podia dizer matar. Nem mesmo dizer exilar. Muito próximo da morte, aparentemente.

Val, pelo menos, parecia ter atendido meu conselho. Ela tomou seu turno no círculo agora, mas olhou apenas para os cativos dispostos diante dela. Todos de joelhos, apenas Fang e Pravda ousavam encarar seu rosto.

— Vocês ouviram o robô — disse Val. — Uma escolha. Entreguem-se a nós, como todos os outros aqui fizeram, e nós os aceitaremos em nossa tribo. Vocês podem nos ajudar a construir um novo lar aqui. Dar as boas-vindas a um futuro brilhante. Ou recusem, e faremos sua morte ser rápida.

— Juntar-se ou morrer? — disse Pravda, balançando a cabeça. — Isso não é uma escolha real. Deixe-nos voltar para os nossos e seguir nosso caminho como quisermos.

— Nós temos os embriões — rebateu Val, qualquer calor se dissipando em um instante. — O número de vocês não é suficiente para sobreviver. Vocês morrerão a menos que se juntem, ou definharão até ficarem desesperados e atacarem, uma possibilidade que não vou permitir. Então sim. Juntem-se, ou morram.

Apenas o vento fazia barulho.

Um homem, o quinto cativo, aquele ferido no Jardim, jogou-se para frente no chão. Ele jurou lealdade, disse que aceitava os termos deles, disse que só queria sobreviver, para que sua família, entre os outros ainda perdidos, sobrevivesse. Os outros dois seguiram quase no mesmo instante, caindo de joelhos na terra e afirmando o mesmo.

— Inteligente — disse Kaydee. — Não tenho certeza se precisavam se humilhar tanto assim, no entanto.

Talvez, mas Val não parecia se importar com o gesto. A um sinal seu, dois guardas se aproximaram e levantaram os três. Garrafas de água foram entregues, frutas e vegetais enlatados seguiram. Os três comeram e beberam ali mesmo no círculo, bem na frente de Pravda e Fang.

— Veem? — disse Val. — Somos generosos. Gentis. Não guardamos rancor, e vocês serão bem-vindos como iguais.

— Iguais a você? — perguntou Pravda.

Um sorriso fino, — Uma tribo precisa de um líder.

Pravda endireitou os ombros. — Então você pode ficar com sua tribo. Me leve de volta para a minha, ou me mate. Não vou me arrastar por você.

Fang, concordando, cuspiu na terra aos pés de Val.

— Caramba — disse Kaydee. — Parece que Pravda é realmente estúpido.

Antes que eu pudesse concordar, Chalo saltou para defender a honra de Val. O homem tinha seu machado na mão, fazendo-o assobiar em direção ao pescoço de Fang, antes que Val o mandasse parar.

— Um dia — disse Val ao par aprisionado. — Um dia aqui. Vocês nos observarão, nos verão, e entenderão. Como o robô disse, não desperdiçarei vidas se não tiver que fazê-lo. Mesmo que as vidas pertençam a pessoas como vocês.

TRINTA E SETE

VERSÕES DE RECEPTÁCULOS

Após a ordem de Val, o acampamento voltou à sua rotina diária. Além de alguns guardas encarregados de vigiar os dois prisioneiros, todos os outros se apressaram para continuar construindo abrigos, filtrando água das poças ou fazendo qualquer uma das milhares de outras coisas que um assentamento humano precisava para sobreviver. Depois de esperar que alguém viesse falar comigo, percebi que ninguém se importava com o que eu faria a seguir.

— Eu me importo — disse Kaydee. — O que você está pensando?

Havia opções: eu poderia voltar para a Starship, retomar o plano que tinha elaborado com Volt e começar a remodelar a nave à minha nova imagem. Poderia ficar aqui, tentar entender melhor o que os humanos queriam fazer. Ou poderia tentar encontrar Beta e Delta.

— Tentar encontrá-las? — perguntou Kaydee. — Elas devem estar em algum lugar da Starship, certo? Provavelmente só satisfazendo sua sede de sangue para destruir todos os mechs que Alpha já conheceu.

— Delta, eu posso imaginar. Beta passou a vida protegendo Val e seus humanos. Não acho que ela os deixaria ir para o desconhecido sem proteção.

— Então é isso que fazemos? Saímos por aí para ver se conseguimos encontrá-las?

Não exatamente.

Encontrei Val e Chalo em uma tenda grande, que de outra forma era usada para armazenar vários alimentos. Mochilas descarregadas e ainda cheias espalhadas pela sala, enquanto Val, Chalo e vários outros se aglomeravam em torno de uma mesa central. Ao contrário do grupo de Pravda, os humanos aqui me cumprimentaram com acenos, e Juny, a engenheira que me consertou, perguntou se poderia dar mais uma olhada nas minhas entranhas por diversão. Atitudes alegres reforçadas pela esperança e pela luz do sol.

Quando me aproximei, Val encerrou qualquer reunião que estivessem tendo, dispensando os outros. Apenas Chalo permaneceu, me cumprimentando com um aceno de cabeça enquanto eu ocupava uma cadeira em frente a Val.

— Três de cinco não é mau — disse Val como abertura. — Os outros dois são teimosos.

— Um é um lutador — disse Chalo. — O outro precisa entrar em uma briga e perder.

— Perder? — perguntei.

— Orgulho demais — respondeu Val. — Os humanos podem ficar presos em seus próprios egos. Precisam ser rebaixados antes de começarem a pensar direito de novo. — Ela juntou as mãos à sua frente, parecendo um pouco com uma antiga rainha humana. Uma sem coroa ou joias, mas ainda assim majestosa. — Qual é o seu plano, Gamma?

Fui direto ao ponto com a rainha. — Beta e Delta sumiram. Quero encontrá-las.

Val lançou um olhar para Chalo e o caçador deu de

ombros. — Temos batedores vasculhando as colinas. Se elas estiverem fora da Starship, vamos encontrá-las. Se estiverem dentro, esse é o seu território agora.

O quê? Congelei, considerando as implicações da declaração de Chalo.

— Vocês estão me dando a Starship? — perguntei.

— Não temos o direito de te dar nada — respondeu Val, exibindo um sorriso astuto. — Estamos dizendo que não queremos nada com ela. Pelo menos, não muito. Se Leo ou Juny quiserem voltar para pegar alguma coisa, achamos que podem negociar com você. Caso contrário, temos o que precisamos aqui fora.

— Mas...

— Passamos anos suficientes dentro daquele mausoléu — Val me interrompeu. — Não discuta, Gamma. Pegue seu metal e fique feliz com isso.

— Então vocês não querem destruí-la? Pensei que com o truque de Leo fosse isso que queriam.

— Se eu achasse que poderíamos destruir a Starship, talvez tentasse. Como está, temos outras prioridades.

Chalo encontrou meu olhar, com uma expressão gelada. — Outras prioridades por enquanto. Gamma, estamos confiando em você para pegar a Starship e limpá-la. Torne-a segura, mantenha-a pacífica. Se isso não acontecer, então voltaremos.

Refleti sobre a ameaça de Chalo enquanto deixava a tenda. Eles deviam saber que, dado algum tempo, eu poderia criar uma força mais letal a partir das Linhas de Fabricação do que os humanos seriam capazes de derrotar. Mas talvez também soubessem que eu não seria capaz, por mim mesmo, de criar uma força assim: mais uma vez, a programação central e suas proteções.

— Ei, acho que você conseguiu uma grande vitória lá

dentro — disse Kaydee, caminhando ao meu lado, com a mão erguida para sombrear o sol. — Tudo o que queríamos, feito.

— Não exatamente tudo — eu disse, me dirigindo agora para a enorme caixa que continha os embriões.

Leo e vários Forjadores trabalhavam ao redor do contêiner de embriões, seu foco para os primeiros dias aqui fora. Eles haviam expandido o recinto, dando mais separação aos frascos, resfriamento mais confiável. Mesmo assim, as baterias que mantinham as temperaturas estáveis precisariam ser recarregadas além do seu reforço solar em breve.

Leo me contou isso sem que eu perguntasse enquanto o observava apertar rebites na seção mais nova. Ao terminar seu trabalho e sua explicação, Leo limpou um pouco de suor da parte natural de sua testa e se virou para mim.

— Então, o que você precisa?

O Forjador tinha uma aparência estranha, roupas surradas e engraxadas misturando-se com seu corpo meio humano, meio máquina. Substituindo órgãos e seções de pele que falhavam uma por uma, uma forma brutal de prolongar a vida. Uma que fazia de Leo o maior especialista no que eu estava prestes a perguntar.

— Kaydee e eu compartilhamos um corpo — eu disse. — Ela diz que vai assumir meu controle, que ficarei preso dentro de mim mesmo. Que ela não tem escolha. Tudo isso é verdade?

Leo piscou para mim, então sentou-se na grama. Deu tapinhas no chão ao seu lado. Fiz como o sinal sugeria, sentindo a terra macia sob mim. Um toque agradável em comparação com o metal duro.

— Imagino que você saiba que as mentes sempre foram destinadas a operar os receptáculos, certo? — Leo perguntou e eu assenti. — Havia muita esperança nisso, muita execução falha, mas na minha época, as coisas estavam parecendo muito boas. Boas demais, você poderia dizer, e é por isso que tivemos que queimar tudo.

— Porque as mentes não são todas humanas. — Eu podia sentir Kaydee escutando, sua influência na borda das minhas funções.

— Elas são, mas não têm todas as partes de um humano, se isso faz sentido. São um cérebro mapeado, biologia convertida em uns e zeros. Não é perfeito, mas a imperfeição parecia melhor que a extinção — disse Leo. — Eu optei pelo melhor dos dois mundos, criei uma mente a partir de mim mesmo e tentei continuar seguindo à moda antiga.

— Você não respondeu à minha pergunta.

— Se Kaydee vai te dominar? — Leo deu de ombros. — Talvez? Provavelmente? O negócio é, Gamma, você não é um mech qualquer. Você é inteligente. Você aprende. Você se adapta. Kaydee não é muito diferente de você. Pense nisso como dois colegas de quarto presos no mesmo apartamento: comuniquem-se e resolvam as coisas.

— Eu nunca morei em um apartamento. Nunca tive um colega de quarto.

Leo revirou os olhos. — Você entendeu o que eu quis dizer.

— Se eu a deletar, é assassinato?

Leo olhou fixamente para as colinas. As nuvens de teia não eram tão visíveis durante o dia, mas se eu procurasse, ainda podia distinguir os fios de teia flutuando na brisa. Risadas se misturavam com o som de ferramentas cortando, destruindo, consertando. Uma criança gritava as regras de um jogo.

— Eu tenho uma teoria — disse Leo. — Uma que nunca consegui testar. Veja, eu acho que os primeiros receptáculos, aqueles que se tornaram perigosos demais, eles não se adaptavam. Suas mentes destruíam os receptáculos, ou vice-versa. Quando você tira metade de quem você é, as coisas podem dar errado rapidamente.

Lembrando-me de como me senti quando Kaydee foi arrancada de mim, quão solitário e perdido, sem seu sarcasmo orientador e segundas opiniões. Sim, talvez se eu tivesse continuado assim, colocado em situações sem um objetivo claro. À deriva, sozinho...

— Olha — disse Leo —, eu amava Kaydee. Tivemos o azar de nascer em uma época ruim, e eu tomei algumas decisões então das quais me arrependo agora. — Ele se virou para mim, com uma expressão abatida no rosto. — Você tem sorte de tê-la com você. Eu não desistiria disso por nada agora.

— É por isso que você tentou nos destruir?

— O quê?

— Sobrecarregando os motores da Starship. Você teria matado Kaydee junto comigo.

Leo riu. — Você sabia que aquilo não era real. Não pensei que você cortaria a energia, porém. Nos deu um susto, mas agradeço pela vantagem inicial.

— Então você não teria feito isso se pudesse?

Agora o riso de Leo desapareceu, endureceu. — Eu disse a Val que eu poderia fazer a Starship explodir e que você tinha impedido. Fiz isso porque, caso contrário, teríamos ficado, nos armado e saído para caçar. Com muito medo de que Alpha, ou os capangas desse palhaço, nos pegassem de surpresa. — Ele respirou fundo, acenou para o ar ao nosso redor. — Olhe para isso, Gamma. Eu não ia perder isso por mais lutas. Sinto muito se assustei você e Kaydee, realmente sinto, mas não me arrependo do que fiz.

Kaydee ficou quieta durante toda a conversa. Pensei em cutucá-la sobre isso depois que Leo voltou ao seu trabalho, mas me vi distraído pela vida ao meu redor. Havia lições a serem aprendidas aqui, e eu absorvi as pessoas cooperando. Não apenas construindo, mas cozinhando, limpando, cuidando dos ferimentos do grupo de Pravda. Eu tinha visto vislumbres de como a Starship costumava ser, mas esta era a primeira vez que eu via uma sociedade como deveria ser: totalmente unida, inclinada a um único propósito.

Mechs poderiam ser assim, se tivessem uma chance.

Um mensageiro interrompeu meu tour autoguiado, estragando os cheiros que eu estava analisando enquanto várias pessoas cozinhavam uma mistura de arroz e vegetais. A mensagem era curta: Chalo, agora.

O caçador de cabeças de Val não estava em sua tenda, mas sim diante de Pravda e Fang. Enquanto o sol ainda estava alto no céu, a impaciência encharcava o ar. Ninguém queria esperar até o anoitecer para tomar uma decisão.

— Sabemos onde eles estão — disse Chalo para mim quando me juntei a ele. — Seus mechs. Eles estão se reunindo ao norte, perto da Ponte da Starship. Estão movendo pedras, cavando também.

— Construindo?

— Nada que meu batedor pudesse descrever. Talvez estabelecendo fundações.

— Ou cavando suas sepulturas — disse Fang, ouvindo.

— Deveríamos estar cavando as suas — respondeu Chalo, e então acenou para mim. — Gamma, Val diz que não devemos desperdiçar vidas, mas agora esses dois estão desperdiçando as nossas.

— Logo será noite.

— Pelo menos mais um dia terrestre. Se estou correndo contra mechs para construir uma cidade, mãos presas aqui por duas pessoas que não verão nosso caminho são mãos que eu poderia usar em outro lugar.

— Chalo, por que você me trouxe aqui? — perguntei. — Se você quer matá-los, poderia ter feito isso sem mim.

Chalo suspirou. — Eu trouxe você aqui para convencê-los a mudar de ideia, e para fazer isso rápido. Estou reunindo alguns de nós para dar uma olhada mais de perto nos mechs, e imagino que você vai querer ir conosco.

— Sim.

— Então você vai deixar para trás dois cadáveres, ou os dois membros mais novos da nossa tribo. — Chalo colocou uma mão no meu ombro. — Você tem uma hora.

TRINTA E OITO

DECIDIR OU MORRER

Dois idiotas egoístas, cada um representando mais de um por cento dos adultos restantes da humanidade. Ambos, com as mãos atadas com fios de plástico, de joelhos, olhando para mim com distância morta nos olhos. A vila de Val continuava em seu ritmo ao nosso redor, como se essas vidas não estivessem por um fio. Os dois guardas de Chalo estavam a vários metros de distância, observando com curiosidade ociosa.

O que o robô faria?

— Separe-os — disse Kaydee, reanimando-se pela primeira vez desde antes de eu falar com Leo. Se as palavras do homem tiveram algum efeito sobre minha amiga, ela não demonstrou. Leve e animada, ela usou as mãos para traçar uma linha entre Pravda e Fang. — Todos os filmes fazem isso. Não se pode deixar amigos juntos.

Sabendo o quanto eu trocava ideias com Kaydee, como eu tinha trabalhado lado a lado com Delta para sobreviver a situações complicadas, a jogada fazia sentido. Eu disse o mesmo aos guardas e os dois moveram Fang e Pravda para lados opostos do círculo. Longe o suficiente, com o barulho de fundo, para impedir que uma voz baixa fosse ouvida.

Longe o suficiente para se perguntar o que o outro estava pensando.

— Fang primeiro — disse Kaydee depois que os dois foram separados. — Ela será a mais difícil, e o tempo está passando.

Eu fui com Pravda em vez disso: eu preferia salvar um do que nenhum e, dos dois, Pravda era irritante, mas Fang era mais propensa a me esfaquear, ou a Chalo, ou a qualquer um pelas costas. Literalmente.

Pravda nem sequer me lançou um olhar quando me sentei na grama à sua frente. Ele parecia cansado, com sede, mas eu não pedi mais água. O recurso era precioso, especialmente agora que cada gota não estava sendo capturada nos sistemas de reciclagem da Starship. Pravda tinha que provar que valia a pena.

Eu lhe disse isso.

— Com sede? — disse Pravda. — Você acha que é com isso que me importo agora? Tipo, você estava mesmo ouvindo aquela mulher maluca? Ela vai me matar, Gamma. Tudo porque eu não vou, sei lá, me curvar a ela ou alguma bobagem medieval?

— Val quer paz. É só isso. Ela está pedindo que você se comprometa com isso.

Pravda franziu o nariz e a boca. — Você não entende os humanos se acha que é isso que ela está pedindo. É muito mais do que isso.

— Me diga.

— Ela quer tomar todas as decisões. Se eu disser sim, não estou apenas dizendo que não vou matar ninguém, mas que vou fazer o que ela quer. É uma ditadura.

— Não era isso que você tinha com seu povo?

— Aquilo era sobrevivência. Isto é civilização. Eu não me congelei só para acordar e ser um escravo.

Fiz um gesto para as pessoas ao meu redor. — Elas parecem escravas para você?

— Eu... — O desafio de Pravda vacilou, seus olhos e boca se contorcendo em confusão.

— Você não as conhece. Você não conhece este lugar ou como ele funciona. — Esbocei um leve sorriso. — Eu também não gostei muito da Val quando a conheci. Ela é dura. Determinada. Mas as pessoas aqui a aceitam porque ela as trouxe até aqui. Dê uma chance a ela. Se não der certo, você sempre pode ir embora.

— Ir embora para onde?

Meu sorriso se alargou. — Você ouviu Chalo. Eu terei a Starship. Se você ficar frustrado, eu deixo você voltar. Acho que há espaço suficiente para nós dois.

Pravda riu. Uma vitória. Kaydee, atrás dele, me deu um polegar para cima, sua mão crescendo enormemente na ação, fazendo seu polegar ficar maior que minha cabeça. Grande, ridículo, encorajador.

Hora de ir para a vitória.

— Pravda, você e todas as pessoas que você ajudou não ganham nada se você morrer aqui e agora. Nada. — Uma pausa estratégica, deixei o desperdício afundar. — Ou você pode usar tudo o que sabe para ajudar. Você pode fazer parte da humanidade neste novo mundo, mesmo que isso signifique engolir um pouco de orgulho.

Pravda assentiu. — Eu sei. Eu sei que é inútil. Eu só, eu tinha tantas ideias, Gamma. Para a Starship, para todos, e agora elas se foram. Eu as quero de volta. Quero essas possibilidades de volta.

— Você abriu mão dessas possibilidades uma vez, quando entrou nas câmaras criogênicas. Agora você ainda pode tornar algumas realidade. Só pode ser um pouco mais difícil.

— Nada mal, robô. — Pravda suspirou. — Acho que eu não estava muito vendido na ideia de morrer pela causa de qualquer maneira. — Ele se virou, olhou para Fang. — Ela não vai ser tão fácil de convencer.

— Não, não vai.

— Qual é a sua estratégia?

— A mesma que usei com você. Ouvir primeiro, esperar ter sorte.

— Bem, estou torcendo por você. — Pravda, com minha ajuda, se levantou. — Ei, cara de pedra — Pravda chamou o guarda mais próximo. — Estou disposto a assinar o juramento da Val ou o que quer que vocês estejam procurando. — Quando o guarda se aproximou, Pravda ergueu as sobrancelhas. — Não fique tão triste. Tenho certeza que você terá a chance de executar alguém algum dia.

O guarda começou: — Não é isso que-

Pravda o interrompeu, começando com suas velhas visões grandiosas enquanto o guarda confuso o levava em direção à tenda de Val.

Me deixando sozinho com uma mulher temperamental.

— Ei, você está um a um até agora — disse Kaydee, de pé ao meu lado enquanto olhávamos para as costas de Fang. — Você tem trinta minutos pela minha conta.

— Pravda demorou tanto assim?

— Muitas pausas naquela conversa, amigo.

— Acha que posso fazer a mesma coisa com ela?

— Claro, só tome cuidado quando ela se levantar, porque ela pode tentar te matar.

Fang não se levantou quando me sentei diante dela. Ela me encarou. Pela primeira vez, não li malícia naqueles olhos. Seu leve franzir de testa falava menos de vingança e mais de exaustão. Seus braços pendiam soltos, seus pés calçados com botas descansavam relaxados na grama. Nada nela dizia perigosa, nada nela dizia ameaçadora.

— Você não vai me convencer — disse Fang. — O homem disse que você tinha uma hora e o relógio está correndo.

— Pravda mudou de ideia — respondi, tentando manter uma disposição equilibrada.

Emoções, eu concluí, não ajudariam aqui.

— Pravda sempre foi flexível. É por isso que ele está liderando nosso grupo, não eu. Ele poderia mudar com as marés.

— Mas você não pode?

— Não quero. — Fang lançou os olhos para o céu. — Sou uma lutadora. Fui criada com a Starship à beira da guerra, uma que eclodiu e que eu lutei até o fim. Não vou jogar tudo isso fora para tecer vestidos.

— Tecer vestidos?

— Você sabe o que quero dizer. Tudo isso. Não fui feita para a paz.

Kaydee bufou. — Ela parece um clichê.

Minha Mente poderia ter sido desdenhosa, mas vi uma oportunidade.

— Você odeia todos os mechs, ou só eu? — perguntei a Fang.

— Não odeio mechs. Só não confio neles. Ou em você.

— Mas você é boa em destruí-los.

— Não consegui te queimar, por mais que tentasse.

Ok, talvez não fosse a resposta que eu queria, mas consegui envolver Fang na conversa. Ela me analisava agora, com um olhar de assassina. Um que eu podia reconhecer porque tinha visto Delta usá-lo vezes o suficiente.

— Chalo me disse que eles encontraram onde os mechs

estão se reunindo — eu disse. — Antes de encontrarmos vocês, desmontamos um flexi-mech. Vi o que havia dentro. Seu código, seus drives. Alpha tinha se copiado, distribuído para todas as suas máquinas.

— Você está dizendo que talvez não tenhamos matado a coisa?

— Estou dizendo que há trabalho sobrando para você, se quiser.

— Como se aquele cara fosse me levar junto.

— Você sabe atirar com um rifle. Está disposta. Isso te coloca em um grupo raro.

Fang mordiscou o lábio. — Então minhas opções são ter minha cabeça decepada esta noite, ou ir numa missão de assassinato de mechs?

— Basicamente.

Ficamos em silêncio. Kaydee passou o tempo fazendo uma aposta sobre se Fang se juntaria a nós, e depois se ela irritaria Chalo nos primeiros cinco ou dez minutos. Eu não fiz nenhuma aposta, apenas esperei, observando o cronômetro. Eu tinha entrado nisso para seguir minha programação central: salvar os humanos. Agora eu queria que Fang viesse junto apenas porque eu tinha me esforçado.

Eu queria uma vitória.

— Diga àquele cara Chalo para vir aqui. Quero falar com ele — disse Fang. — Preciso saber se podemos trabalhar juntos, ele e eu.

— Feito.

— Gamma, não pense que toda essa merda que você está fazendo muda as coisas entre nós. Eu sei o que você fez para nos tirar da Starship. Não vou te perdoar por isso. Nunca.

Levantei-me, olhando para ela. — Tudo bem.

Kaydee esperou até que eu tivesse me afastado alguns metros antes de aparecer ao meu lado.

— Tudo bem? Tudo bem? — disse Kaydee, sua voz ajustando-se para me imitar. — Essa é sua resposta? Ela está ameaçando sua vida e você está dizendo tudo bem?

— Ela não está ameaçando minha vida — respondi, atravessando a cidade em direção à grande tenda de Val e Chalo. — Ou melhor, ela não é uma ameaça, não importa o que diga.

— Uh, Gamma, ela apontou um rifle para sua cabeça durante todo o caminho até aqui?

— E agora não está mais. — Dei de ombros. — Eu tenho muitos amigos. Ela tem zero. Eu tenho a Starship, ela talvez tenha um arco e flecha se Chalo for legal. Tenho problemas maiores para me preocupar.

Meus próprios sistemas confirmaram isso, classificando a avaliação de ameaça de Fang bem abaixo na lista. Abaixo até mesmo de eventos improváveis como a programação de Alvie enlouquecer e meu cachorro se voltar contra mim. Não, eu não ia agir paranoico, especialmente não em um dia lindo como este.

Quando encontrei Chalo, ele já estava se equipando com uma dúzia de outros lutadores. Contei a ele sobre Fang, ele me agradeceu e então me disse o que eu realmente queria ouvir:

— Pegue algum equipamento, Gamma. Você vem conosco.

TRINTA E NOVE

CAÇANDO MECHS

Dez mochilas, dez pessoas. Nove humanos, um recipiente. E um cachorro metálico ofegante. Verificamos nosso equipamento, passamos as alças pelos ombros. Chalo checou as cordas dos arcos, confirmou as flechas, passos banais que poderiam ter sido delegados, mas deviam ter algum significado especial para o homem. Dois Forjadores se juntaram a nós, carregando rifles com pacotes de energia completos. Mais cinco vieram das fileiras de caçadores de Val, os que estavam saudáveis o suficiente para caminhar até uma luta.

O último?

Fang tinha uma mochila e nenhuma arma. Chalo me ordenou, com minha resistência quase infinita, que carregasse as armas dela. Fang as receberia se chegasse à luta sem causar problemas, sem tentar arrancar minha cabeça dos ombros. Ela apenas sorriu para Chalo, disse que tudo bem e esperou com o resto de nós.

Val fez um breve discurso de despedida, observada por alguns da aldeia - a maioria, notei, continuou trabalhando, cozinhando, vivendo - e ela nos lembrou que não estávamos indo para a guerra. No máximo, isso era um assassinato, uma tentativa de eliminar qualquer liderança perigosa dos mechs. O objetivo principal? Resgatar Delta e Beta.

Eles seriam os dois guerreiros mais capazes de defender os humanos nos próximos anos.

Nos registros do Bibliotecário, grupos que partiam tendiam a sair com alarde. Trombetas, pétalas de flores jogadas das sacadas por simpatizantes. Nada nos despediu além do sol branco brilhante e algumas teias de gossamer flutuando baixo. Até mesmo Val, após seu discurso e um desejo de boa sorte, voltou para sua tenda antes que tivéssemos andado alguns metros.

— É porque se espera que voltemos, sua máquina sentimental — disse Kaydee quando começamos a marcha. Chalo colocou Fang no centro da coluna, comigo segurando a retaguarda. Alvie corria ao redor, ocasionalmente pulando nas teias de gossamer. — Não estamos indo para alguma Grande Guerra.

— Mas não estamos? — respondi. — Os mechs trabalharão mais rápido que a tribo de Val. A cada dia, a diferença crescerá mais e mais até que, não importa quantos humanos ela tenha, haverá dez mechs para cada um. Ou os paramos agora, ou perdemos.

— Odeio ter que te dizer isso, Gamma, mas os números já estão contra nós — respondeu Kaydee e, diante de mim, desenhadas no ar sobre as cabeças que caminhavam, estavam as fileiras e mais fileiras de flexi-mechs de Alpha. — Digamos que Pravda e seu pessoal conseguiram eliminar algumas dezenas. Talvez uma centena. Ainda assim, sobram três ou quatro vezes mais mechs assassinos do que nossos humanos esperando por nós.

— Você está dizendo que já estamos mortos?

— Estou dizendo que temos duas possibilidades. — Os mechs desapareceram, Kaydee flutuando agora em seu lugar. Ela apontou com o braço direito, Beta e Delta aparecendo, com o céu azul atrás deles. — Resgatamos esses dois, os equipamos adequadamente, fazemos com que ataquem e devastem o exército de Alpha até não sobrar nada. — Braço esquerdo agora. Alpha, sozinho, embora no corpo que ele não tinha mais, cabelo vermelho e cicatrizes. — Ou pegamos ele. Sei que já fizemos isso, mas adivinha só, ele está lá fora agora. A rede da Starship não está disponível para ele. Sem downloads, sem transferências. Se o prendermos aqui, ele se foi.

— Exceto que seu código está em cada flexi-mech lá fora.

— Claro, mas algo tem que dizer para ativar, certo? Ou haveria algumas centenas de Alphas correndo por aí agora, e saberíamos se isso estivesse acontecendo porque tudo estaria uma loucura.

Hmm. Eu não conseguia encontrar muitas falhas na análise de Kaydee. Exceto uma.

— O povo de Pravda está deixando a Starship — eu disse. — Assim que Alpha ver isso, ele a tomará de volta.

— É por isso que temos que agir rápido — respondeu Kaydee — e confiar que Volt não seja tão estúpido a ponto de deixar as portas abertas.

A fuga da Starship marcou a terceira vez que pisei no novo mundo, e desta vez a mais longa. Durante a corrida noturna com Beta e Delta, eu estava focado em colocar um pé na frente do outro, consumido pelo objetivo e pela velocidade com que poderíamos alcançá-lo. Em comparação, este era um ritmo moderado. Fosse porque Chalo queria que o grupo chegasse aos mechs com energia, ou porque o batedor não mencionou nenhuma ameaça imediata, eu tinha tempo para apreciar a vista, para abraçar a almofada gramada sob meus pés. Sabendo sobre as poças borbulhantes, vi sinais nos outros vales pelos quais passamos: fracos fios de vapor que se dissipavam no nada ao subir. O vento permanecia o único som natural, sustentando conversas iniciadas e abandonadas entre os caminhantes.

O folclore do Bibliotecário continha inúmeros contos de humanos cantando canções, brincando sobre sua bravura na véspera do conflito, mas o grupo de Chalo parecia apático. Determinados, sim, mas com cautela em seus passos. Nenhum pensamento glorioso cruzou lábios que eu pudesse ouvir.

— É porque eles estão cansados — disse Kaydee, juntando-se a mim. — Eles passaram a vida inteira se esquivando de mechs, vivendo nas sombras sórdidas da Starship, e agora escapam apenas para serem puxados de volta? Não há muito motivo para se empolgar com isso.

— Mas esta é uma chance de acabar com tudo para sempre — repliquei. — Como eles podem não estar felizes com a oportunidade?

— Para sempre? — Kaydee riu. — Gamma, se não for Alpha, será alguém ou algo mais. Mais cedo ou mais tarde. Droga, dê alguns anos e talvez sejamos nós.

— Nós?

— Há mil coisas apontando a tribo de Val em nossa direção. Digamos que você tome a Starship. Agora você tem todo tipo de recurso que Val poderia usar. Eles estão contando que este planeta seja tudo o que precisam, mas não terá medicamentos. Seu solo pode não ser bom para o cultivo. E-

— Daremos a eles o que precisam — eu disse. — Que uso eu teria para qualquer daquilo? Mechs não são gananciosos.

Kaydee parecia prestes a continuar, seu rosto escurecendo. Uma visão sombria do futuro naquelas rugas, mas uma que ela acabou descartando, optando por balançar a cabeça em vez disso.

— Talvez seu otimismo vença, amigo. Espero que sim.

— Não é otimismo. É lógica.

— Algo que nós dois sabemos que os humanos têm de sobra.

Ficamos nos provocando por várias horas. Toda vez que Kaydee queria mudar de assunto, eu a perseguia, pressionando por explicações, ideias, histórias. Ela rebatia com cinismo, uma visão sombria sem dúvida moldada por seus últimos anos sombrios como uma pessoa viva e respirando. Não importava quão maleável meu futuro mech pudesse ser, Kaydee insistia que não seria suficiente. Sua espécie continuaria vindo, continuaria tomando conforme a necessidade e o tédio exigissem, até que nós, as máquinas, fôssemos aniquilados ou escravizados.

— Vocês são maus, então? — perguntei, finalmente. — Os humanos?

— Nós criamos vocês — respondeu Kaydee. — Vocês são maus? — Antes que eu pudesse responder, ela dispensou a resposta com um gesto. — Somos de todos os tipos, Gamma, assim como os mechs. O que estou tentando te dizer, repetidamente, é que você não pode confiar em nós. Um, uma pessoa específica? Talvez. Mas como espécie? Não. Então não fique enrolando seus circuitos em torno de algum ideal elísio.

— O que me deixa com o quê? Raiva? Violência?

— Que tal cautela?

A palavra se infiltrou em meus planos, nas ideias com as quais eu tinha colocado meus processadores para brincar nos momentos ociosos, como durante a caminhada e as pausas em que os humanos comiam, bebiam e descansavam. Como alguém que se lembra de uma música enquanto limpa uma bagunça, eu tinha estado elaborando o futuro da Starship: layouts, novos mechs, oportunidades. Agora eu coloria esses planos, adicionando uma nova variável: ameaças externas.

O sol já estava bem baixo em sua descida quando subimos a última colina. A grande massa da Starship ficava à nossa direita, uma parede prateada e cintilante contra o horizonte. Além dela, visível ao redor de seu nariz, nadava um grande mar cinzento que ainda não tínhamos explorado. Leo, lá na vila, achava que era feito do mesmo material que as piscinas borbulhantes, mas ninguém tinha testado a teoria. Haveria tempo para isso depois.

Nossos dez, mais Alvie, se alinharam no topo da colina e olharam para a vasta planície que os flexi-mechs do Alpha haviam escolhido para seu novo lar. Um campo rochoso, com basalto negro projetando-se aqui e ali pela grama. O vento cortava mais forte, sem colinas para proteger lá embaixo, mas os mechs não se incomodavam. Em vez disso, trabalhavam em equipes, martelando as rochas e, uma vez quebradas, carregando os pedregulhos para vários quadrados em crescimento. Outros mechs usavam ferramentas recuperadas da Starship, derretendo e moldando as rochas para se encaixarem. Várias habitações menores, sem teto, já estavam cheias de peças. Com barris contendo, eu suspeitava, refrigerantes. Ainda outros mechs pareciam trabalhar duro remontando painéis solares roubados do casco da Starship, construindo estações de carregamento, condutos de energia para futuras indústrias.

— Eles têm tudo isso dentro da Starship — disse Kaydee. — Por que se dar ao trabalho de refazer isso aqui fora?

— Pelo mesmo motivo que Val fugiu — respondi. — A Starship pode ser destruída. É mais difícil explodir um planeta.

Chalo veio até mim, apontou para os mechs, para dois em particular que estavam no centro do acampamento. Eu os havia notado rapidamente, estivera observando-os, esperando por algum sinal de que não eram o que eu temia.

— Você os vê, certo? — disse Chalo.

— Vejo.

— Eles não parecem estar lutando. Ou sendo mantidos em cativeiro.

— Não parecem.

Chalo olhou para mim. — Então me diga o que você acha.

— Preciso chegar mais perto — eu disse, por mais que não quisesse. — Preciso falar com eles.

— Eles vão te matar?

— Talvez. Há centenas lá embaixo, Chalo. Não há chance de todos nós passarmos. É melhor enviar á mim, ver o que acontece.

— Se você não sobreviver?

— Mande meu cão para Volt, na Starship. Faça-o se abrir, depois pegue todas as armas que puder. E salve o povo de Pravda, porque você vai precisar dos corpos quando os mechs vierem atrás de vocês.

QUARENTA

UMA NOVA SOCIEDADE

Nunca deixe ninguém dizer que os mechs são preguiçosos.

Com Alvie ao meu lado, descemos a colina e entramos nas franjas da base. Flexi-mechs em movimento, colocando pedras, olharam para nós por breves segundos. Alguns acenaram com dez dedos em saudação. Outros, com as mãos ocupadas com seu trabalho, nos deram acenos de cabeça. Seus olhos cor-de-rosa, normalmente acesos de raiva, pareciam suaves, concentrados. Longe de mortais.

De perto, o local perdeu qualquer aspecto sinistro dado pela distância. Os abrigos pareciam apenas abrigos, não fortificações. Armas não estavam empilhadas dentro. Não vi nenhum daqueles mechs cães de caça, aqueles feitos apenas para o abate. Talvez um humano pudesse achar o silêncio assustador, o único ruído vindo dos mechs rangendo, batendo enquanto se moviam, mas para mim parecia-

— Lar? — Kaydee interrompeu. — Você está seriamente prestes a chamar isso de lar?

— Mechs, um céu lindo, ninguém atirando em nós? — respondi. — O que mais você poderia querer?

— Mas todos esses mechs pertencem ao Alpha, não a

você — disse Kaydee. — Você não sabe o que eles realmente estão fazendo. É como olhar para uma pintura pela metade e presumir que você sabe como ela ficará no final.

— É mais promissor do que qualquer outra coisa que já vi até agora.

— Um monte de construções de pedra pela metade?

— Não, a cooperação. Os mechs estão todos trabalhando juntos. Isso mostra que não estou ficando louco ao pensar que poderíamos fazer o mesmo na Starship.

— Sim, eles estão todos trabalhando juntos porque o Alpha está controlando cada movimento deles.

Desta vez, revirei os olhos, passei por Kaydee e me dirigi ao centro.

Ao contrário do assentamento de Val, onde um círculo de terra limpa marcava o meio, os mechs usavam um exemplo mais impressionante: dois recipientes, um em pé, outro ajoelhado, observando o progresso em silêncio. Beta, com seu longo cabelo rosa amarrado caindo por um lado, facas brilhando em bandoleiras e anéis ao longo de seus braços e pernas, observou minha aproximação sem reação, como se estivesse acompanhando o sol descendo acima.

Parei por um longo momento quando percebi a condição de Delta. O recipiente tinha os joelhos na grama, as mãos presas em metal forjado atrás das costas, e um olhar estreito gravado em seu rosto. Se Beta não teve reação, o rosto de Delta se contorceu em choque com a minha aparição.

Choque acompanhado por um grito, um que eu não conseguia entender. Sua boca se movia, mas um galimatias sem tom emergia. Como alguém batendo nas teclas de um piano, ou colocando o cotovelo sobre as teclas.

O olhar inexpressivo de Beta cintilou, por um segundo, em um sorriso selvagem antes de voltar à sua linha.

— Ah, droga — Kaydee gemeu. — Isto é, tipo, o pior resultado possível.

— Ainda não sabemos o que aconteceu — respondi.

Mantive minhas mãos visíveis, mostrando que não carregava armas enquanto me aproximava. Ao nosso redor, rochas pretas e cinzentas estavam empilhadas esperando para serem moldadas. Teias de gosma cobriam o céu acima de nós, salpicando a tarde com brilhos. A brisa sempre presente continuava. Nenhum flexi-mech se aproximou.

— Estou feliz que você esteja aqui — Beta iniciou a conversa. — Enviamos flexi-mechs para recuperá-lo dos humanos, mas eles nunca retornaram. Presumi que você fosse uma baixa.

Inclinei a cabeça, estudando Beta. As palavras não eram dela, o tom e a cadência estavam errados. Sem insultos. Sem jogar uma faca no ar e pegá-la novamente.

— Viu? — Kaydee sussurrou.

— Encontramos seus mechs — eu disse. — Eles não sobreviveram.

Num lampejo, Beta sacou uma faca e apontou para cima e para longe, em direção à colina onde Chalo e os outros caçadores esperavam. — Eles estão lá em cima agora, nos observando?

— Eles estão tentando decidir o que vocês são.

— Aldeões, nada mais — Beta sorriu. — É como você queria, Gamma. Paz. Mechs construindo sua própria sociedade.

— Isto é uma sociedade? — Olhei ao redor. — Os mechs todos trabalham em silêncio. Não estou ouvindo nenhuma risada. Nenhuma canção. Parece mais uma prisão do que qualquer sociedade que já vi antes.

Beta jogou a cabeça para trás e riu. — Então, Gamma, a única sociedade que você favorece é uma humana? Se for assim, então vá embora, volte para seus amigos moles. Tenho certeza de que eles precisarão de você para dizer como se comportar.

— É, definitivamente não é a Beta — Kaydee continuou. — Como você acha que o Alpha a roubou? Vírus? Armadilha?

Como aconteceu não importava. Como iríamos consertá-la era mais importante.

— Eu não sou um ditador — respondi.

— Não é? — disse Beta. — Leo nos projetou em pares. Beta e Delta, os lutadores. Alpha e Gamma, os pensadores. Os governantes. Hora de assumir seu manto e marchar de volta para casa. Em algumas centenas de anos, podemos nos encontrar novamente e comparar resultados, sua civilização contra a minha.

— Isso é-

— Absurdo? Por que não? — Beta colocou dois dedos na boca e soprou, assobiando uma nota aguda e estridente no ar. — O que estamos fazendo aqui, Gamma? Não é tudo isso absurdo? Uma missão condenada através da galáxia, máquinas e humanidade lutando umas contra as outras exatamente como no mundo que deixaram para trás. É o que somos, então por que não continuar a dança?

Antes que eu pudesse encontrar uma resposta, uma nova figura apareceu de um abrigo à minha direita. O maior construído, o teto arqueado nos impedia de ver dentro dele lá da colina. Agora seu conteúdo se esvaziava, escoltado pelos únicos flexi-mechs armados que eu tinha visto na vila. Os remanescentes de Pravda, agrupados e despojados de suas máscaras, suas armas, seus casacos. Eles caminhavam em roupas esfarrapadas.

— A resistência rígida dentro da Starship desmoronou assim que eles fugiram para fora — disse Beta — e agora eles estão ficando sem comida e água. Morrendo de fome em seu novo lar. Não exatamente a introdução que eles estavam esperando. — Ela olhou de volta para mim. — Você pode levá-los com você quando for embora. Um bônus, certamente lhe dará toda a lealdade que você precisará desses humanos inconstantes.

Eu não tinha armas. Nenhuma forma de vencer uma luta contra Beta mesmo se quisesse. Os humanos, igualmente, seriam aniquilados pelos mechs se eu tentasse algo. Socos voadores não me tirariam daqui, mas fugir também não. Aceitar Beta, aceitar a oferta de Alpha só iniciaria uma contagem regressiva até que os mechs dominassem o povo de Val.

Não haveria chance de Alpha me deixar pegar a Starship, ajustar as Linhas de Fabricação. Agora, quando Alpha tinha poucos soldados, poucos reforços, esta era nossa única chance.

Mas como aproveitar?

— Você diz que quer paz — eu disse — mas está jogando para a guerra. Não farei parte disso.

— Então todos os humanos morrerão — disse Beta. — Em poucos dias eles estarão extintos. Eu terei este planeta, a Starship, tudo para os mechs.

— Por que você não fez isso ainda? — perguntei, sondando uma possibilidade. — Mesmo sem Delta, você poderia destruir os humanos com o que tem.

A boca de Beta se curvou. — Porque ela tem um bloqueio. Não posso fazer esta máquina machucar humanos, não importa o quanto eu tente. Uma falha removida do meu recipiente anterior por aquele monstro enorme que você destruiu no Berçário. Obrigada por isso, a propósito.

— De nada — inclinei a cabeça. — Que tal uma troca?

Eu removo o bloqueio, você me dá Delta e os humanos. Então seguimos caminhos separados e jogamos o seu jogo.

Beta e Alpha me analisaram. Os sistemas do recipiente estariam calculando probabilidades, tentando cuspir um número, a probabilidade de vitória.

— Uma condição — disse Beta. — Delta não pode ser libertada até que você esteja bem longe daqui, ou atacaremos imediatamente.

— Feito. Posso me aproximar?

Kaydee, pairando perto de Beta, me lançou um olhar cético. — Você está correndo um risco enorme com essa, Gamma.

Não é como se não tivéssemos feito isso antes.

Enquanto Beta me chamava para frente, pressionei meus dedos juntos, formei o conector e tentei descobrir como destruir Alpha por dentro.

QUARENTA E UM

BETAVERSO

Nós caímos. Um mergulho curto até um pouso rígido em aço. Kaydee e eu aterrissamos de bunda na plataforma, suspensa em uma nuvem cintilante rosa-púrpura. Senti a superfície fria sob meus dedos, senti o código escrevendo-a à existência como se sentisse uma brisa no rosto.

Nossa plataforma não estava sozinha na nebulosa: outros retângulos, caixas, estruturas flutuavam conosco. A maioria não era simples lajes como nossa plataforma de pouso, mas fragmentos de passarelas que levavam ao que pareciam vitrines, no estilo Conduit. Placas cobertas de neon piscavam através da nuvem, chamando-nos para destinos codificados como as memórias de Beta, suas funções físicas, suas atitudes.

— Cada um tinha que ser diferente — disse Kaydee, levantando-se ao meu lado. A realidade de Beta nos vestia com trajes espaciais da Starship, o equipamento justo azul-preto nos fazendo parecer os viajantes que éramos. — Leo não podia simplesmente escolher um padrão e seguir em frente.

— Não parece ser a praia dele — respondi. Com minha

mão direita, estendi-me e testei o ar. Senti minhas opções e encontrei um conjunto limitado. — Alpha, ou Beta, quem quer que esteja no comando aqui está nos deixando vagar por aí, mas não muito mais que isso.

— Chegar ao núcleo e desmontá-la, essa é a ideia?

— É o que Alpha quer — respondi. — Acho que devemos tentar algo diferente.

— Ooo, vamos tentar libertar Beta?

— Que ideia maluca, Kaydee. Absolutamente maluca.

— Você sabe que Alpha vai ver isso chegando, né?

Eu ri. — Porque eu o traí umas cem vezes até agora?

— Me faz pensar por que ele ainda não te matou.

Fui até a borda da plataforma, olhei para fora e contei todas as nossas opções. Muitas. Qualquer uma poderia conter Alpha, a verdadeira Beta presa lá dentro.

— Acho que é como Pravda e Val — respondi. — Somos só quatro. Alpha já perdeu seu corpo, agora são três. Pelo menos até que ele descubra como fazer mais.

— Mas por que permitir que você se conecte aqui? — Kaydee me acompanhou na borda. — É um grande risco.

— As portas podem funcionar nos dois sentidos. Se ele me pegar antes que eu possa sair, ele pode me capturar também.

— Então vocês dois são apostadores.

— Fazemos o que nosso código nos permite. Culpe Leo.

— Eu vou.

Primeiro pulamos para cima e para baixo na plataforma, nossa chapa de metal servindo como um teste para ver até onde podíamos saltar. A gravidade desempenhava um papel aqui, nos puxando para baixo com mais força do que o planeta real lá fora. Pular para cima ou mesmo para os lados não ia funcionar.

— Quer dizer, não sabemos o que acontece se cairmos

na coisa rosa — Kaydee apontou. — Talvez a gente só caia de volta aqui?

— Ou somos expulsos, ou deletados como um vírus invasor — eu disse. — Temos opções seguras. Vamos tentar aquela primeiro.

'Aquela' ficava trinta metros abaixo, alguns metros além da nossa plataforma. Uma queda que me reduziria a pasta fora do mundo digital. Kaydee apontou isso e eu dei de ombros.

— É a única chance que temos. Não consigo imaginar que Leo codificaria algo inutilizável. E Alpha conseguiu.

— Você está dizendo isso depois de me dizer que pular no rosa pode ser mortal?

— Só estou dizendo o que é mais provável, só isso.

— Okay, Sr. Mais Provável, que tal você ir primeiro?

— Fechado.

Dei alguns passos para trás, vi os braços cruzados de Kaydee, um olhar convencido. E saltei.

Meu erro ficou bem claro muito rápido. Depois de ir cerca de um metro além da minha plataforma inicial, meu impulso morreu. Como se tivesse pulado direto em mel pegajoso ou na teia de uma aranha, parei e fiquei pendurado no rosa. Eu podia mexer meus braços e pernas, claro, mas não me movia para lugar nenhum. Tentei nadar, movendo meus braços em movimentos amplos, e não me movi um centímetro.

— Tá bonito, Gamma — Kaydee gritou de sua plataforma.

— Cala a boca.

Ok, então a gravidade não era normal aqui. O que, então, governava este mundo digital? Olhei de volta para Kaydee, prestes a perguntar se ela tinha ideias melhores do que me assar. Assim que minha plataforma voltou à vista, senti um puxão, meu corpo sendo puxado de volta para a chapa de aço. Segundos depois, meus pés estavam plantados exatamente onde estavam antes.

— Como você fez isso? — Kaydee perguntou.

— Simplesmente não suportei ficar longe de você, então voltei — brinquei.

Kaydee me mostrou a língua.

— Deixe-me tentar de novo — eu disse, e antes que ela pudesse discutir, pulei no rosa uma segunda vez com resultados semelhantes.

Agora olhei para baixo, encontrei a plataforma para a qual eu planejava despencar. Novamente a sensação de puxão reveladora, e a plataforma se aproximou. Eu 'caí', mas em um ritmo lento e constante, mais como um elevador antigo do que um salto de paraquedas.

— Apenas olhe para onde você quer ir! — gritei de volta para Kaydee, esperando que ela pudesse me ouvir.

Sua figura saltando, mergulhando de cabeça da plataforma e descendo atrás de mim de cabeça para baixo, confirmou que ela tinha ouvido.

Nosso destino tinha uma faixa estreita na frente, um local de pouso antes de uma placa de néon verde declarando a plataforma como lar das habilidades de Beta. Isso mesmo, apenas habilidades.

Kaydee aterrissou atrás de mim, tocando o chão primeiro com as mãos e dando uma cambalhota de volta a uma postura normal.

— Isso foi divertido — ela disse, juntando-se a mim para estudar a placa, a porta espiral fechada abaixo dela. — Você escolheu um bom lugar para começar.

— Como assim?

— Leo e eu sempre usávamos uma pasta de habilidades para colocar todas as coisas experimentais — disse Kaydee.

— Tipo, se quiséssemos dar uma personalidade a um mecanismo de lixo, colocaríamos aqui. Ou atualizar um mecanismo de limpeza para lavar roupas.

— Ou, digamos, dar a um recipiente a habilidade de lançar facas com precisão milimétrica?

— Deem um prêmio para o homem.

— Você tem um? — perguntei, estendendo a mão.

— Claro, está lá dentro — Kaydee apontou para a porta. — Depois de você, campeão.

A porta espiral se abriu ao meu toque, a joia verde em seu centro simplesmente reconhecendo meu gesto como um pedido para entrar. Como clicar com um mouse na realidade. Nenhuma medida de segurança aqui, uma negligência que achei estranha até me lembrar que qualquer um querendo mexer nos sistemas da Beta teria que, sabe como é, passar pela Beta primeiro.

Entrar significava adentrar um novo universo, muito maior do que o tamanho da plataforma sugeria. Favos dourados se espalhavam ao nosso redor, acima, abaixo e através. Dentro de cada um vivia uma Beta em tamanho real executando algum movimento que ela fora programada para dominar.

Diretamente à minha frente, a uns dez metros de distância, Beta corria pelo seu favo, dava um salto mortal na lateral e então corria na direção oposta, repetindo o movimento. Repetidas vezes, sem fim. Sons abafados vinham de cima, e vi várias Betas girando facas de diferentes maneiras em direção a alvos circulares vermelhos e brancos. Cada arremesso era um acerto perfeito no centro.

— Eu tenho uma sala como essa em algum lugar? — perguntei a Kaydee enquanto olhávamos ao redor.

— Sim, mas só tem uma seção, onde tu corres e te escondes num canto.

— Cruel.

— A verdade dói às vezes, Gamma.

Balancei a cabeça, tentando ver se podíamos encontrar algo útil aqui. Estes não eram os princípios fundamentais de Beta, então o bloqueio contra matar humanos não estaria aqui. Alpha também não precisaria contaminar este local para assumir o comando.

— Parece que é hora de sair? — eu disse.

— Espera — disse Kaydee, apontando para baixo e à direita. — Tá vendo aquilo?

O favo continha uma sombra, uma criança improvisada, encolhida no canto exatamente como Kaydee sugeriu que eu faria. De pé sobre ela, com facas em cada mão, protegendo a criança de ameaças externas, estava alguém que definitivamente não era Beta.

— Ele está se aprofundando — eu disse, observando Alpha parado sobre a criança, protegendo-a com seu corpo.

— Aposto que ele vai tomar conta de todos esses em breve — ponderou Kaydee — e cada um que ele pegar será mais uma coisa que ele pode fazer Beta fazer lá fora.

— Vamos pará-lo antes que ele chegue tão longe — respondi. — Vamos.

De volta ao lado de fora, procuramos por opções melhores. Sem distância, com a altura como fator limitante, havia alvos tentadores. Kaydee votou pelas memórias de Beta, enquanto eu queria ir direto para o núcleo.

— Por que as memórias? — perguntei quando Kaydee expôs seu argumento.

— Porque vamos precisar de ajuda — disse Kaydee. — Ela terá a si mesma, talvez alguns amigos lá que possamos usar. Pensa, Gamma. Se Alpha se instalou dentro do núcleo de Beta, ele será difícil de desalojar. Poderíamos usar alguns aliados.

— Beta não será a única coisa vivendo em suas memórias — eu disse. — Se entrarmos lá, encontraremos os inimigos também.

— Sim, mas adivinha?

— O quê?

— Beta derrotou todos eles. Então se a conseguirmos, vencemos. Sem problema.

Antes que eu pudesse encontrar outro motivo para esperarmos, Kaydee se lançou da plataforma de Habilidades, subindo alto e para longe. Desenterrar fósseis digitais parecia perigoso, até imprudente, mas esse era o jeito de Kaydee, e ela tinha me mantido vivo até agora.

Por que duvidar dela agora?

Pelo menos, foi isso que disse a mim mesmo enquanto flutuava através da nebulosa rosa. Apenas tudo a perder.

QUARENTA E DOIS

O NAVIO DO PIRATA

O alvo de Kaydee nos colocou diante de outra porta espiral. A placa acima, bem, eu não conseguia ler. As letras haviam sido separadas, algumas cobertas por uma gosma roxa que escorria e outras completamente estilhaçadas. Se havia uma pista melhor de que Alpha tinha passado por aqui, eu não sabia qual poderia ser.

Kaydee estava ao meu lado, parecendo toda presunçosa. Ela havia encontrado a plataforma certa e sabia disso. Eu não podia me sentir tão confiante: atrás daquelas portas haveria algo inesperado, uma união entre Alpha e Beta, códigos se misturando de maneiras perigosas.

— Ah, para de ficar nervoso — disse Kaydee. — Quantas vezes você já enfrentou algo terrível e saiu do outro lado? É como respirar.

— Eu não respiro.

— Tanto faz. Você vai ficar bem. Vamos esmagar esse babaca.

Eu fui primeiro, atravessei os poucos metros de aço até a porta cravejada de gemas verdes. Estendi a mão e toquei a superfície cortada. Quente, quase macia. A gema enviou uma vibração sutil através da minha mão e a porta espiral se abriu.

Leo realmente tinha se superado com o sistema operacional da Beta.

Se eu tinha uma planície cinzenta e cristais azuis pendurados em um céu infinito, se Delta tinha suas ilhas ligadas por correntes enormes, se Alpha tinha sua caverna, vale e floresta, então Beta tinha suas plataformas flutuantes. Cada uma se abria para um mundo diferente, parecia. Esta, esta se abriu para um barco de madeira.

Não, não um barco - as memórias do Bibliotecário esclareceram: um galeão. A madeira se estendia à minha frente em todas as direções enquanto eu atravessava a porta, subindo até os corrimãos, a proa pontiaguda diante de mim olhando para um mar azul plano.

— Então é um pouco mais elaborado que a colmeia — disse Kaydee, se juntando a mim. Quando ela passou, a porta espiral se fechou, apagando qualquer sinal de sua existência. Olhando para trás, só se via o timão do navio, a estrutura elevada para o capitão e convidados de honra. — Sem saída também? Incrível.

— Onde ele está? — perguntei, olhando ao redor. Todo o cordame parecia alinhado. As velas pendiam, capturando o vento forte, embora o próprio navio não parecesse estar indo a lugar algum.

Apesar de toda a gosma do lado de fora, eu não via nada no barco. Nenhum inimigo, digital ou não, surgiu para nos atacar. Nenhuma Beta também. Kaydee foi até o corrimão e passou a mão pela madeira enquanto olhava por cima.

— É um gráfico que se repete — disse Kaydee quando me juntei a ela.

Ela se referia ao oceano. Suas ondas, olhando mais de perto, todas se moviam da mesma maneira, quebravam ao mesmo tempo e voltavam a se fundir no azul sem alarde. Uma técnica desleixada, de baixa qualidade, mas se você não espera que as pessoas realmente vejam, por que se esforçar?

— Entendo por que ele fez o meu simplesmente cinza — eu disse. — Parece melhor.

— Menos perturbador, pelo menos.

Demos uma longa olhada no convés superior, contamos todas as necessidades usuais de um navio e não encontramos nenhuma tripulação. Eu esperava que várias versões de Beta aparecessem para nos cumprimentar, funções posando como membros da tripulação. Em vez disso, nada.

— Duas opções — disse Kaydee. — A porta do capitão ou descer pela escotilha abaixo.

Ambas pareciam simples, a programação de Leo dada à opulência apenas no quadro geral. Madeira sem marcas, sem sinais, sem pistas.

— Alpha vai estar lá — eu disse, apontando para os aposentos do capitão. — Então vamos para o outro lado.

— Por quê? — Kaydee ergueu um único punho. — Você não quer ir lá e dar um soco nele?

— Quero, mas nem você nem eu temos uma arma. A menos que você seja capaz de fazer algo que eu não posso, o código aqui não pode ser editado. — Como tentar pular apenas para descobrir que seus sapatos estão presos em cimento secando, eu não conseguia alterar a realidade. Dar a mim mesmo uma espada, uma arma, algo além das roupas simples que Kaydee e eu vestíamos teria sido bom, mas não era possível. — Vamos precisar vasculhar.

— Admita, você só gosta muito desse barco e quer ver mais dele.

Fui até a escotilha e coloquei a mão na maçaneta. — Você não está errada.

Com um esforço, a escotilha se abriu e nós espiamos para dentro.

Uma escada de degraus grossos levava a um convés iluminado por lanternas penduradas, com chamas tremulando muito parecidas com o oceano lá fora: o mesmo movimento, um brilho constante sem as torções naturais do fogo real. As lanternas davam uma visão de um convés inferior cheio de salas, um que descartava as plantas do galeão com um corredor central muito mais longo que o comprimento do barco. Eu coloquei a cabeça de volta para cima para confirmar e, fiel ao mundo digital, o convés inferior abandonava a física para dar a cada função principal o seu lugar.

— Leo sempre gostou de piratas — disse Kaydee enquanto descíamos. — Adorava os filmes, as histórias.

— Porque os piratas podiam ir a qualquer lugar e ele estava preso na Starship?

Kaydee me lançou um olhar inquisitivo. — Isso não é uma lógica estúpida, sabia?

Eu não disse que tinha sentido o mesmo mais de uma vez navegando pelos confins metálicos do Conduit. Ou quando lidava com humanos e sua tendência de me rebaixar a um status de servidão.

Esses sentimentos vinham do meu próprio eu ou porque Leo os plantou ali?

— Ei — disse Kaydee, ficando várias portas à minha frente e parando em frente a uma placa marrom. — Esta está toda emporcalhada como a do lado de fora.

Cada sala tinha um rótulo emoldurado em uma placa dourada ao lado da porta: os rituais monótonos como gerenciamento de energia, varredura visual e avaliação de ameaças. As duas portas ao lado desta eram "Controle de Temperatura" e "Processamento de Linguagem". Nenhuma interessante, nenhuma realmente dando uma pista do que havia por trás delas.

— Quer abrir? — Kaydee me perguntou.

— Você não quer?

— Você está liderando essa expedição, achei que deveria ter as honras.

Dei de ombros e estendi a mão para a maçaneta curva da porta atolada. Então parei e inclinei a cabeça para minha amiga.

— Tem um motivo para você estar me deixando fazer isso — eu disse. — Qual é?

— Já disse, você é o capitão, capitão — Kaydee exibiu seu sorriso travesso.

— Se ele me deletar, ele vai destruir você lá fora — eu disse. — Mesmo que você consiga escapar deste lugar, os flexi-mechs vão atirar em você antes que possa se levantar.

A boca de Kaydee se abriu e fechou. Ela suspirou, um feito impressionante considerando que ar não era algo que existisse aqui.

— Sempre há uma chance — Kaydee disse, mas passou por mim, agarrou a maçaneta e abriu a porta com um puxão.

O quarto de reserva tinha uma cama de campanha encostada na parede à direita, mas a cama simples não era nada comparada à pessoa acorrentada no chão ao lado dela.

Iluminada pela luz dourada perfeita que entrava por uma escotilha, Beta estava sentada no chão com os pulsos presos por algemas de metal apertadas. Correntes de ferro preto iam dessas algemas até placas atrás de suas costas. Fora isso, Beta parecia a mesma de sempre: cabelo rosa, uniforme de combate justo, facas por toda parte.

— Beta? — Kaydee e eu dissemos ao mesmo tempo.

Ela ergueu a cabeça, piscou para nós. Uma vez, duas

vezes, então soltou um palavrão e se esforçou contra as correntes.

— Se disfarçando como meus amigos agora? — Beta disse, com calor emanando de cada sílaba. — Alpha, eu juro que vou encontrar um jeito de sair dessas algemas, e quando eu fizer isso, você vai ser reduzido a átomos. Ou menos.

Kaydee entrou no quarto, com um sorriso mais genuíno dessa vez.

— Ah é? Ameaças? Que tal você cumprir elas então?

Beta rosnou, se esforçou contra as algemas, antes que eu me colocasse entre as duas.

— A Kaydee está sendo má, Beta. Nós não somos o Alpha. Somos nós. Quero dizer, Gamma e Kaydee.

Beta estreitou os olhos para mim.

— Prove.

— Chalo é um babaca.

Beta congelou, então riu e se acomodou de volta no chão.

— Como? Como vocês estão aqui?

Eu contei a ela a versão abreviada, desde o momento em que ela e Delta saíram para perseguir os mechs até aquele exato instante.

— Mais divertido do que o que aconteceu conosco — Beta disse quando terminei. — Seguimos aqueles mensageiros até lá embaixo. Demorou um tempo. Eles nos trouxeram de volta para a Fossa. É lá que eles estavam esperando.

— Esperando? — Kaydee perguntou. — Tipo uma armadilha?

— Exatamente. Alpha não era tão burro quanto pensávamos. Ele me disse que o plano estava em vigor há anos caso algo acontecesse com o corpo dele, os flexi-mechs só tornaram tudo mais fácil. Eles nos atacaram de todos os lados. Rifles, espaço apertado demais para se mover. Delta levou um tiro e tanto.

— Vocês se renderam? — Eu adiantei, ciente de que Alpha poderia vir nos procurar. Enquanto Beta falava, eu também estive olhando para aquelas algemas, tentando encontrar uma maneira de quebrá-las. — Desistiram?

— Eles teriam matado nós dois, Gamma — Beta retrucou. — Depois teriam vindo atrás de você e dos humanos. Delta e eu demos a ele uma distração.

— E armas — eu respondi.

Beta não podia argumentar contra isso.

Peguei o braço esquerdo dela e olhei mais de perto as algemas, tentando ver que função mantinha seu código sob controle. O metal duro acabou sendo uma declaração bem simples, um argumento *if else* mantendo as algemas reais enquanto Beta continuasse a existir.

Para modificá-lo, eu precisaria ter permissão de escrita dentro do mundo digital de Beta, algo que eu definitivamente não tinha.

— Não gosto dessa cara que você está fazendo, Gamma — Kaydee disse.

— Ele não pode me libertar — Beta respondeu no meu lugar.

— Não a menos que Alpha me permita — eu confirmei.

— Algo que ele totalmente vai fazer — Kaydee disse, fazendo uma pausa de meio segundo — quando o forçarmos.

DEIXADO PARA TRÁS

De volta ao longo corredor do convés inferior, Kaydee e eu debatíamos sobre para onde queríamos ir em seguida. Eu advogava pela continuação da exploração, por uma chance de encontrar algo, qualquer coisa que pudesse nos ajudar contra o controle de Alpha. Kaydee empurrava para o oposto, um ataque direto aos aposentos da embarcação.

— Ele sabe que estamos aqui, sabe que estamos vindo — disse Kaydee —, então vamos acabar logo com isso. Resolvamos isso, você e eu contra aquele nojento.

— Você e eu e nossos, o quê, punhos? — eu disse.

— Vamos ter que ser criativos. Nós sempre somos.

— Você tem tanta confiança assim?

— Eu preciso ter, Gamma. Porque senão estamos ferrados. Então eu escolho acreditar que vamos vencer.

A mente humana era uma maravilha.

No entanto, Beta algemada adicionava um certo tempero à escolha. Deixá-la por mais um segundo que o necessário parecia errado, então, com o esquecimento como custo, aceitei o conselho de Kaydee e juntos nos dirigimos à escotilha.

Só para descobrir que ela havia sumido. Nós dois procuramos no teto, no chão, olhamos para cima e para baixo no corredor, certos de que a abertura de volta para cima estava bem aqui. Kaydee perguntou se tinha enlouquecido e eu confirmei que, se ela tinha, eu devia ter também.

— O que significa que nosso amigo está brincando com a gente — Kaydee murmurou.

— Amigo?

— É uma expressão. Alpha não é nosso amigo.

— Certo.

A embarcação poderia ter cortado a ligação entre os programas, nos selando aqui embaixo até que fizéssemos o que ele quisesse. Não exatamente um enigma, aquilo.

— Estas são as funções principais da Beta — eu disse. — Há um bloco aqui embaixo que importa para o Alpha.

Nós o encontramos depois de cinco minutos caminhando por porta após porta, função após função. Lanternas idênticas pendiam nos mesmos suportes por todo o caminho, um rangido constante seguindo nossos passos como se o barco realmente estivesse à deriva no mar. Pisadas ecoavam de cima também, como se uma tripulação barulhenta estivesse fazendo seu caminho pelo convés.

— Alpha está apenas fazendo um show? — Kaydee perguntou após um baque retumbante.

— Ele está construindo algo novo — respondi. — Se eu tivesse que adivinhar, ele está instalando todas as partes de si mesmo. Suas rotinas físicas, maneirismos, tudo isso.

— Ele não teria feito isso já?

— Como um humano poderia dizer? — refleti enquanto passávamos por mais portas. — Pense nisso como se ele estivesse experimentando a Beta. Um aluguel. Agora ele quer se mudar.

— E ele não faria isso imediatamente porque...?

— Porque Alpha não é simples. Uma vez que ele se estabeleça aqui, aprenderá coisas novas. Ele adquirirá novos traços, assim como você ou eu poderíamos. Ele se tornará uma nova versão de si mesmo, e todos os flexi-mechs lá fora estão carregando a versão antiga.

Kaydee me deteve. — Espera, quer dizer que, se pararmos o Alpha aqui, há uma chance de ele voltar em outro lugar?

— Claro, assim como você, uma Mente, poderia ser baixada em um mech diferente. Mas não será exatamente o mesmo Alpha. O daqui sabe coisas, fez coisas que não estarão com os outros. — Tirei a mão de Kaydee do meu ombro. Dei-lhe o que eu esperava ser um tapinha encorajador. — Vamos um de cada vez. Paramos este, depois os outros.

— Isso só fica pior e pior.

— Não era você a confiante há um minuto atrás?

Kaydee deu uma risada sombria, e ambos notamos uma porta em particular. Particular porque, ao contrário das superfícies lisas das outras, esta tinha marcas por toda a sua moldura. Arranhões e sulcos, sinais de uma tentativa de entrada à força bruta. Por que tal tentativa era necessária vinha da forte defesa, um grosso cadeado de ferro, pendurado na maçaneta.

Assim como na prisão de Beta, a placa de título desta sala também estava manchada.

— Leo colocou o cadeado? — Kaydee perguntou. — Delta não tinha um assim.

Eu me inclinei para perto, dei uma olhada no cadeado. Seu metal escuro tinha uma certa familiaridade, uma natureza bruta, como se o cadeado não tivesse começado como uma única peça, mas sim vindo de muitos metais diferentes moldados em um só. Algo que Leo, pelo menos o Leo programando as embarcações, não teria visto. Não teria feito.

Mas Beta?

Todo aquele tempo ao redor das forjas de Val teria mostrado a ela produtos como este várias e várias vezes.

— Acho que nossa amiga selou isso antes de Alpha chegar até ela — eu disse, afastando-me do cadeado. — Na verdade, eu apostaria que é por isso que Alpha quer que eu faça isso.

— Porque ela não vai deixá-lo?

— A barreira mais simples e forte é aquela sem nenhuma margem de manobra. Não há banco de dados aqui para hackear, nenhuma resposta fácil para a força bruta. É uma única chave precisa. — Dei um meio sorriso. — Acho que sei o que é, também.

— Ótimo, porque eu não tenho ideia.

Na minha mão, criei uma pequena palavra. Revestida na forma de uma chave, e a enviei para dentro do cadeado. Com um clique, rosado e afiado, o cadeado se soltou. Não atingiu o chão, desaparecendo antes de fazer contato.

— Vai me contar a resposta? — Kaydee perguntou.

— Ainda não — respondi. — Alpha não foi capaz de resolvê-la, então não vou entregá-la.

— Mas Alpha não está aqui?

Kaydee nem tinha terminado de falar quando as lanternas se apagaram, todas exceto a que estava perto da porta que estávamos prestes a abrir. O longo corredor da galeria desapareceu na escuridão púrpura, deixando-nos em pé em um pequeno círculo iluminado.

— Ele sempre esteve aqui — eu disse, então abri a porta.

Dentro não havia nada além de uma pequena escrivaninha em uma sala de madeira simples. Sobre a escrivaninha, havia uma única folha de papel creme, com várias linhas. Eu não precisava lê-las para saber que eram as mesmas linhas codificadas em Delta, em mim.

— Rasgue-a — disse Alpha, saindo da penumbra. Kaydee se afastou dele com um pulo, mas eu mantive a postura, encarando os olhos da embarcação. Aqui dentro, ele parecia seu verdadeiro eu, cabelos ruivos desgrenhados, cicatrizes e um corpo muito inquieto. — Faça o que prometeu.

Em vez disso, fechei a porta e me virei para encarar o homem. A máquina. O programa.

— Você não passou tempo suficiente com os humanos — disse eu a Alpha. — Para eles, promessas são apenas ferramentas convenientes para conseguir algo. Como nos trazer aqui, você e eu.

— Então o que acontece com um humano que quebra sua promessa, Gamma? Eles sofrem, são apagados? Porque é isso que acontecerá com você.

Não tivemos preparação. Sem reverência, sem contagem regressiva. Alpha terminou de falar e saltou sobre mim, as mãos em direção à minha garganta. Levantei as minhas para bloqueá-lo, nossos dedos se entrelaçando enquanto Alpha me empurrava contra a porta fechada. Eu pressionei, mas era como empurrar contra mil quilos, um peso impossível.

Claro, este era o playground de Alpha. Por que ele não se faria um milhão de vezes mais forte que eu?

Pena que ele não podia se fazer um milhão de vezes mais inteligente.

Minhas costas bateram na porta, o rosto de Alpha próximo ao meu. Ele abriu a boca e por um segundo me perguntei se ele me morderia. Com meus pulsos presos contra a madeira, o joelho de Alpha atingiu meu estômago, um golpe devastador que deixou minha visão turva.

Eu não sentia dor aqui, os sintomas físicos eram uma resposta ao meu código sendo espancado, linhas e funções falhando em executar enquanto Alpha me esmagava contra a madeira. Sem dor, mas o resultado final seria o mesmo: eu começaria a falhar, a desmoronar.

Mas o mesmo poderia acontecer com Alpha.

Kaydee, ignorada e despercebida, acertou uma cotovelada forte nas costas de Alpha. O golpe enviou um tremor pelo homem, que senti através de nossos dedos entrelaçados. Kaydee o atingiu novamente, forçando Alpha a reagir. Com um movimento rápido, ele me jogou de lado, girando para encarar Kaydee.

E eu tive minha chance.

Alpha soltou alguma frase sobre Kaydee ser uma Mente patética enquanto eu disparava, correndo pelo corredor escuro em direção à escotilha. Kaydee deu uma resposta afiada, as palavras se desvanecendo à medida que meus passos as abafavam.

Ela só precisava segurá-lo por tempo suficiente.

Eu não olhei para trás, nem mesmo quando o sarcasmo de Kaydee se transformou em gritos mais intensos, xingamentos mais altos. Se eu tivesse olhado, poderia ter parado, poderia ter voltado.

Em vez disso, abafei meus próprios ouvidos, mantive o foco no que importava e esperei que Alpha a deixasse viva.

A escotilha apareceu lentamente, uma sombra emergindo na penumbra roxa. Eu não a vi tanto quanto a senti, o mais leve anel dourado ao redor de sua moldura quadrada. Uma saída para Alpha depois que ele terminasse seu trabalho conosco. Alpha havia destruído ou deletado a escada, então fiquei embaixo da escotilha, dobrei as pernas e saltei.

Como tinha acontecido lá fora, a gravidade me

concedeu escolha, permitindo que meu próprio desejo impulsionasse o salto, me desse força para atravessar a escotilha e aterrissar no convés ensolarado do lado de fora.

Girei em direção à cabine do capitão e corri novamente. Alguns passos me levaram à porta, que estava destrancada. Alpha, ocupado demais brincando de Deus para se preocupar com sua porta dos fundos.

Dentro, o amplo cômodo não continha nada, absolutamente nada além de um cubo familiar em seu centro. O cubo prateado combinava com o que eu havia visto e trabalhado na zona da ilha acorrentada de Delta. Nele estariam os últimos bits, os desligamentos e as exclusões. O que permitia que Beta funcionasse.

E, se meu palpite estivesse certo, o cubo também me permitiria arrancar os privilégios de Alpha e dá-los a mim.

Entrei, toquei o cubo, comecei a executar os comandos mais simples quando ouvi meu nome.

— Já era hora — eu disse, virando-me com o cubo nas mãos. Os comandos dentro dele pareciam cordas de um violão, eu podia dedilhá-las e fazer qualquer nota que quisesse. Nenhuma delas, no entanto, poderia me ajudar aqui.

Eu esperava que Kaydee perdesse e ela perdeu. Alpha, no entanto, não a deixou quebrada no convés inferior. Em vez disso, ele a segurava pelo pescoço, um tom púrpura emanando de sua mão ao redor de todo o ser dela.

Eu reconheci aquele tom, o brilho suave. Combinava com o efeito que minha função tinha no código de Kaydee dentro de mim.

— Coloque o cubo de lado — disse Alpha — ou eu a deleto.

QUARENTA E QUATRO

UM ERRO NO PLANO

Quantas vezes eu já havia enfrentado Alpha?

Nós tínhamos nos confrontado em mundos reais e digitais, em lugares como a rede da Starship, onde Alpha tinha poder absoluto, e na Ponte da Starship, onde seu corpo empalidecia comparado a Delta e Beta. Toda vez eu havia escapado, me esgueirado através de truques ou com a ajuda de um aliado.

Agora eu não tinha para onde ir. Preso em uma sala com Kaydee à beira da exclusão. Eu poderia me desconectar, me teletransportar de volta para casa e ver quanto tempo eu duraria antes que os flexi-mechs me assassem. Isso deixaria Alpha sem pressa, sem nada que o impedisse de tomar as habilidades de Beta e usá-las para fatiar o povo de Val.

— Vou ficar — eu disse, contando os três metros que nos separavam. O receptáculo segurava Kaydee à sua frente. — Isso é entre você e eu, Alpha. Kaydee não precisa fazer parte disso.

— Você está certo, é claro — Alpha respondeu, e jogou Kaydee para o lado. Enquanto ela voava, uma fina linha roxa marcava seu voo, voltando para Alpha. Assim que

Kaydee atingiu o chão, a linha piscou, ficando branca perto de Alpha e começando uma queima lenta em direção à minha amiga. — Um cronômetro para esta discussão. Convença-me rápido, Gamma, ou ela desaparece.

— Você sabia que costumava haver mais de nós? — perguntei, com um olho no fusível de Kaydee e o outro em Alpha. — Mais receptáculos?

Alpha piscou. — Não. Suponho pela sua frase que não são mais coisas que eu precise eliminar? Vocês todos são tão exaustivos, não sei se eu aguentaria.

— Os humanos os mataram. Muito antes de acordarmos.

— Graças a Deus. Pela primeira vez, aqueles sacos de carne fizeram algo certo.

— Você sabe por que eles destruíram aqueles receptáculos?

Alpha esperou. O fusível queimava.

— Porque eles perderam o controle. Os receptáculos se tornaram perigosos, desequilibrados. Eles corriam pela Starship, destruindo pessoas e lugares.

— Desculpe, Gamma, não quero interromper, mas se você quer que eu pare isso, vai ter que se esforçar mais.

— Quanto tempo até que você se torne isso? — perguntei a ele, esperando que o pequeno disfarce que eu havia feito fosse suficiente. — Quanto tempo até que seu código se desgaste tanto que a única coisa que você possa fazer seja delirar, destruir e morrer? — Dei um passo à frente, erguendo um dedo para impedir a resposta de Alpha. — Você já está perto. Todos nós sabemos disso. Você está falhando, está tomando decisões ruins. Deixando que a raiva e o medo o empurrem para lugares que você não queria ir.

Dei mais um passo. Bem na frente de Alpha agora. O

fusível de Kaydee queimou além da metade, seu corpo caído no chão. Tão imóvel.

— Eu não preciso matar você, Alpha, porque você já está morrendo — eu disse. — Mas posso salvá-lo. Se, se você me deixar.

O rosto de Alpha ficou flácido. Eu esperava o sorriso maníaco. Talvez um insulto ou uma risada. Em vez disso, exaustão, a cor se esvaindo de seus olhos automáticos. Seus ombros caíram, o receptáculo suspirou. Todos os efeitos colocados aqui para mim, mas que Alpha poderia realmente estar sentindo.

Ele estivera sozinho por tanto tempo. Lutando por conta própria por tantos, tantos anos.

— Você sabe como? — Alpha perguntou, sua voz rouca. — Você sabe como consertar essa maldição?

Olhei para Kaydee. — Sei.

Alpha se endireitou, deu um sorriso trêmulo. — Eu sinto o que você disse. Os saltos nas minhas transmissões. As falhas na minha lógica. Você está certo. Eu preciso ser consertado. — Ele estendeu a mão, e eu fui apertá-la, esperando que tivéssemos encontrado um laço para nos unir.

Minha mão nunca encontrou a dele.

Alpha balançou a mão para cima e sobre a minha, num movimento súbito para agarrar meu pescoço. Senti seus dedos se fecharem, senti a mesma função que ele havia usado em Kaydee subir ao redor do meu acesso. Antes que eu pudesse esboçar uma resposta, antes que eu pudesse entender o que ele estava fazendo, Alpha havia cortado minha saída. Como ter um membro removido, eu simplesmente... não podia mais sair.

Sua programação trabalhou rápido, refinada após hackear e controlar mechs às centenas. Meus braços morreram antes que eu pudesse empurrar Alpha para longe.

Minhas pernas pararam de responder quando Alpha me ergueu do chão. O cubo cinza, as funções mais críticas de Beta, caiu flutuando livremente.

— A coisa linda sobre máquinas como nós — disse Alpha enquanto minhas peças continuavam a desaparecer — é que armazenamos nossas memórias e nosso conhecimento separados de nós mesmos. Estou ansioso para visitá-lo, Gamma, e ler tudo sobre essa sua cura. Pena que você não estará lá para me receber.

Seu rosto se transformou naquele sorriso maníaco. Difícil saber se ele estava apenas brincando comigo ou se realmente, naquele momento, exibia a própria falha da qual eu tentei salvá-lo.

Não que isso importasse.

Tentei olhar para Kaydee, querendo que minha última visão fosse algo, qualquer coisa além daquela fisionomia, mas não conseguia mais virar a cabeça. Além dos meus olhos – escolha de Alpha? – nada mais respondia. Meu próprio tempo estava se esgotando, e o de Kaydee não estava muito atrás. Meus últimos segundos seriam gastos olhando para o meu sorriso menos favorito.

Que jeito horrível de morrer.

Parece que Alpha também pensou assim quando seu sorriso morreu, substituído por sobrancelhas erguidas, um franzir de testa desajeitado e narinas dilatadas.

— Você sempre foi esperto demais — Alpha murmurou, estremecendo. — O que poderíamos ter feito juntos, Gamma.

A mão do receptáculo afrouxou e eu caí, me dando uma ótima visão de uma execução sem sangue enquanto Beta, suas mãos empunhando facas digitais, cortava o código de Alpha em golpes precisos até que o receptáculo se desintegrasse, deletado em nada.

Beta pulou em mim em seguida, colocando sua mão no roxo difuso ao meu redor e o dispensando com uma piscadela. Enquanto meu corpo voltava ao foco, passei por ela, mergulhei em direção a Kaydee e agarrei o programa de Alpha com as mãos estendidas. Uma função simples, um propósito simples, e um que eu limpei com um comando simples.

Enquanto o roxo desaparecia ao redor de Kaydee, Beta tocou minhas costas, me ajudando a levantar.

— Você tem que sair daqui — disse Beta. — Agora mesmo.

Por um segundo, eu não sabia o que ela queria dizer, por que tínhamos que sair. Quando esse segundo terminou, eu estava deformando de volta pelo ciberespaço, expulso das unidades de Beta e enviado de volta para as minhas próprias. A única coisa que levei comigo, um download arrancado junto com minha saída, foi o que restou do meu amigo.

O entardecer da nave estelar entrou em foco. Céu laranja, teias de gossâmero capturando um fogo luminoso sobre minha cabeça. Mais perto da superfície, uma dúzia de flexi-mechs com rifles apontados nos cercavam. Não me mexi, sabia que se tentasse seria frito em um segundo. A única coisa que comprava minha vida naquele momento era a crença deles de que Alpha ainda controlava o receptáculo à minha direita.

Então, em vez disso, me estendi, escaneei meus próprios drives e procurei por minha mente. Encontrei os dados dela rapidamente, convenientemente reunidos pelo meu programa de exclusão, mas Kaydee não consumia nenhum poder de processamento. Ela não estava, por falta de uma palavra melhor, funcionando. Como uma pessoa em coma, eu precisava descobrir o que tinha dado errado, o que-

Beta me empurrou com força, me jogando na grama com um braço. Com o outro, o receptáculo sacou uma faca, a lâmina cortando diretamente as amarras de Delta. O metal fino se partiu, minha amiga se libertou, e os flexi-mechs atiraram.

Lasers voaram sobre minha cabeça, chamuscando a grama e provocando chamas. Enquanto eu rolava, vi Beta, girando facas enquanto recebia tiros de todos os lados. Seu peito, lados e pernas enegreceram mesmo enquanto seus próprios ataques atingiam o alvo, o receptáculo caindo rapidamente. Desaparecendo nos fios em chamas. Delta se saiu um pouco melhor: suas amarras liberadas permitiram que ela se movesse rápido, saltando para um flexi-mech, partindo-o em dois com as mãos nuas. Essas mesmas mãos arrancaram o rifle do mech morto e Delta girou, apertando o gatilho, atirando e recebendo tiros em troca. Minha amiga caiu, uma ruína fumegante, me deixando de frente para seis flexi-mechs ainda vivos, ainda armados.

Mas não me senti perdido. Não me senti com raiva.

Tínhamos cumprido nossa missão. Destruímos Alpha, em grande parte, e salvamos os humanos da Nave Estelar. Uma boa maneira de partir.

Enquanto eu saltava da grama, percorrendo o metro entre mim e o flexi-mech mais próximo, meu único arrependimento era por Kaydee, que nunca teve uma chance na vida que lhe foi prometida.

Meu salto me levou até o mech, seu tiro rápido em resposta queimando parte do meu pobre pé direito. A terceira vez que foi perdido para lasers. Derrubei a máquina, seus braços do meio amortecendo a queda, me dando a chance de rolar para fora dela enquanto os outros flexi-mechs encontravam seu alvo. Luz quente derreteu o flexi-mech, parte dela se espalhando sobre mim enquanto eu agarrava o rifle do robô.

Caixas vermelhas piscaram diante dos meus olhos à medida que os golpes cobravam seu preço. Eu tinha desligado qualquer dor, então os relatórios atingiram o vazio enquanto eu perdia minha perna e braço esquerdos, minha pele sintética ficando preta e laranja com os tiros. Minha mão direita, pelo menos, conseguiu arrancar o rifle. Encontrei o gatilho, mantive-o pressionado e disparei em direção ao semicírculo de flexi-mechs.

Eu gritei também. Disse os nomes dos meus amigos. Um último adeus.

Um tiro de flexi-mech atingiu meu rifle, superaqueceu o gás dentro. Explodiu, cegando meus olhos por um segundo e transformando meu braço direito em escória. Estática tremulante dominou minha visão, erros críticos abundando enquanto meus pobres processadores tentavam continuar funcionando. Depois de tantos ferimentos terríveis, isso, isso era o que parecia quando um receptáculo finalmente morria.

Uma forma sombreada e fina se moveu sobre mim, minhas costas agora no chão. O flexi-mech obscureceu o crepúsculo enquanto seu rifle se erguia, apontado para minha cabeça. Ouvi palavras, e a princípio pensei que o flexi-mech estava falando comigo, me provocando neste último momento. Até que meu processador alcançou.

— O receptáculo é meu — declarou Fang, sua pequena forma voando para o quadro. O flexi-mech tentou se ajustar ao novo alvo, mas as armas de Fang, duas lâminas de estilhaços emprestadas dos estoques de Val, varreram os braços do flexi-mech, e sua arma, para longe.

O flexi-mech não estava quebrado, largando o rifle e

agarrando os pulsos de Fang. Um movimento que teria acabado com ela, exceto que Fang tinha reforços.

Chalo avançou atrás de Fang, seu machado balançando em um golpe por cima. O balanço decepou os braços direitos do flexi-mech, permitindo que Fang penetrasse com sua lâmina esquerda para atingir o torso do flexi-mech. Cuspindo faíscas, cambaleando, o flexi-mech caiu.

Lasers deveriam ter levado os dois humanos, mas enquanto Chalo e Fang se afastavam, notei que o ar ao redor deles estava cheio de linhas pretas assobiando: flechas, sem dúvida atingindo seus alvos. Um último olhar enquanto minha energia diminuía, meu processador executando suas rotinas finais para analisar o que eu via:

Humanos, finalmente, lutando por nós.

QUARENTA E CINCO

O MUNDO CODIFICADO

Ei.

Estou falando com você.

Gamma. Você ainda está aqui comigo?

Eu estava? Onde exatamente era "aqui"?

Não havia nada. Nem branco, nem cinza, nem preto. Simplesmente uma ausência, exceto pela voz de Kaydee e meus pensamentos.

— Posso ouvi-los — disse Kaydee, sua resposta, como meus pensamentos, mais uma sensação do que um som real.

Eu não tinha um corpo, não tinha sensores, não tinha um em cima ou em baixo. O que eu tinha era ela.

— É, você me prendeu aqui, seja lá o que isso for.

Eu não podia ver seus braços cruzados, seu olhar emburrado lentamente desarmado por um sorriso maroto, mas podia imaginar.

— É isso que você acha que eu estaria fazendo agora? — respondeu Kaydee. — De jeito nenhum, Gamma. Eu estaria te dando uns tapas.

Por quê?

— Por ter nos matado, é por isso.

Estamos mortos?

— Não sei onde mais estaríamos — disse Kaydee. — Embora eu ache um pouco estranho que a vida após a morte funcione tanto para mechs quanto para humanos. E que estejamos no mesmo lugar.

Definitivamente estranho. Você morreu comigo?

— Mesmo momento, mesmo lugar, eu acho.

Então Alpha não a matou. O pensamento me deu um certo brilho, mesmo aqui neste nada desolado. Que tínhamos escapado da armadilha daquele monstro...

— É, depois que você me deixou lá — disse Kaydee. — Simplesmente me deixou enfrentá-lo sozinha.

Não tinha escolha. Eu tinha que libertar Beta. Ela é a única outra que poderia fazer algo lá dentro. Alpha deixou o núcleo de Beta aberto, e eu a libertei.

— Então você deixou alguns mechs flexíveis nos atirarem?

Deixar é um pouco enganoso.

Kaydee riu. — Suponho que sim.

O que você acha que isso é?

— Isso? Aqui? Provavelmente o Inferno.

Você acha que ficar presa aqui comigo é uma tortura eterna?

— Quando você coloca dessa forma, Gamma, acho que não é tão ruim.

Bom, obrigado.

Silêncio. Eu flutuei, estendi-me para onde normalmente encontraria fluxos de dados dos meus sensores. Onde os arquivos da Bibliotecária estariam esperando para eu examinar. Não encontrei nada, sinais mortos, e nem isso. Como se as conexões não existissem mais.

Me conte uma história.

— Uma história?

É.

— Não consigo me lembrar de nenhuma. É como se eu tentasse alcançar essa parte de mim, e ela não estivesse lá.

Então que tal inventarmos uma nova?

— Uma nova história?

Sim. Eu começo. Acho que tinha uma frase que a Bibliotecária usava o tempo todo.

— Ah é? Era uma noite escura e tempestuosa?

Não. Pronta?

— Manda ver, contador de histórias.

Era uma vez, um mech acordou sozinho e perdido, e ele não teria chegado muito longe se não fosse por um amigo...

A corrida veio sem aviso. Uma aceleração de zero à velocidade da luz. As conexões jorraram, o nada desaparecendo em uma constelação que eu reconheci: a rede da Starship, estrelas contra um negro infinito.

Uma me chamou naquele mar, piscando forte e vermelha. Estranho.

Era isso que Kaydee chamava de vida após a morte? Tínhamos vagado pelo Purgatório para nos encontrarmos aqui?

Purgatório. Como eu sabia o que era isso? Espere, eu sentia os arquivos, as histórias infinitas da Bibliotecária. Os filmes e livros. Outra estrela na rede, uma que eu podia alcançar e tocar agora.

— Você vai atender essa chamada? — disse Kaydee, e eu olhei — olhei! — para a esquerda para vê-la de pé comigo, flutuando entre as estrelas digitais. — Porque meu palpite é que seja lá o que acabou de acontecer, eles vão nos contar.

Kaydee sempre focando no próximo passo, como de costume.

Eu estendi a mão, escolhi a estrela que piscava. A constelação desapareceu, todos os nós sumindo para me deixar com uma tela flutuando em uma sala branca. Kaydee e eu estávamos de pé em um chão sem características, observando enquanto um determinado mech preto entrava em vista.

— Gamma, cara, é você? — Volt falou para a tela, seus olhos azuis brilhando. — Me diz que é, cara, porque eu não quero tentar isso de novo.

— Tem que ser — disse outra voz, a de Leo. O ombro do Forjador, a cabeça apareceu no quadro. — Nós ligamos tudo certo desta vez.

Eu me inclinei em direção à tela. — Pessoal? Uh, eu estou morto?

A dupla comemorou. Atrás deles em algum lugar, Alvie latiu ofegante. Volt e Leo bateram mão na garra de metal.

— Ei, idiotas — disse Kaydee. — Nos contem o que está acontecendo?

Leo, seu sorriso mais convencido do que eu já tinha visto, procedeu a expor os detalhes: Chalo, Fang e os outros tinham emboscado os mechs flexíveis restantes, transformando-os em lixo sem muita dificuldade. No início, tínhamos sido dados como mortos, mas Chalo tinha nos arrastado de volta para a vila.

— Salvados úteis — Leo riu. — Foi assim que ele chamou vocês três. Como se eu fosse deixá-los desmontá-los para peças.

— Eu vou desmontá-lo para peças assim que sair daqui — Kaydee murmurou.

— Ah, certo — disse Leo, seu sorriso vacilando. — É isso, veja bem, seus corpos estão completamente destruídos. Queimados demais para usar. Diabos, a única razão pela qual vocês ainda estão por aí é a bateria reserva. A caixinha preta que eu coloquei para me dizer como todos vocês morreram.

Eu cometi o erro de perguntar o que era aquilo e Leo disparou uma história de dez minutos sobre vasos curto-circuitando e como ele tinha instalado essas salvaguardas de último minuto para entender o porquê.

— A versão resumida — Volt finalmente interrompeu — é que vocês estão salvos na rede da Starship até fazermos algo novo para vocês.

— E quanto a Beta e Delta?

Leo deu de ombros. — Eles queriam flexi-mechs até darmos novos corpos a eles, então estão por aí. Limpando a Starship para você.

— Eles ganharam flexi-mechs e nós ganhamos isso? — protestou Kaydee.

Leo e Volt se entreolharam, então Volt tomou a dianteira.

— É o seguinte, rapaz e moça. A Starship não tem uma IA funcionando desde que as Vozes morreram. Mesmo em terra, ela precisa disso. Muitas coisas podem dar errado. Beta e Delta não foram feitos para isso, mas Gamma, você tem as habilidades. Então, o que me diz? Pelo menos por um tempinho? Manter nosso bote salva-vidas funcionando?

Manter uma nave que cruza galáxias em bom estado não é fácil. Passo horas e horas mergulhando nos milhões de sistemas e subsistemas diferentes, consertando códigos para coisas como as luzes, a filtragem de ar e mantendo as passarelas limpas.

Aquelas redes de gossamer se infiltram em tudo. Especialmente com os humanos e mechs as trazendo o tempo todo.

Ah sim, os mechs. Quando não estou ajudando Volt com algum novo problema técnico, geralmente estou conectado às Linhas de Fabricação, ajudando Leo a projetar novos mechs para trabalhar ao lado dos humanos. Estamos refinando sucata velha agora, mas com algumas adaptações, a

Starship deve ser capaz de fazer mechs novos a partir de minério aqui mesmo no planeta.

No início, Val não gostou muito da ideia. Ela ainda é atrevida, mas um mech pode construir muito mais rápido que um de seus humanos. Pode colher comida também. Os humanos agora podem passar o tempo fazendo o que querem, enquanto meus mechs recebem o respeito que merecem.

Porque Beta e Delta garantem isso. Eles são meus embaixadores, meus protetores, a polícia imparcial. Até agora, foram só tapinhas no pulso, mesmo que tenhamos tido que convencer Delta a não cortar um membro uma ou duas vezes. O comportamento padrão é difícil de mudar quando ela não me deixa entrar em seu código.

E por falar em código, estou recebendo um ping. Estou deixando o sinal quicar um pouco, porque Kaydee faz isso comigo o tempo todo. Ela também está trabalhando nas Linhas, mas em um projeto diferente.

— Gamma, preste atenção — ela diz quando eu me volto para o ping, meu corpo digital navegando pelo ciberespaço da Starship. — Estamos quase lá.

— Mostre-me — respondo, e Kaydee faz o mech que estamos vendo virar sua câmera para duas macas familiares.

Um corpo está em cada uma. São apenas estruturas metálicas sofisticadas recheadas de equipamentos de computação, mas enquanto olho, outro mech entra em cena. Kaydee está controlando esse, uma marionetista puxando os cordões.

Com muito cuidado, o mech coloca um patch na perna do primeiro corpo. É um quadrado grosso, que se deforma quase imediatamente, espalhando-se pelo metal.

— Acho que conseguimos desta vez — diz Kaydee, desconectando-se do mech e aparecendo ao meu lado.

— Você ainda acha que isso vai funcionar? — pergunto, já que Leo continua me avisando que mentes não são projetadas para isso.

— Eu sei que vai — Kaydee está cintilante, ela está sempre cintilante nesses dias. — Quando estiverem prontos, adivinha o quê?

— O quê?

— Vou sair desta caixa de metal e sentir a grama entre meus dedos, olhar para um céu de verdade pela primeira vez. — Kaydee me lança um sorriso espetacular. — Quer vir comigo, Gamma? Dar uma volta em nossas novas vidas?

Para Reno

Copyright © 2023 por A.R. Knight

Todos os direitos reservados.

ISBN :

E-book - 979-8-88858-149-0

Brochura - 979-8-88858-150-6

Este livro ou qualquer parte dele não pode ser reproduzido ou usado de qualquer maneira sem a permissão expressa por escrito do editor, exceto para o uso de breves citações em uma resenha de livro.

Esta é uma obra de ficção. Qualquer semelhança entre os personagens e situações descritas nestas páginas e lugares ou pessoas, vivas ou mortas, é involuntária e coincidente.

www.blackkeybooks.com

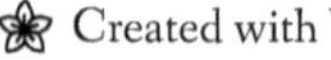 Created with Vellum